JANET LAURENCE

Mord
extra scharf

DARINA LISLES
ERSTER FALL

KRIMI

2. Auflage April 2018

Made in Stuttgart with ♥

Econ ist ein Imprint der
Ullstein Buchverlage GmbH, Berlin
Titel: *Vorspeise: Mord*

ISBN 978-3-96087-562-8
E-Book-ISBN 978-3-96087-283-2

First published by MacMillan London Ltd.
Titel des englischen Originals: *A Deepe Coffyn*
Aus dem Englischen übersetzt von Sabine Steinberg

Covergestaltung: Miss Ly Design
unter Verwendung von Motiven von
© sonia.eps/shutterstock.com,
© Neamov/shutterstock.com und
© MaraZe/shutterstock.com
Korrektorat: Lennart Janson

Über die Autorin

Janet Laurence begann ihre berufliche Laufbahn in der Öffentlichkeitsarbeit, bis sie mit ihrem Mann nach Somerset zog und dort Kochkurse leitete. Nebenbei schrieb sie regelmäßig für den *Daily Telegraph* und verfasste eine wöchentliche Kolumne zum Thema Kochen. Heute schreibt sie sowohl Kochbücher als auch Kriminalromane und lebt mit ihrem Mann in England und in der Bretagne. Wenn sie nicht gerade an einem Buch arbeitet, spielt sie Bridge, geht ins Kino oder stattet ihrem Buchclub einen Besuch ab.

Einführung

Dies ist nicht nur mein erster Kriminalroman, sondern auch das erste Buch, das ich je veröffentlicht habe. Was für ein Erfolg! Dieses Buch verkörpert meine beiden größten Leidenschaften: Kriminalgeschichten und gutes Essen. Ich hatte an einem Kurs für kreatives Schreiben unter der Leitung von Maurice Callard teilgenommen, der meiner Meinung nach weitaus mehr Erfolg als Autor verdient hätte. Als Übung ließ er uns Romananfänge verfassen; einen für einen Liebesroman (wie ich es mir gewünscht hatte), und dann einen, der alles sein durfte, nur kein Liebesroman. Ich war zunächst völlig ratlos, was ich schreiben sollte.

Dann fielen mir all die großen Krimiklassiker ein, die ich verschlungen hatte. Ich hatte es nie geschafft, den Mörder zu erraten, daher nahm ich an, dass ich selbst auch keine Mordfälle schreiben könnte. Aber ich hatte einmal einen Vortrag der großen P. D. James über das Schreiben von Kriminalromanen besucht, bei dem sie die Zuhörer ermutigte: Nur, weil man die Fälle in den Büchern anderer Autoren nicht durchschaut, sagte sie, solle man sich nicht vom Schreiben abhalten lassen. Es sei nämlich immer einfacher, sich die Geschichte selbst auszudenken!

Neuen Autoren wird geraten, über das zu schreiben, was sie kennen. Zu der Zeit schrieb ich eine wöchentliche Kochkolumne für den *Daily Telegraph* und nahm am Oxford Food Symposium teil. Die Wahl war offensichtlich!

Ich schrieb also die erste Seite eines Kriminalromans, der auf einem Wochenendsymposium der Gesellschaft für historische Kochkunst spielt (ich verstehe bis heute nicht, warum eine solche Gesellschaft nicht tatsächlich existiert). Die Köchin Darina Lisle war die Hauptfigur. Diese erste Seite fanden die anderen Kursteilnehmer so spannend, dass ich bei den folgenden Schreibübungen dieses entstehende Buch immer weiter entwickelte.

Danach nahm ich an einem anderen Kurs für kreatives Schreiben von William Harwood teil. Wir sollten die ersten dreitausend Wörter eines angefangenen Projekts schreiben. Also setzte ich mich an *Mord extra scharf*. William ermutigte mich nicht nur, er stellte mich auch seiner Schwester Susan Moody vor, der Kriminalschriftstellerin. Sie wurde mir bald zur lieben Freundin und schlug vor, *Vorspeise Mord* bei Macmillan einzureichen, die auch ihre *Penny-Wanawake*-Serie veröffentlichten. Nun waren Susan und ich beim gleichen Verlag. Ich bin überglücklich, dass die Romane heute wieder erhältlich sind.

Janet Laurence

Für meinen Mann Keith mit all meiner Liebe und für Bramble, der auf den folgenden Seiten als »Bracken« in Erscheinung tritt.

Kapitel 1

Der Kopf blickte Darina unheilvoll an. Seine Ohren waren gespitzt, und zwischen den scharfen weißen Zähnen klemmte ein glänzender roter Apfel. Genauso könnte es ausgesehen haben, als Rotkäppchen im Maul des bösen Wolfes verschwand. Armes, wehrloses Schwein, dachte Darina. Ich habe dich so verkleidet und dein Aussehen so sehr verändert, dass niemand glauben wird, dass du nichts Schlimmeres getan hast, als in deinem Koben herumzuwühlen. Sie platzierte den fettglänzenden Kopf auf dem dafür vorgesehenen Ständer. Dann trat sie einen Schritt zurück, um ihre Arbeit zu begutachten.

Der lange Refektoriumstisch bog sich fast unter der Last der Speisen. Sie ging langsam um ihn herum und betrachtete das Festgelage.

Mittelalterliche Zwiebelkuchen aus Englands erstem Kochbuch standen neben Platten mit mariniertem Hering. Pepys hatte marinierten Hering geliebt. Das mit Kräutern und Gewürzen zubereitete Rindfleisch war ein altes Melton-Mowbray-Rezept, und Darina konnte schon fast hören, wie man sich später über die Zusammensetzung der Gewürze den Kopf zerbrechen würde. In der Küche stand noch das Lamm Monchelet, ein altes Eintopfrezept, das aus der gleichen Quelle wie der Zwiebelkuchen stammte. Kurz bevor das Fest begann, würde es zusammen mit einem Spanferkel und einer ganzen Rinderlende auf den Tisch kommen.

Die Yorkshire-Weihnachtspastete stand bereits auf ihrem Platz. Darina sah sie zärtlich an, denn dieses Gericht liebte sie ganz besonders. Ein Huhn war mit einer Taube gefüllt und dann in eine Ente gesteckt worden, welche wiederum eine Gans füllte, die in einen Truthahn passte. Das Geflügel steckte in einer Hülle aus Pastetenteig, der wundervoll geformt und dekoriert worden war.

Über den ganzen Tisch verstreut standen kleine Pasteten, Flammeris, in Butter gedünstete Orangen, Sillabubs und Fruchtcremes. In der Küche dampften Steak-, Nieren- und sonstige Ragouts. Die einzige große Aufgabe, die ihr jetzt noch bevorstand, war das Arrangement der Salmagundis, den feierlichen Salaten aus dem achtzehnten Jahrhundert, die an beiden Enden des langen Tisches einen hübschen Akzent setzen würden.

Vierzig Mitglieder der Gesellschaft für historische Kochkunst würden sich an diesem Wochenende hier zu ihrem zweiten jährlichen Treffen versammeln. Es würde Vorträge, Diskussionen und endlose Festessen geben. Ob man sich wohl von dem, was sie da aufgetischt hatte, beeindruckt zeigen würde? Und was noch wichtiger war: Würde es genug für alle sein? Diese

Leute gehörten nicht zu denen, die ständig auf ihre Taille achteten und nur an den Speisen naschten – diese Gourmets besaßen die Aufnahmefähigkeit von Hausschweinen nach einer langen Hungerperiode. Immer wieder würde man zum Büffet gehen. Jedes Gericht würde probiert, in seine Bestandteile zerlegt werden – sowohl verbal als auch auf dem Teller. Man würde sich streiten, welche Zutaten benutzt worden waren, ob das Essen angemessen präsentiert wurde und ob man es schon einmal besser gegessen hatte. Wie würde wohl das letztendliche Urteil lauten?

Im letzten Jahr hatte Darina nur bei der Vorbereitung der Festessen geholfen. Verantwortlich war eine berühmte Köchin gewesen – der die Belastung fast zu viel geworden war, und Darina hatte damals mehr Zeit damit verbracht, das Selbstbewusstsein der Köchin zu stärken als mit dem Kochen. Nach der gründlichen Inquisition durch grimmige Experten musste die berühmte Köchin erst einmal mit erheblichen Mengen Malt-Whisky wiederbelebt werden. Nie wieder, hatte sie danach geschworen. Kein noch so großes Lob für ihr Essen konnte sie dazu bewegen, sich noch einmal solch bohrender Kritik auszusetzen. Wer fragte schon danach, ob das Mehl für feine Weißbrötchen sorgfältig aus Vollkornmehl zu vollendeter Weiße gesiebt worden war oder ob es aus einem Paket gebleichten Weißmehls stammte? Die Gesellschaft für historische Kochkunst tat es. Für sie waren Authentizität und Geschmack untrennbar miteinander verbunden.

Doch für Darina stellte es eine Herausforderung dar, die sich wohltuend von der Herstellung vollendeter kleiner Meisterwerke der Haute Cuisine unterschied, die immer stärker dem Einfluss der Nouvelle Cuisine unterlag, egal, ob es sich um eine Karotte oder um eine kalorienarme Sauce handelte. Und das alles nur für gelangweilte Gastgeberinnen in Mayfair oder stressgeplagte Direktoren, die wahrscheinlich sowieso lieber Lammkoteletts mit Kartoffelbrei gegessen hätten. Aber Essen war mittlerweile zum Statussymbol geworden, und deshalb konnte man Brotpudding seinen Gästen erst wieder anbieten, nachdem Anton Mosimann eine verfeinerte Variante davon im Dorchester serviert hatte. Nun galt Brotpudding als »chic«. Und ein gegrilltes Kotelett musste dadurch vor der Lächerlichkeit bewahrt werden, dass man es mit mehrfarbigen Saucen und einem sorgfältig akzentuierten Klecks frischen Frucht-Chutneys verzierte.

Aber dieses Essen hier, dachte Darina und blickte zufrieden über den Tisch, war richtiges Essen. Sie war auf Debatten über Zutaten, Methoden und Zubereitungsweise vorbereitet. Und sie war bereit, ihre Gerichte zu verteidigen. Eigentlich freute sie sich sogar auf Wortgefechte darüber, dass es doch eigentlich unmöglich war, die Zutaten und die Bedingungen zu schaffen, die für die Speisen des achtzehnten und neunzehnten Jahrhunderts erforderlich waren – ganz zu schweigen von den Gerichten des Mittelalters oder der Stuart-Zeit. Das gehörte alles zu den Freuden, die dieses Wochenende bieten sollte.

Die schwere Eichentür an einem Ende der Halle öffnete sich, und der Vorsitzende der Gesellschaft trat ein.

»Darina, Liebes!« Er umarmte sie herzlich und hielt sie dann auf Armeslänge von sich weg. Sie blieb regungslos stehen und ließ sich von Digby Cary ausführlich mustern.

»Ich weiß nicht, was ich zuerst vernaschen soll – dich oder dein Essen!« sagte er.

Darina seufzte. Sie machte sich keine Illusionen über ihr Aussehen. Zum einen war sie zu groß – fast eins achtzig. Ihre Mutter war eine zierliche, zerbrechliche Erscheinung mit blonden Haaren, Porzellanhaut und so zartem Körperbau, dass alle Männer herbeieilten, um sie vor den Stürmen des Lebens zu schützen. Niemand eilte herbei, um Darina zu beschützen – man bewunderte sie wahrscheinlich eher wegen ihrer Fähigkeit, einen Reifen zu wechseln oder einen schweren Einkaufskorb zu heben. Ihre Haare waren zwar blond, weigerten sich aber standhaft, sich zu locken. Wie oft hatte ihre Mutter geseufzt, wenn sie die Lockenwickler aus dem Haar ihrer Tochter nahm und die schweren Haare wieder glatt den Rücken herunterhingen. Inzwischen verzichtete Darina auf jeglichen Aufwand und hielt ihr Haar nur mit einer einfachen Spange ordentlich zurück, sodass es wie Sahne ihren Rücken hinabfloss.

Ihre Mutter sah auch in Darinas regelmäßigen Gesichtszügen keinerlei Vorteile. »Männer beten eine kleine Stupsnase oder Grübchen einfach an, Liebling. Aber deine Wangenknochen sind einfach zu kräftig, deine Nase ist zu gerade – und musst du dein Kinn immer so energisch vorstrecken? Zumindest ist deine Haut rein – man kann sie mit gutem Gewissen als Pfirsichhaut bezeichnen, aber leider sind graue Augen völlig unromantisch. Wenn du dich nur ab und zu ein bisschen mehr aufregen würdest – dann werden sie nämlich beinahe grün. Ein wenig mehr Temperament täte dir nur gut, Liebling.«

Aber Darina hatte aus nächster Nähe beobachten können, was Temperament den Menschen antun kann, die einem nahestehen. Sie hatte zugesehen, wie ihr Vater sich hinter einer Mauer aus Höflichkeit zurückzog und immer seltener zu Hause war – was nicht schwierig für einen vielbeschäftigten Landarzt ist. Nein, Temperament war nichts für sie.

Sie sah zu Digby auf – es gab nicht viele Männer, bei denen sie das tun konnte, aber der Vorsitzende der Gesellschaft war in jeder Hinsicht herausragend. Nur ein böswilliger Mensch würde Darinas gute Figur als ungeschlacht bezeichnen, aber niemand würde wohl je zögern, Digby riesig zu nennen. Mit seinen ein Meter neunzig und seinem Löwenkopf überragte er jeden. Durch das Fernsehen war sein Gesicht so bekannt wie das eines Filmstars – und er war ebenso attraktiv. Sein dauernder Kampf gegen sein Übergewicht war bis jetzt erfolgreich verlaufen, und seine Persönlichkeit war ebenso beeindruckend wie seine Körpergröße.

Das Lächeln, mit dem er jetzt auf Darina hinunterblickte, war charmant und voller Gutmütigkeit. Sein Gesicht legte sich in unzählige, tiefe Lachfältchen, und die hellgrünen Augen zwinkerten ihr herzlich zu. Sein Blick wurde allerdings etwas kühler, als sie sich aus seinen Armen wand und auf den Tisch deutete.

»Was meinst du, Vetter Digby, wird das Festmahl die Prüfung bestehen, wird es bei den Mitgliedern der Gesellschaft Begeisterung hervorrufen?«

Die Lachfältchen wurden zu Falten, als er die Stirn runzelte. Er weigerte sich, dem Büffet auch nur einen Blick zu schenken. »Warum nennst du mich Vetter Digby, Darina, Liebes?«

»Ich halte es für sehr passend – zumindest an diesem Wochenende. Es klingt so schön nach achtzehntem Jahrhundert. Und schließlich muss ich immer, wenn ich dich sehe, daran denken, dass ich deine einzige noch lebende Verwandte bin.«

»Nun ja, wenn du damit einverstanden wärest, dass Vetter und Cousine sich küssen, dann würde dieser Titel eines gewissen Charmes nicht entbehren!« Als sie ungeduldig einen weiteren Schritt zurückwich, hob er die Hand. »Ich weiß, ich habe versprochen, nicht wieder damit anzufangen, aber du siehst unwiderstehlich aus, wenn du Mehl auf der Nase hast.«

Er zog sein Taschentuch heraus und wischte ihr das Gesicht ab. Darina musste unwillkürlich lächeln, als er ihr mit dem Tuch einen zärtlichen Stups auf die Nase gab. »So ist es besser«, sagte er und ließ das Taschentuch wieder in seinem Ärmel verschwinden. Er sah ihr noch einen Augenblick lang tief in die Augen und wandte sich dann dem Tisch zu.

Die Yorkshire-Weihnachtspastete fiel ihm sofort ins Auge. »Das ist also dein Chef d'œvre? Ich muss dir ein

Kompliment machen, meine Liebe – das ist ein Kunstwerk.« Der neckende Ton war aus seiner Stimme verschwunden, jetzt sprach er von Profi zu Profi. »Und dieser Eberkopf ist superb!«

Digby ging um den Tisch herum, begutachtete den marinierten Hering, schnitt sich ein winziges Stück von dem gewürzten Rindfleisch ab und prüfte den Geschmack mit der Sorgfalt eines Weinkenners, der einen Weißwein kostet. Mit dem Ausdruck höchster Anerkennung auf seinem Gesicht bewegte er sich auf die in Butter gedünsteten Orangen zu. »Es ist zu traurig, dass man all diesen süßen Kreationen abschwören muss. Ich sähe es lieber, wenn jeder dieses verführerische Gift links liegen lassen ließe, aber zweifellos wird das meiste einfach verspeist werden, ohne dass man den üblen Wirkungen auch nur einen Gedanken widmet.«

Darinas Körper war vor Nervosität ganz angespannt, während sie ihn beobachtete, wie er um den Tisch herumwanderte. Das war vor allem darauf zurückzuführen, dass sie Digbys Urteil ziemliches Gewicht beimaß. Schließlich richtete er sich auf. »Ich bin stolz auf dich, meine Liebe. Ich selbst hätte es nicht besser machen können.«

Darina entspannte sich – das war kein leeres Kompliment. Der Vorsitzende der Gesellschaft war nicht nur der Autor unzähliger Kochbücher – nein, er hatte auch für ein paar historische Fernsehserien das Essen zubereitet. »Ich wusste, dass ich recht hatte, als ich dich letztes Jahr engagierte und dieses Jahr darauf bestanden habe, dir allein die Verantwortung zu übertragen – obwohl man mich angefleht hat, doch jemanden zu wählen, der sich bereits einen Namen gemacht hat.«

Darina sonnte sich einen Augenblick lang in seinem Lob. »Es hat mir Spaß gemacht«, bekannte sie ehrlich. »Danke, dass du mir diese Chance gegeben hast.«

Als Digby weiter nur dastand und sie mit jenem Lächeln ansah, das die Zuschauer seiner Fernseh-Kochkurse so liebten, wich Darinas Befriedigung über sein Lob einem Gefühl des Unbehagens. »Komm und schau dir die Küche an«, schlug sie vor, drehte sich um, führte ihn aus dem Refektorium mit der hohen Decke aus dem fünfzehnten Jahrhundert, dann an dem Paravent aus durchbrochenem Holz vorbei und schließlich durch eine Ecktür. Ein kurzer Flur mündete in eine Treppe, von der ein weiterer Gang abging, an dessen Ende eine massive Holztür zu sehen war, die wiederum in die riesige Küche führte. Eine hohe vom Rauch der Jahrhunderte dunkle Decke und geräumige Regale, in denen Steingutgeschirr und Kochutensilien standen, erfreuten zwar das Herz eines jeden Menschen, der sich mit historischer Kochkunst befasste, brachten aber jeden modernen Koch zur Verzweiflung.

Aus den Tiefen eines riesigen Warmhalteofens zog Darina eine große Pfanne, die mit dampfendem Wasser gefüllt war. In der Pfanne standen die Steak- und Nierenragouts. Digby konnte ihre Anzahl nur schätzen. Aber er kreischte fast vor Entzücken, als sie das Spanferkel aus dem Ofen zog, dessen Schwarte gerade goldbraun wurde. Aus einem elektrischen Backofen daneben nahm Darina eine riesige Rinderlende und pinselte das rosige Fleisch und das cremige Fett mit heißer Butter ein. »Wundervoll!« rief er. »Es tut mir nur leid, dass wir kein offenes Feuer mit Spieß aufgetrieben haben. Wir müssen nächstes Jahr daran denken. Fleisch, das auf diese Weise geröstet wird, ist unvergleichlich.«

An einem großen Kieferntisch in der Mitte der Küche arbeitete Darinas Assistentin. Sie arrangierte gerade verschiedene kleingeschnittene Fleischstücke und Salatzutaten um einen Reisberg. Die wechselnden Farbschattierungen aus hellem und dunklem Grün, rosigem Braun und warmen Cremefarben verliefen bis zur Mitte des Reishügels, dessen Spitze eine Zitrone und ein großer Rosmarinzweig krönten. Zwei identische Schüsseln mit Salmagundi wurden auf ähnliche Weise arrangiert.

Digby sah zu, wie die geschickten Hände die vielfarbigen Ringe mit Ringelblumenblüten verzierten. Sein Blick ruhte auf dem ernsten Gesicht, den schwarzen Locken und den straffen Brüsten, die sich unter dem weißen Overall wölbten. »Was für ein kunstvolles Arrangement, meine Liebe«, flüsterte er in das rosige Ohr. Das Mädchen lief rot an und ließ eine Blüte fallen.

Digby wandte sich wieder Darina zu. »Ich sehe, dass für unser Fest alles in Ordnung ist. Aber wie steht es mit meinem Büro? Ist das bereits organisiert?«

Darina führte ihn aus der Küche, durch den Flur in einen Raum, der sonst das Zimmer der Haushälterin war. In Glasschränken standen Gläser mit Eingemachtem. Auf einem bemalten Schränkchen befanden sich ein paar Küchenutensilien: eine Gewürzmühle, eine altertümliche Eiscrememaschine und ein kleines Wunder viktorianischer Ingenieurskunst – eine Maschine, die Äpfel schälte. Auf den Regalen prangte eine Sammlung schimmernder Kupfertöpfe.

Vor einem hohen, schmalen Fenster stand ein Tisch. Darauf befanden sich eine Schreibmaschine, Kartons voller Bücher und Papiere und eine Ansammlung langer blauer Pappkästen unterschiedlicher Größe. Digby öffnete den kleinsten und packte sechs sehr scharfe Küchenmesser aus. Er zog eins heraus, schaute sich um und legte es dann auf einen kleinen Tisch, der in der Mitte des Zimmers stand. Das wiederholte er auch bei den anderen Schachteln, sodass schließlich ein halbes Dutzend Messer unterschiedlicher Größe auf dem Tisch lagen.

Darina nahm eines auf, prüfte, wie gut es in der Hand lag und fuhr dann mit dem Daumen über die Schneide. »Was für herrliche Messer!« rief sie.

Digby lächelte zufrieden. »Bester deutscher Edelstahl, meine Liebe, kalt gehärtet, mit einem guten Anteil Molybdän, pflegeleicht und wundervoll im Gebrauch.«

Darina musste grinsen. »Du klingst wie ein Werbespot.«

Er nahm ihr das Messer aus der Hand und legte es wieder zu den anderen. »Ich biete den Mitgliedern die einmalige Gelegenheit, diese Messer von hoher Qualität, die es nicht auf dem freien Markt zu kaufen gibt, zu erwerben, und das auch noch zu einem sehr vorteilhaften Preis. Sie sollten mir alle sehr dankbar sein.« Er drehte sich um, riss das Packpapier von einem großen Paket herunter und entnahm ihm ein paar Exemplare eines Buches mit glänzendem Einband. Eins reichte er Darina.

Das Schatzkästlein des Konditors lautete der Titel. Er war in schwarzen Lettern auf ein farbiges Titelbild gedruckt, auf dem reichgeschmückte Kuchenformen, kleine Pasteten und Torten zu sehen waren. In kleineren Buchstaben erklärte ein Untertitel, worum es sich bei dem Buch handelte, nämlich um Eine Geschichte der Kuchen und Torten in England vom Mittelalter bis zur Moderne. Darauf folgte in Großbuchstaben der Name des Autors.

»Mein neuestes Werk«, erklärte Digby unnötigerweise mit bescheiden gesenkter Stimme.

Darina blätterte das Buch durch. »Es sieht toll aus«, sagte sie ehrlich. »Es ist alles so detailliert. Woher in aller Welt nimmst du die Zeit für deine Forschungen? Bei deinen Fernsehserien, Zeitungskolumnen und den ganzen Vorführungen dürftest du eigentlich keine freie Minute mehr haben.«

»Ach, dafür interessiere ich mich doch schon ein Leben lang, ich musste es nur niederschreiben«, erwiderte Digby leichthin. Er nahm ihr das Buch ab, schrieb etwas auf das Deckblatt und gab es ihr wieder. »Für die liebste Darina von ihrem ergebenen Bewunderer Digby« stand jetzt darauf.

Darina wurde rot. »Danke«, sagte sie und sah dabei so aus, als hätte sie das Buch am liebsten wieder zurückgegeben. »Ich nehme an, du hoffst, die anderen Exemplare an die Mitglieder zu verkaufen?«

Digby legte ein paar aufgeschlagene Bücher auf die Bücherstapel, mit denen er die Messer umgeben hatte. »Mit einer Widmung des Autors sollten sie eigentlich weggehen wie warme Semmeln.« Er sah mit strahlendem Besitzerstolz auf den Tisch. »Ich werde die Mitglieder morgen hierherführen. Wenn sie positiv reagieren, könnte man daran denken, nächstes Jahr ein paar Stücke mehr anzubieten.«

»Es überrascht mich, dass du nie ein Fachgeschäft für Küchenzubehör aufgemacht hast«, erklärte Darina trocken.

Digby grinste. »Das wäre eine Überlegung wert, meine Liebe. Also – würdest du gerne als Teilhaberin in dieses Unternehmen einsteigen?« Er trat einen Schritt vor und legte seine großen gutgeformten Hände auf ihre Schultern. Dabei blickte er sie unsicher an, was völlig untypisch für ihn war. »Du weißt, was ich für dich empfinde, meine Liebe. Und da ich jetzt ein freier Mann ohne Bindungen bin – Gott schenke der Seele der armen Sarah Frieden –, warum sollte aus uns nicht ein Team werden? Stell dir nur vor, was wir zusammen erreichen könnten, was wir der Welt geben könnten!« Die grünen Augen tauchten tief in ihre grauen hinab. Dann neigte er den Kopf und küsste sie.

Darina stand steif und regungslos da, ihre Arme hingen schlaff herunter, ihre Lippen waren fest zusammengepresst. Nach einem Augenblick seufzte der große Mann und gab sie frei. Seine Lippen pressten sich zusammen, und seine Augen wurden schmal, als sie sofort zwei Schritte zurücktrat und sich so außer Reichweite begab.

»Es ist nicht nötig, so auf mich zu reagieren, meine Liebe«, meinte er leichthin, aber Darina überlief unwillkürlich ein Schauer, als sie den drohenden Unterton in seiner Stimme hörte. »Wir wollen doch nicht vergessen, wer dich bei der Gesellschaft für historische Kochkunst eingeführt und dich zu einer Größe auf der kulinarischen Landkarte gemacht hat. Denke dran – ich kann eine Reputation nicht nur schaffen, sondern auch zerstören.«

Darina reckte das Kinn und erwiderte seinen Blick kühl. »Ich weiß, wie einflussreich du bist, Digby, und ich habe auch gesehen, wie zersetzend die Kritik sein kann, die aus deiner Feder kommt – aber bisher nur denjenigen gegenüber, die deinen kulinarischen Ansprüchen nicht genügten. Aus purer Rachsucht hast du bis jetzt, soweit ich weiß, noch niemanden in die Pfanne gehauen. Schließlich hast du eben erst gesagt, dass das Essen deine Zustimmung findet.« In ihrer Stimme lag eine Spur Verachtung.

Er sah sie abschätzend an. Dann lächelte er plötzlich, ein strahlendes, treuherziges Lächeln voll verbindlichen Charmes. Es zerstreute die bedrohliche Atmosphäre, die in dem Zimmer entstanden war.

»Wie gut du mich doch kennst, meine Liebe. Dein Ruf ist für dieses Wochenende gesichert. Aber wer weiß, welche Gelegenheiten ich in Zukunft nutzen könnte oder nicht, um deinen Weg zu lenken.«

»Ach, Digby«, seufzte jetzt Darina, »glaub nicht, dass ich dir nicht dankbar für das bin, was du für mich getan hast. Oder dass ich dich nicht bewundere. Ich halte dich für einen der größten lebenden Kochbuchautoren unserer Zeit. Ich bin stolz darauf, dass wir miteinander verwandt sind, aber …« Sie hielt inne und suchte nach den passenden Worten.

»Ich weiß«, erwiderte er sanft, »du möchtest, dass wir gute Freunde bleiben, ja?«

Sie lächelte dankbar.

»Nun, meine Liebe, genau das werden wir sein. Und wer weiß – mit der Zeit wirst du vielleicht merken, dass aus der Freundschaft mehr geworden ist. Aber ich werde dir den nächsten Schritt überlassen.« Er drehte sich würdevoll um und begann, die Bücher und Messer neu zu arrangieren.

Darina sah, wie seine Hand leicht zitterte. Sie wollte noch irgendetwas sagen, aber ihr fiel nichts ein, also ging sie zur Tür.

»Ach, Darina«, vernahm sie Digbys Stimme, »ich hätte beinahe vergessen dir zu sagen, dass jede Minute ein Fernsehteam hier eintreffen wird.«

»Fernsehen?«

»Nur der Lokalsender, aber sie sind sehr daran interessiert, eine Sendung über dieses Wochenende zu machen. Ich hatte das Gefühl, dass es an der Zeit ist, der Gesellschaft noch etwas Profil zu verleihen, und vielleicht wird die Reportage ja auch landesweit ausgestrahlt.« Digby fuhr sich jetzt vollkommen ruhig mit einer Hand durch seine Löwenmähne.

»Und Nicholas hat zugestimmt?« fragte Darina erstaunt.

»Ach, Nicholas! Wir beide wissen doch, was unser guter Professor von jeder Art Publicity hält! Aber zurzeit bin ich der Vorsitzende, und ich habe diese Entscheidung getroffen. Ach ja«, fügte er nach kurzem Nachdenken hinzu, »die Leute vom Fernsehen möchten vor dem Dinner ein paar Aufnahmen vom Tisch machen – du sorgst besser dafür, dass Nicholas Bescheid weiß.«

Digby wandte sich jetzt seinem Schreibtisch zu, spannte ein Blatt Papier in die Schreibmaschine, schlug einen Notizblock auf, setzte sich hin und fing an zu tippen. Das Gespräch war beendet.

Darina musste sich dazu zwingen, die Tür leise zu schließen. Am liebsten hätte sie sie laut zugeknallt, um der Mischung aus Verärgerung, Mitleid, Schuldgefühl und Abscheu, die Digby seit neuestem stets bei ihr erzeugte, Luft zu machen. So war es nicht immer gewesen. Als sie erwachsen wurde, war er für sie der glänzende, aufregende Held gewesen, dieser Vetter, der immer größeren Erfolg in jener Welt hatte, die immer anziehender für sie wurde, als sie selbst mit dem Kochen begann. Eine Zeit lang hatte sie ihn schwärmerisch geliebt, aber damals hatte er von seiner schlaksigen Cousine nur wenig Notiz genommen und sie nur mit ihren ersten Kochversuchen geneckt. Wann hatten sich ihre Gefühle ihm gegenüber gewandelt? Nach dem Tod ihres Vaters, als er seine Besuche sofort eingestellt hatte? Oder als sie ihn als Erwachsene in London wiedersah und er mit Sarah verheiratet war?

Während sie über den Flur an der Küche vorbei und die Treppe hinaufging, versuchte Darina zu analysieren, welche Gefühle sie für Digby hegte. Der Grund für ihre Abneigung lag sicher in der Art und Weise, wie er Sarah behandelt hatte. Aber warum hatte sie trotzdem Mitleid mit diesem Mann, der so viele Gesichter hatte und auf dem Höhepunkt seiner Karriere stand? Dafür konnte sie keine logische Erklärung finden. Es konnte höchstens mit den Schuldgefühlen zusammenhängen, die sie empfand, weil sie ihre Teenagerliebe nicht wiederbeleben konnte. Aber sie war inzwischen neunundzwanzig und ein völlig anderer Mensch. Auch Digby hatte sich geändert. Mit vierzig traten die dunklen Facetten seines Charakters stärker zutage als zu der Zeit, als er mit seinem Onkel, der für ihn so etwas wie ein Ersatzvater gewesen war, über die Feldwege spaziert war. Ach, wenn Sarah doch nicht gestorben wäre, war Darinas letzter Gedanke, als sie durch das Refektorium ging, um Professor Turvey zu suchen.

Kapitel 2

In der Haupthalle des Konferenzzentrums der Abtei stand Professor Turvey und studierte seinen Klemmhefter. Obenauf lag eine Liste mit Namen, von denen die meisten ordentlich mit einem roten Stift durchgestrichen waren. Der rote Kugelschreiber klemmte daneben.

Der Mitbegründer der Gesellschaft für historische Kochkunst war extrem dünn. Nur die Tatsache, dass er auch extrem groß war, verhinderte es, dass die beiden leitenden Mitglieder der Gesellschaft den Anblick eines Komikerduos boten, wenn sie nebeneinanderstanden. Abgesehen von der Größe hatten sie keinerlei Ähnlichkeit miteinander. Während auf Digbys Kopf ein dichter Schopf wuchs, kämmte Nicholas einzelne Strähnen über die kahlen Stellen, in dem immer verzweifelteren Versuch, diese zu überdecken. Während die Falten Digby ein würdevolles Aussehen gaben, glich Nicholas eher einer Karikatur: Eine hohe Stirn verengte sich auf geradezu lächerliche Weise bis hin zu einem fliehenden Kinn. Der Kopf schien nur durch die abstehenden Ohren zusammengehalten zu werden. Die Wärme in seinen haselnussbraunen Augen gab ihm das Aussehen eines pfiffigen Streifenhörnchens. Doch viel zu häufig wich dieser Gesichtsausdruck einer Mischung aus Verblüffung und Zorn.

Als Darina aus dem Refektorium trat, erhellte sich das Gesicht des Professors. »Wie geht es mit dem Essen voran?« Die Kiefer des Streifenhörnchens mahlten voller Vorfreude.

»Alles unter Kontrolle. Was ist mit den Mitgliedern? Sind alle eingetroffen?«

Der Professor warf einen Blick auf den Klemmhefter. »Bis auf zwei sind alle da. Es ist so ärgerlich, dass sie zu spät kommen. Eigentlich sollte ich jetzt schon bei den Mitgliedern sein.« Unbewusst strich er mit einer Hand das Revers seiner samtenen grünen Smokingjacke glatt. Dann rückte er noch die gelbe Fliege in Paisleymuster gerade, ehe er wie ein herumirrender Schmetterling nach seinem roten Kugelschreiber griff.

Darina holte tief Luft und richtete ihm Digbys Botschaft über das Fernsehteam aus.

»Fernsehen?« Nicholas fuhr auf. Seine Nüstern bebten wie bei einem wilden Tier, das Gefahr wittert. »Welcher Sender?«

»Offenbar der lokale Fernsehsender, und Digby sagt, dass sie vor dem Essen Aufnahmen vom Tisch machen wollen. Wussten sie denn nicht, dass sie kommen?«

Der kleine Mund verzog sich, und zu beiden Seiten der scharfgeschnittenen Nase bildeten sich weiße Flecken. »Diese ganze Publicity ist so gefährlich. Erst gestern ist im Independent ein Artikel erschienen.

Haben Sie ihn gelesen? Es war ein Interview mit Digby, das die Leser angeblich über unsere Gesellschaft und über dieses Wochenende informieren sollte. Aber wurde ich etwa darin erwähnt? Wurde etwa meine Arbeit erwähnt?« Nicholas presste die Lippen zusammen und holte tief Luft. Etwas ruhiger fuhr er fort: »Digby merkt anscheinend nicht, dass wir die Kontrolle über die Gesellschaft verlieren könnten, denn die unpassendsten Leute könnten auf einmal den Wunsch verspüren, Mitglied zu werden. Also wirklich, er hat nicht das Recht, so etwas zu organisieren und mir kein Wort davon zu sagen. Fernsehen – das ist die Höhe.«

Und ebenso war es die Höhe, dass Digby es ihr überlassen hatte, ihm diese Nachricht zu überbringen, dachte Darina. Er sollte seine Schmutzarbeit lieber selbst machen.

»Und zuzulassen, dass sie vor dem Essen filmen – ungeheuerlich! Das wird alles verzögern, und das Essen wird verderben!« Die schmalen Schultern krümmten sich, und der lange Körper verkrampfte sich.

»Machen Sie sich keine Sorgen«, beruhigte ihn Darina. »Ich werde sehen, was wir tun können, um alles ein wenig zurückzuhalten. Und Sie können dem Filmteam ein zeitliches Limit setzen.«

»Guten Abend, Mr. Turvey«, erklang eine sanfte Stimme mit bäuerlichem Dialekt von der reichgeschnitzten Holztreppe. Eine kleine, untersetzte Gestalt erschien. Ihr braunes Haar mit den grauen Strähnen war zu einem hübschen Pagenkopf geschnitten, die bemerkenswert breiten Schultern steckten in einem

Kleid in heidefarbenem Fischgrätmuster. Hinter einer Nickelbrille musterten selbstbewusste, braune Augen die große junge Frau und den noch größeren Mann. »Wie schön, Sie wiederzusehen. Ich bin sicher, dass dieses Wochenende ebenso schön wird wie das im letzten Jahr.«

Nicholas streckte die Hand aus, und ein herzliches Lächeln erhellte sein Gesicht. »Miss Makepeace! Haben Sie sich schon eingerichtet?«

»Es ist alles sehr hübsch, danke.« Miss Makepeace hielt inne, und ihre klaren Augen, die hinter den dicken Brillengläsern leuchteten, blickten an dem Professor vorbei. »Ist Mr. Cary in der Nähe?«

Nicholas Turvey presste die Lippen zusammen, und er verkrampfte sich wieder. Darina eilte ihm zu Hilfe. »Er arbeitet gerade in seinem Büro.«

Die breiten Schultern strafften sich, und einen Augenblick lang glaubte Darina, dass Miss Makepeace sie nach dem Weg dorthin fragen würde. Stattdessen machte sie ein energisches Gesicht, umfasste ihre große Lederhandtasche etwas fester und sagte vorsichtig: »Er wird bestimmt später Zeit für mich haben.«

»Warum gehen Sie nicht hinunter an die Bar?« schlug Darina ihr vor. »Ich bin sicher, dass Sie dort Freunde treffen werden, die sie noch vom letzten Jahr kennen. Die Bar ist da hinten«, fügte sie hinzu, als Miss Makepeace nicht zu wissen schien, in welche Richtung sie gehen sollte. Sie zögerte wieder einen Augenblick, doch dann wandte sich die untersetzte Frau energisch um und schritt zielbewusst zu der Tür, die Darina ihr gezeigt hatte. Die Tür befand sich am anderen Ende der Halle, und als sie sie öffnete, wehte das Lachen und Schwatzen der Menschen, die schon in der Bar waren, zu ihnen herüber.

»Die liebe Miss Makepeace«, murmelte der Professor, »man würde sie auf den ersten Blick gar nicht für eine Feinschmeckerin halten. Aber wie ernst sie alles nimmt! Das letzte Mal rannte sie ständig hinter Digby her und versuchte, ihn zu einer Diskussion über die mittelalterlichen Torten von Parys zu bewegen, wenn mich meine Erinnerung nicht trügt. Schließlich konnte sie ihn bei seiner Abreise auf der Treppe festnageln. Ich frage mich, wie lange es ihm diesmal gelingen wird, ihr zu entwischen!« Dieser Gedanke erzeugte bei ihm eine gewisse Heiterkeit, die jedoch schnell wieder verflog, als sich die massive Eingangstür öffnete und ein paar Leute hereinkamen, bei denen es sich nur um das Fernsehteam handeln konnte.

Die Gruppe bestand aus vier oder fünf kräftigen, jungen Männern, die alle Jeans und Sweatshirts trugen und mit einer Ansammlung von Taschen, Kameras, Beleuchtungsutensilien und ein paar Aktenkoffern beladen waren, die zum Bersten voll zu sein schienen. Sie setzten alles in der Halle ab. Dann verschwanden sie wieder nach draußen. Ihre Bewegungen waren knapp und geschäftsmäßig. Nur eine Frau blieb in der Halle stehen. Sie hielt ein Klemmbrett in Händen, das mit so vielen Blättern bestückt war, dass das Blatt auf Nicholas Hefter dagegen wie ein Herbstblatt wirkte, das der kleinste Windstoß wegpusten konnte.

Sie ging auf ihn zu und streckte die Hand aus. »Ich bin Linda Stainmore, und Sie müssen Professor Turvey sein. Sehr erfreut, Sie kennenzulernen. Ich bin eine große Bewunderin Ihres Werkes Überblick über die archäologischen Fundstellen in England. Wenn ich reise, ist dieses Buch eine Art Bibel für mich.« Leicht vorstehende hellblaue Augen hielten seinen erschrockenen Haselnussaugen mit durchdringender Intensität stand. Ihre schwarzen Haare glänzten wie die einer Chinesin. Die Designerstrickjacke und die cremefarbenen Jeans unterstrichen, was allen bereits klar war – das war nicht die Produktionsassistentin, sondern die Produzentin.

Jemand stellte eine gummierte Reisetasche neben ihr auf den Boden. »Ich glaube, das ist Ihre Tasche, Linda.«

Sie warf einen kurzen Blick darauf und konzentrierte sich dann wieder ganz auf Nicholas. »Digby meinte, Sie wären so nett, mir ein Zimmer für das Wochenende zuzuweisen. Die Crew wird heute Abend filmen, dann wieder gehen und morgen wiederkommen, aber ich möchte das Flair des Symposiums mitbekommen.«

Nicholas geriet in Panik. Er schaute sich nach der entschlossenen Crew um, die immer noch Gerätschaften hineintrug. »Ein Zimmer?«, rief er. Er blickte zunächst auf seine Unterlagen und starrte dann wieder Linda an. »Ein Zimmer?«, wiederholte er etwas hysterisch. »Digby hat mir nichts davon gesagt. Es tut mir leid, aber es geht nicht, wir sind völlig ausgebucht!«

Linda schien das nicht zu beunruhigen. »Oh, sicher treiben Sie irgendwo ein kleines Mauseloch für mich auf! Wo steckt Digby? Er schien keinen Zweifel daran zu haben.« Ihre Stimme klang befehlend, aber irgendwann schien man Linda Stainmore einmal gesagt zu haben, dass man mit einem Lächeln mehr erreichen konnte. Sie besaß zwar den Charme eines speichelleckenden Vampirs, aber bei Nicholas schien das zu wirken. Er blickte auf die schmale Hand mit den rotlackierten Fingernägeln, die auf seinem Arm lag, und dann in die blauen Augen.

»Ja, also ...« Seine Stimme quiekte etwas, und er räusperte sich und versuchte es noch einmal. »Dann wollen wir uns die Sache noch einmal anschauen.« Er studierte seine Unterlagen.

Linda wartet geduldig. Sie musterte Darina und sah in die Halle. Ihr Blick blieb an den Portraits an den Wänden hängen; die Gesichter unter dem dicken, alten Firnis wirkten anonym. Dann sah sie sich die Schnitzereien am Treppengeländer an und den schweren Eichentisch, auf dem eine mit Elefanten verzierte Kupferschale stand, die mit einer riesigen Aspidistra gefüllt war. Neben der Pflanze lag ein Stapel dünner Aktenordner, auf denen das Logo der Gesellschaft prangte – ein Rad schlagender Pfau auf einer großen Servierplatte.

Der rote Kugelschreiber machte ein paar Vermerke in der Anwesenheitsliste. »Da weder Charles Childe noch

Gray Wyndham bis jetzt eingetroffen sind, werde ich ihnen das Doppelzimmer zuweisen und ihnen das dadurch freigewordene Zimmer geben. Es ist zwar klein und hat leider kein Bad, aber Sie werden sich sicher darin wohlfühlen.«

»Wundervoll. Ich wusste, dass Sie es einrichten würden.« Linda sah ihm wieder tief in die Augen, und das Gesicht des Professors überzog eine leichte Röte.

»Okay«, verkündete Linda in geschäftsmäßigem Ton. Ihre gedehnte Sprechweise hatte etwas beinahe Affektiertes. »Das Zimmer kann warten. Ich würde jetzt gern die Festtafel sehen«.

»Natürlich«, Nicholas war jetzt sehr beflissen. »Das hier ist Darina Lisle, die Schöpferin der Versuchungen des heutigen Abends. Darina, meine Liebe, wären Sie wohl so freundlich, Miss Stainmore alles zu zeigen? Ich stoße zu Ihnen, sobald die beiden Nachzügler eingetroffen sind.«

Linda warf Darina einen flüchtigen Blick zu. »Okay, dann führen Sie mich zum Büffet. Und vielleicht kann jemand Digby Cary auftreiben. Ich brauche ihn, wenn wir die Einleitung zu unserem Feature aufnehmen.«

Nicholas fuhr herum. »Digby bereitet gerade seine Ansprache für morgen vor. Ich bin sicher, dass ich Ihnen helfen könnte ...« Er brach fragend ab.

»Sie sind sehr freundlich.« Linda versuchte, hilflos dreinzuschauen, was ihr aber völlig misslang. »Aber ich glaube, es muss Digby sein. Der Name, wissen Sie.«

»Auch Professor Turveys Name ist sehr bekannt«, schaltete sich Darina ein.

»Natürlich, ja.« Linda betonte ihre Worte wie ein Kindermädchen, das versucht, einem etwas dümmlichen Kind Mut zu machen. »Aber ja. Aber wir brauchen die Verbindung zur Esskultur. In der Öffentlichkeit ist Digby Cary die Esskultur. Und wir sind am Essen interessiert und eigentlich nicht an dem historischen Aspekt. So interessant er auch sein mag«, fügte sie hastig hinzu.

Darina gab es auf und führte Linda in das Refektorium. Das Fernsehteam raffte die notwendigen Gerätschaften zusammen und folgte ihnen.

In der Empfangshalle versuchte Nicholas Turvey, den ungeheuren Zorn zu beherrschen, der in ihm aufstieg. Digby, Digby, immer ging es nur um Digby! Einen Moment lang hatte er geglaubt, die attraktive Produzentin würde ihn anziehend finden, und dann war Digbys Name gefallen und hatte ebenso gewirkt wie seine leibhaftige Gegenwart – wenn er dann wirklich zugegen war, würde der Eindruck, den er, Nicholas, auf sie gemacht hatte, dahinschmelzen wie Gelato in der italienischen Sonne. Einen Augenblick lang lichteten sich die Wolken der Eifersucht, und er fragte sich mit der tiefen Neugier des Akademikers, wann die Bewunderung, Achtung und Sympathie, die er einmal für Digby empfunden hatte, in diesen alles zersetzenden Neid und gelegentlich sogar in heftigen Abscheu umgeschlagen war. Was hatte der großgewachsene Mann ihm getan?

Alles Mögliche, schrie seine frustrierte Seele. Dieses Wochenendsymposium zum Beispiel. War es nicht ursprünglich Nicholas' Idee gewesen? Und war das erste Wochenende nicht ein triumphaler Erfolg gewesen? Warum also sollten bei dieser zweiten Wochenendveranstaltung Digbys Beiträge höher gewürdigt werden als seine? Und seine ganze Publicity! Er konnte klar erkennen, wer hier als der leuchtende Stern in der Gesellschaft für historische Kochkunst und als einziger Ideengeber hingestellt werden sollte! Und das war einfach nicht fair. Nicholas zitterte vor Hass und eifersüchtiger Wut.

»'n Abend, Professor, weisen Sie uns unsere Zimmer zu? Entschuldigen Sie, dass ich zu spät komme, bin leider aufgehalten worden.« Ein großgewachsener Mann war durch die große Eingangstür aus Eiche eingetreten. Die Fernsehcrew hatte sie offengelassen, denn es war ein warmer Abend im Frühherbst.

Nicholas entspannte sich und ging ihm mit einem Lächeln entgegen, das nur einen winzigen Anflug von Boshaftigkeit hatte. »Wyndham, lieber Kollege, wie schön, dass Sie es noch geschafft haben. Zweifellos arbeiten Sie gerade hart an Ihrem Buch – wie geht es mit dem magnum opus voran?«

»Es wird«, erwiderte der Neuankömmling knapp.

»Und wer ist das?« Nicholas' Stimme klang spielerisch, als er auf Wyndhams Knie hinunterblickte.

Ein Hund stand neben den langen Beinen. Für Uneingeweihte ähnelte er einem Bettvorleger in einem besonders attraktiven Rot. Er hatte einen intelligenten, schmalen Kopf mit schwarzumrandeten Schlappohren. Am anderen Ende des Bettvorlegers wedelte ein buschiger Schwanz, dessen Spitze ebenfalls schwarz war, während seinen topasfarbenen Augen sich auf den Professor richteten.

Er streckte die Hand aus. Der Hund kam näher und beschnüffelte sie.

»Ach«, erwiderte sein Herr, »das ist Bracken. Ich hätte mich wohl kundig machen sollen, ob Hunde hier erlaubt sind, aber zur Not kann er im Auto schlafen. Er begleitet mich überallhin.«

»Ich bin sicher, dass wir einen passenden Schlafplatz für ihn finden können.« Der Hund hatte sofort Nicholas' Herz erobert, indem er seinen Kopf an den Beinen des Professors rieb und ihn mit sanft bittenden Augen ansah. Doch dann fiel ihm ein, welche Änderungen er im Belegungsplan hatte vornehmen müssen. »Aber ich habe Sie leider mit einem anderen Teilnehmer zusammenlegen müssen.«

»Solange Sie ein Zimmer für meinen Freund hier auftreiben, stört es mich nicht, wo ich schlafe.« Er wollte noch etwas sagen, doch in diesem Augenblick ertönte von der Tür her eine Stimme, in der Verärgerung und Selbstmitleid mitschwangen, die jedoch auch voll jugendlichen Charmes war. »Dieser Ort war wohl der abgelegenste, den Sie auftreiben konnten!«

Vielleicht lag es an der plötzlichen Störung oder am schrillen Ton der Stimme, oder vielleicht war es auch die Art, wie der Koffer hineingeworfen wurde, bevor sein Besitzer mit einer Umhängetasche die Halle betrat. Jedenfalls fuhr Bracken herum, jeder Muskel angespannt, die Ohren gespitzt und den Schwanz steil aufgerichtet. Dann drang ein tiefes, drohendes Knurren aus seiner Kehle.

Der Eigentümer des Koffers wich zurück. »Er will auf mich losgehen, halten Sie ihn zurück, halten Sie ihn zurück!«, kreischte er in höchsten Tönen.

Der Hund kam ein paar Schritte näher und bleckte die Zähne. Das Knurren wurde drohender. Aber jede weitere aggressive Handlung wurde durch seinen

Herrn unterbunden, der ihn am Nackenfell packte und ihn zurückhielt. »Entschuldigen Sie«, sagte er zu dem Mann, der sich ängstlich an die Eingangstür drückte. »Wenn Sie mir aus dem Weg gehen, werde ich ihn nach draußen ins Auto schaffen.«

Schnell wurde die Bahn freigemacht und der Hund hinausgeführt. Als er am Objekt seiner Aggression vorbeigezerrt wurde, gebärdete er sich wie ein Wilder und bellte wütend.

Nicholas trat etwas zittrig vor. »Sie müssen Charles Childe sein«, sagte er. »Bitte, kommen Sie doch herein.«

Mit einem nervösen Blick auf die Einfahrt, von der aus immer noch protestierendes Bellen ertönte, ergriff Charles Childe seinen Koffer und betrat mit angstgeweiteten Augen die Halle. Er stellte den Koffer hin und fuhr sich mit zitternder Hand durch seine zu langen, hellblonden Haare. Dann schloss er für einen Augenblick die Augen, wobei dunkle Wimpern einen Halbmond auf den Wangen bildeten. Während er darauf wartete, dass er sein inneres Gleichgewicht wiedererlangte, fragte sich Nicholas unsinnigerweise, ob die Wimpern wohl gefärbt waren. Dann hoben sie sich wieder, und ein ungemein charmantes Lächeln wurde ihm zuteil.

»Was für ein Untier! Wie konnte man ihn nur frei herumlaufen lassen? In aller Öffentlichkeit! Es gibt doch sicher ein Gesetz dagegen?«

»Der Zwischenfall tut mir unsagbar leid«, entschuldigte sich der Eigentümer, der gerade wieder hereinkam. »Ich weiß nicht, was in ihn gefahren ist, normalerweise greift er nie Menschen an.« Er betrachtete sich den immer noch etwas erschütterten Mann näher. »Hatten Sie schon einmal Ärger mit Hunden?«

»Wenn Sie damit meinen, dass ich das Opfer von sinnlosen Attacken war – o ja! Eigentlich kann ich Hunde nicht ausstehen, sie machen mir Angst, seit ich als Kind einmal von einem Schäferhund gebissen wurde.«

»Das ist es also. Hunde spüren das. Sie reagieren nur auf Ihre Unsicherheit, Ihre Angst und Ihre Abscheu.«

»Wollen Sie damit etwa sagen, dass es meine Schuld war?« Die Wut ließ seine Stimme noch schriller werden.

»Leider ja«, entgegnete der andere Mann leichthin, »aber machen Sie sich keine Gedanken, ich werde darauf achten, dass er nicht in Ihre Nähe kommt. Gray Wyndham«, stellte er sich vor und streckte die Hand aus.

Nach kurzem Zögern ergriff der andere sie mit schlaffem Druck. »Charles Childe«, erwiderte er.

»Hm, ja«, schaltete sich Nicholas ein, der diese unangenehme Aufgabe so schnell wie möglich hinter sich bringen wollte, »wie schön, dass Sie beide zusammen eingetroffen sind. Sie werden sich nämlich ein Zimmer teilen.«

Der blonde Mann blickte ihn entsetzt an. »Doch nicht mit dem Hund?«

»Nein, nein, mein Lieber«, verwahrte sich Nicholas hastig, »ich versichere Ihnen, dass wir für den Hund einen anderen Schlafplatz finden werden.«

Nervös musterte er die beiden Symposiumsteilnehmer. Die ganze Sache verlief höchst unglücklich. Was dieses Wochenende so attraktiv gemacht hatte, war die Aussicht gewesen, dass jeder der Teilnehmer ein Einzelzimmer bekommen sollte. Das war alles nur Digbys Schuld, dachte er voller Wut auf den Vorsitzenden der Gesellschaft. Wenn Digby der Fernsehproduzentin nicht ein Zimmer angeboten hätte, würde er diese beiden Männer nicht zusammenpferchen müssen. Auch wenn man von dem Zwischenfall mit dem Hund einmal absah, handelte es sich bei den beiden sicher nicht um die idealen Zimmergenossen.

Charles Childe war von mittlerer Statur und sehr adrett gekleidet. Er trug ein Tweedjackett, dessen unkonventioneller Schnitt von Giorgio Armani ersonnen war, was Nicholas natürlich nicht wusste, dazu eine cremefarbene Bundfaltenhose und ein lose fallendes, mokkafarbenes Seidenhemd mit einer gestrickten Seidenkrawatte. Er sah aus, als sei er einer Modezeitschrift entsprungen, denn sogar seine Gesichtszüge hatten den nichtssagenden, glatten Ausdruck eines Dressman.

Gray Wyndham hingegen war die Lässigkeit selbst. Obwohl er nicht ganz so groß war wie Nicholas, überragte er den anderen Mann um Längen. Wirre braune Haare umgaben seinen großen Kopf, und seine regelmäßigen Gesichtszüge wurden von einem Bart verdeckt, der – obwohl ordentlich zurechtgestutzt – sein unordentliches Erscheinungsbild nur noch unterstrich. Seine Nase war groß und leicht gekrümmt, und die braunen Augen unter dem wirren Haar waren von

Tränensäcken umrandet. Sein schlanker Körper steckte in einem gut geschnittenen, aber alten, leichten Tweedjackett und Twillhosen, beides außerordentlich konventionelle Kleidungsstücke.

»Gut, dann werde ich Ihnen Ihr Zimmer zeigen«, raffte sich Nicholas auf.

Beide Männer hoben ihr Gepäck auf und folgten ihm nach oben.

Den Kern des Konferenzzentrums bildete ein elisabethanisches Landhaus, das eigentlich eine umgebaute Abtei war. Vor über zwanzig Jahren war es nach einer buntbewegten Geschichte von den Eigentümern eines Firmenkonsortiums erworben worden und diente seither als Konferenzzentrum. Die großen Empfangsräume wurden umgebaut und dienten jetzt als Bar, Speisezimmer und Sitzungsräume. Zusätzliche Zimmer waren in einem diskreten Anbau untergebracht worden, der durch einen überdachten Gang mit dem Hauptgebäude verbunden war, und ein hervorragendes Personal sorgte für den nötigen Komfort.

Nicholas führte sie zu einem großen Zimmer, das im ersten Stock links des alten Hauses lag. Es war wirklich sehr groß. Zwei Einzelbetten klammerten sich aneinander wie zwei Kinder, die sich in der Wüste verirrt haben. An der gegenüberliegenden Wand stand ein moderner, furnierter Kleiderschrank. Meilenweit davon entfernt stand ein Ankleidetisch, der ähnlich aussah. Um einen spindelbeinigen Kaffeetisch am Fenster standen ein paar Sessel, die sehr unbequem aussahen. Aus einer großen Stuckrose an der Decke hing eine Lampe mit einem orangefarbenen Schirm.

Charles Childe schauderte zusammen. »Wer auch immer dieses Zimmer dekoriert hat, würde wahrscheinlich auch Wildlachs zu Fischfrikadellen verarbeiten!«

»Die Stuckarbeiten stammen aus dem siebzehnten Jahrhundert!« bemerkte Gray Wyndham.

Nicholas nickte glücklich. »Einer von Oliver Cromwells Mitstreitern hat in der Zeit des Commonwealth eine Menge Geld dafür ausgegeben.«

Grays Interesse war geweckt. »Ich freue mich darauf, den Rest des Hauses zu sehen. Wie geht es weiter? Wird es heute Abend noch Vorträge geben?«

»Aber nein! Heute Abend wird gegessen! Es wurde ein Büffet mit Gerichten aus verschiedenen Perioden der Geschichte vorbereitet. Wir wollen zunächst über jedes einzelne Gericht diskutieren und klären, welche Epoche es repräsentiert und aus welchen Bestandteilen es zusammengesetzt ist. Vielleicht kommentieren wir auch die Unterschiede, die es zwischen der damaligen und der heutigen Zubereitungsweise gibt. Erst morgen beginnen die Vorträge. Entschuldigen Sie, ich hätte Ihnen bei Ihrer Ankunft ein Programm geben müssen, aber durch den kleinen Zwischenfall ist es mir entfallen. Auf dem Tisch neben der Haupttreppe liegt ein kleiner Stapel. Nehmen Sie sich einfach eins herunter, wenn Sie nach unten kommen.«

Danach verließ Nicholas das Zimmer.

Gray Wyndham warf seine Tasche auf eines der Betten und zog den Reißverschluss auf. Charles Childe stellte seine Gepäckstücke vorsichtig auf den Boden und musterte seinen unverhofften Zimmergenossen.

»Sie entsprechen nicht gerade meiner Vorstellung von einem Gourmet. Was also hat sie zu diesem Wochenende der Völlerei geführt?«

Sein Gegenüber sah ihn belustigt an. »Völlerei? Ich dachte, es sollte eine Reihe gelehrter Ausführungen über die Geschichte der Speisen geben!«

»Nach dem, was ich gehört habe, ist das nur eine Entschuldigung für das viele Essen. Genau deshalb bin ich auch gekommen. Mir gehört ein Restaurant«, fügte er hinzu, als er sich in einen Sessel setzte, die Knie überschlug und wartete, welche Reaktion seine Feststellung auslöste.

»Servieren Sie alte Gerichte?«, fragte Gray Wyndham, der gerade den bescheidenen Inhalt seiner Reisetasche sorgfältig einräumte.

»Nun, ich halte ein oder zwei traditionelle Gerichte, die an den modernen Geschmack angepasst sind, durchaus für eine gute Idee.« Charles wandte den Kopf, blickte aber nur auf Grays Rücken, weil dieser gerade Unterhosen und Socken in eine Schublade stopfte. »Ich denke, mit der nouvelle cuisine ist es langsam endgültig vorbei. Die Gäste wollen jetzt etwas für ihr Geld bekommen. Besonders meine. Viele davon sind nämlich Schauspieler, wissen Sie. Sie kommen nach der Vorstellung herein und sind buchstäblich am Verhungern. Ich war früher auch einmal Schauspieler, müssen Sie wissen.« Wieder machte er eine Pause, um die Reaktion seines Zuhörers abzuwarten.

»Ach ja?« Das war nicht gerade eine ermutigende Reaktion, und Charles fiel etwas in sich zusammen.

Gray Wyndham schloss die Schublade, prüfte nach, ob seine Reisetasche auch wirklich leer war, warf sie oben auf den Kleiderschrank, musterte dann die Gestalt im Sessel und gab nach. »Besitzen Sie Ihr Restaurant schon lange?«, fragte er.

Charles wurde sofort wieder munterer. »Erst seit ein paar Monaten. Es ist so aufregend! Natürlich braucht man Zeit, um das Geschäft aufzubauen, aber vor ein paar Tagen war Digby Cary bei uns. Aus diesem Grund bin ich eigentlich hier – er hat mir nämlich alles über dieses Wochenende erzählt, und es klang so interessant. Also, wenn wir jetzt noch in seiner Restaurantkolumne gute Besprechungen von ihm bekommen, sind wir gemachte Leute.«

Endlich hatte er die ganze Aufmerksamkeit seines Gegenübers erregt.

»Digby Cary?«, sagte der andere Mann betont langsam. »Wollen Sie damit etwa sagen, dass er an diesem Fressgelage beteiligt ist?«

»Aber ja, wussten Sie das nicht? Er ist einer der Fixsterne hier.« Charles plapperte glücklich weiter, erklärte, welche Funktion der große Mann bekleidete und sprach über seine begnadeten Führungsqualitäten und seine Gelehrsamkeit. »Und er besitzt diese einmalige Fähigkeit, wirklich einflussreiche Menschen in seinen Bannkreis zu ziehen. Einige der wirklich wichtigen Leute in der Gastronomiebranche dürften an diesem Wochenende hier sein. Also, wenn ich nur ein paar von denen dazu bringen könnte, in mein Restaurant zu kommen ...« Er brach ab, als er bemerkte, dass sein Gegenüber starr und unbeweglich dastand. »Stimmt etwas nicht?«, fragte er.

»Ich gehe hinunter und schaue nach meinem Hund«, entgegnete Gray kurz. »Bis später dann.« Ohne ein weiteres Wort zu sagen, stürmte er aus dem Zimmer.

»Mach, was du willst«, murmelte Charles vor sich hin, als die Tür zuknallte. Also, manche Menschen waren wirklich ... Er stand auf, öffnete seine Reisetaschen, packte sorgfältig seine Sachen aus und widmete sich der genussreichen Frage, was er wohl zum Abendessen anziehen sollte.

Linda gab ihren Kameramännern im Refektorium Anweisungen. »Richtig, Derek, Großaufnahme vom Tisch, dann ein Schwenk von links nach rechts und eine Aufnahme des gesamten Festes. Darina, meine Liebe, was soll diese kahlen Stellen auf dem Tisch ausfüllen? Können wir die fehlenden Sachen nicht daraufstellen?«

Die hellblauen Augen blickten eindringlich in Darinas graue, während ihr der Zeitablauf des Essens erklärt wurde.

»Sie wollen damit wohl ausdrücken, dass wir das gesamte Essen erst kurz vor dem Dinner filmen können, ja? Okay.« Sie hob mit einer Hand den dicken Pony hoch – wobei sie eine überraschend niedrige Stirn entblößte – und schaute sich die Szenerie noch einmal an. Die andere Hand hatte sie in die Hüfte gestemmt. Darina wusste nicht, worauf sie neidischer sein sollte, auf die Designerjeans oder auf die schlanken Beine, die der Stoff hauteng einhüllte. Alles wartete.

»Eine Nahaufnahme von dieser Pastete da. Was ist darin, Darling?«

Der Inhalt der Pastete wurde ihr in allen Einzelheiten kundgetan. Linda quollen fast die Augen aus dem Kopf.

»Erstaunlich!«, verkündete sie schwach. »Hast du die Aufnahme, Derek? Jetzt auf dieses schreckliche Teil.« Sie deutete auf das gewürzte Rindfleisch. »Entschuldigen Sie, Darling«, sagte sie sorglos zu Darina, »es schmeckt sicher hervorragend, aber wenn man Vegetarier ist, versetzen einem solche Sachen einen ziemlichen Schlag.«

Sie ging nach vorne, legte eine Hand auf Dereks Schulter und flüsterte ihm etwas ins Ohr. Er nickte und zog den Eberkopf näher heran, bis es so aussah, als würde er nach dem Fleisch schnappen. Dann richtete er seine Kamera darauf und schien schier endlose Aufnahmen zu machen.

Linda ging um den Tisch herum, rückte hier einen Teller genau zurecht und arrangierte dort einen Servierlöffel anders. Ihr Pagenkopf wippte dabei um das blasse Gesicht, und auf den hohen Wangenknochen spiegelte sich das Licht der starken Scheinwerfer wider, die man aufgestellt hatte. Sie murmelte unaufhörlich Anweisungen vor sich hin, die nur sie selbst hören konnte. Die Techniker standen mit den Kameras auf den Schultern da und warteten geduldig auf die nächste Aufnahme.

»Alles bereit? Wo steckt Digby? Darina, Darling, holen Sie diesen göttlichen Mann her, ich möchte mit ihm über das Essen sprechen. John – Aufnahme von

Digby vor dem Büffet und mir daneben, während ich ihm Fragen stelle, ja?«

Als Darina gerade den Raum verlassen wollte, sah sie noch, wie Linda sich suchend umsah und sofort zum Spiegel ging, als sie ihn entdeckte. Die Hand mit den scharlachroten Nägeln richtete den Schal am Kragen ihrer Escada-Bluse, und die rosige Zunge befeuchtete die bereits glänzenden Lippen. Darina hoffte, dass Nicholas erst dann hereinkommen würde, wenn die Filmerei beendet war.

Im Zimmer der Haushälterin heftete Digby gerade ein paar maschinengeschriebene Manuskriptseiten zusammen. Als Darina eintrat, legte er das zuoberst liegende Exemplar neben seine Schreibmaschine und die Durchschläge in einen Ordner, den er unter einen Stapel aus Akten und Papieren schob.

»Digby, die Fernsehleute möchten, dass du kommst, um dir ein paar Fragen über das Essen zu stellen.«

Digby lächelte sie breit an. »Natürlich, meine liebste Darina. Ich werde wie der Blitz dort sein.« Er schaltete die Schreibmaschine aus und nahm seine Jacke von der Stuhllehne.

»Ist deine Rede fertig?«, fragte Darina, während er sich die untadelig geschnittene Leinenjacke überzog.

»Meine Rede?« In seinen Augen glitzerte es. Wie Sonnenschein, der sich auf dem Wasser spiegelt, verriet auch sein Blick nichts von dem, was in seinem Inneren vor sich ging. »Die habe ich mir für später aufgehoben. Gerade habe ich meine Restaurant-Kolumne geschrieben. Der Abgabetermin, weißt du, Liebes. Der Artikel muss morgen früh zur Post.«

Er grinste sie noch einmal an wie eine Katze, die Sahne geleckt hat und verließ das Zimmer. Darina folgte ihm langsam. Sie hatte eigentlich keine Lust, wieder in das überheizte Refektorium zurückzugehen und Digbys glattzüngigem Geschwätz über die Ziele, die man mit diesem Wochenende verfolgte, zu hören. Es war sowieso Zeit, einen Blick auf das Fleisch zu werfen.

Als sie die Küchentür öffnete, raste ein aufgeregter Hund den Korridor entlang, sprang an ihr hoch und bellte erfreut. Darina mochte Hunde. Sie hockte sich hin, kraulte das dicke Fell hinter den Ohren und stieß den Kopf weg, der versuchte, ihre intimsten Stellen zu beschnüffeln. Also versuchte er, stattdessen ihr Gesicht zu lecken.

»Bracken!«, erklang eine strenge Stimme. Der Hund stellte sich taub, aber Darina stand auf und wandte sich der bärtigen Gestalt zu, die sich ihnen näherte. »Entschuldigen Sie«, sagte er. »Er benimmt sich heute leider ziemlich daneben. Er war ein Streuner und ist zutiefst dankbar für Liebe und Aufmerksamkeit jeder Art. Meine armseligen Versuche, ihn zu disziplinieren, waren ein völliger Fehlschlag.«

»Er ist wunderbar! Ob er etwas zu fressen haben möchte? Was meinen Sie?«

»Das ist schon geklärt, danke. Ich habe sein Futter dabei.« Er deutete auf den großen Korb an seinem Arm, der mit Hundefutter und Schüsseln gefüllt war. »Aber ich wäre Ihnen sehr dankbar, wenn Sie mir einen Ort zeigen könnten, wo er schlafen könnte. Nicholas Turvey meinte, es könnte vielleicht hier unten eine Abstellkammer oder so etwas geben, wo wir auch seinen Korb hinstellen könnten.«

Darina dachte einen Augenblick nach und öffnete dann eine Tür gegenüber der Küche. Es war eine wunderbare Höhle voller seltsamer Kisten, alter Geräten, Vasen, Kunstblumen und einem riesigen Boiler. »Das ist zwar nicht gerade das Ritz, aber es ist warm, und hier stört ihn bestimmt niemand.«

Der Korb wurde auf den Boden gestellt, die Schüsseln und das Futter herausgenommen, seine Decke ausgeschüttelt und wieder hingelegt. Bracken schnüffelte herum, stieg in den Korb, drehte sich ein paarmal um die eigene Achse, ließ sich mit einem tiefen Seufzer auf die Decke sinken, legte den Kopf auf die Umrandung und blickte seinen Herrn mit resignierten, braunen Augen an.

Darina sah sich die Dosen an. »Brauchen Sie einen Dosenöffner? Und wie ist es mit Wasser? Bringen Sie ihn doch mit in die Küche.«

Sie ging über den Flur voran, und Bracken folgte ihr mit freudiger Erregung. Als er erst einmal in der Küche war, gab es eine Menge Gerüche, denen er unbedingt nachgehen musste, und ein paar Leckerbissen, die er unbedingt vom Boden aufsammeln musste. Darina fand noch ein paar kleingeschnittene Fleischstücke, die von den Salmagundis übriggeblieben waren, und ließ ein paar in seine geöffnete Schnauze fallen.

Ihre Assistentin zog gerade das Spanferkel aus dem Ofen. »Es ist gar«, verkündete sie, »und die Lende habe ich in den Wärmeofen gestellt. Soll ich noch länger bleiben?«

»Danke, Frances, den Rest schaffe ich alleine. Zwei Angestellte des Konferenzzentrums werden mir beim Aufräumen helfen. Auf Wiedersehen bis morgen.«

Das Mädchen legte seinen Overall ab, lächelte zum Abschied und verließ die Küche. Darina füllte die Schüssel des Hundes mit Wasser und stellte sie unten neben den Tisch. Dann suchte sie nach einem Dosenöffner und reichte ihn dem Hundebesitzer, dessen fachkundige Hände von jahrelanger Übung im Dosenöffnen zeugten. Als sich der Deckel öffnete, blickte er auf. »Entschuldigen Sie, ich hätte mich längst vorstellen sollen. Gray Wyndham.« Er streckte die Hand aus. Darina trocknete sich hastig ihre Hände ab, ergriff seine Hand und schüttelte sie. Ihr gefiel, dass sie etwas zu ihm aufschauen musste. Seine Augen hatten fast die gleiche Farbe wie die seines Hundes. »Und Sie müssen Darina Lisle sein. Nicholas erzählte mir, dass sie die Köchin sind, die man für dieses Wochenende engagiert hat.«

Er schaute sich in der Küche um und erblickte das Spanferkel, das Darina schon zum Teil mit Karotten und jungen weißen Rüben garniert hatte, das riesige Stück Rindfleisch, das durch die Glastüren des Wärmeofens zu sehen war, und die unzähligen süßen Puddings, die im Wasserbad auf ihren Auftritt warteten. »Sind Sie etwa alleinverantwortlich für die Mahlzeiten hier und« – er wies mit der Dose in Richtung Refektorium – »für das erstaunliche Büffet, das da drinnen gerade gefilmt wird?«

»Frances hat mir dabei geholfen.« Darina blickte Gray an. Er schien Schwierigkeiten zu haben, das Futter aus der Dose zu bekommen. Er runzelte die Stirn, und seine Schultern waren geradezu lächerlich angespannt, während er sich abmühte, das Futter auf den Teller zu bekommen. Dann schoss plötzlich alles auf einmal aus der Dose. Er fügte Hundekuchen hinzu und stellte den Napf Bracken hin, der über das Fressen herfiel, als hätte er seit Tagen nichts mehr bekommen. Gray richtete seinen mageren Körper wieder auf, sah sich nach einem Abfalleimer für die leere Dose um, fand einen mit Schwingdeckel und musste den Deckel abnehmen, um die Dose hineinzudrücken, weil der Eimer bereits überfüllt war. Er stand da und starrte den Abfall an – Gemüseschalen, Kuchenverzierungen und Geflügelknochen. In seinem Gesicht arbeitete es. Dann brach es aus ihm heraus: »Das ist widerlich!«

Darina wurde rot. »Entschuldigen Sie«, sagte sie entschuldigend, »wir hatten noch keine Zeit, um ihn zu leeren.«

Gray stülpte aufgebracht den Deckel wieder über den Eimer. »Das meine ich nicht! Sondern all« – er machte eine ausladende Handbewegung – »dieses Essen!« »Essen« klang bei ihm wie das abscheulichste Schimpfwort überhaupt. »Solch einen obszönen Exzess habe ich noch nie gesehen. Wie viele Vielfraße haben sich denn für dieses Wochenende angemeldet?«

»Vierzig.« Diese Zahl hatte Darina während ihrer ganzen Kocherei ständig im Kopf gehabt.

»Vierzig!« Gray schloss die Augen. Er sah zornig aus. »Sie haben hier genug zu essen, um vierzig mal vierzig Leute abzufüttern!«

Darina protestierte gegen diese Übertreibung, aber Gray war in Fahrt gekommen.

»Wissen Sie, wieviel man braucht, um einen einzigen Äthiopier am Leben zu halten? Was ein Bangladeschi braucht, um weiter zu existieren? Wovon ein Obdachloser in London lebt?«

Darina sah ihn erstaunt an. »Warum zum Teufel sind Sie eigentlich hergekommen?«, frage sie.

Diese Frage brachte Gray etwas aus der Fassung. Er steckte die geballten Fäuste in die Hosentaschen (Darina fragte sich, ob er sich selbst daran hindern musste, sie zu erwürgen?), lehnte sich an die Spüle und blickte stumm auf seine Schuhe. Seine Schultern entspannten sich, und seine Wut verflog. Als er wieder aufsah, waren seine braunen Augen müde und leer. »Ich bin Schriftsteller«, sagte er und verstummte dann wieder, als wäre jede weitere Erklärung zu anstrengend.

Darina kramte in ihrem Gedächtnis. »Es tut mir leid, aber ich habe keines Ihrer Bücher gelesen, glaube ich«, sagte sie steif.

»Es würde mich sehr überraschen, wenn sie eins gelesen hätten«, erwiderte der Mann bitter. »Abgesehen von der ersten, hat keine meiner Biographien die Aufmerksamkeit der Öffentlichkeit oder der akademischen Welt erregt.« Er blickte wieder auf seine Schuhe. Als er wieder aufsah, war er wie ausgewechselt, schüchterner Stolz lugte unter dem Bart hervor, ähnlich wie bei einem Schuljungen, der einen Frosch gefangen hat, sich aber nicht sicher ist, ob man ihm für diese Leistung Beifall spenden wird. »Im Augenblick arbeite ich an etwas ganz anderem, an einem historischen Roman – ich glaube, die richtige Bezeichnung dafür ist ›Knüller‹. Die Handlung spielt gegen Ende des siebzehnten Jahrhunderts. Das ist zwar meine Spezialperiode, aber es gibt Gebiete, über die ich mich noch mehr informieren muss. Dazu gehören besonders die Mode und das Essen. Als ich Nicholas zufällig in der Universitätsbibliothek von Cambridge begegnete, meinte er, dass mir dieses Wochenende bei der kulinarischen Weiterbildung helfen könnte. Ich habe nämlich an seinem College Geschichte unterrichtet«, fügte er hinzu, als ob das alles erklären würde.

»Und Ihnen war nicht klar, dass Sie hier auch mitessen müssen?«, fragte Darina in scharfem Ton.

»Ich habe nie daran gedacht!« Er senkte wieder den Blick. Plötzlich kam ihm ein Gedanke, der gleichermaßen entsetzlich war. »Du meine Güte – jetzt erzählen Sie mir nicht auch noch, dass man sich zum Dinner umziehen muss!«

Sie musterte sein altes Jackett, die abgetragenen Hosen und das karierte Hemd. »Nun ja, schwarze Fliegen sind nicht gerade gefordert, aber die meisten werden im Anzug kommen.«

Sein Gesicht hellte sich auf. »Den habe ich mitgebracht. Obwohl ich nicht übel Lust hätte, so wie ich bin am Essen teilzunehmen. Irgendjemand muss diese ganze Völlerei doch ins richtige Licht rücken.« Er bückte sich, griff nach der Schüssel, die der Hund saubergeleckt hatte, nahm die Tüte mit dem Hundekuchen an sich und rief Bracken herbei, der sich nur sehr widerwillig von der verführerischen Duftquelle hinter dem Schrank löste und seinem Herrn gestattete, ihn nach draußen zu bringen. Als der Mann schon an der Tür war, drehte er sich noch einmal um. »Sie sollten eigentlich keine Hunde in die Küche lassen!«

Einen Augenblick lang glaubte Darina, dass er einen Scherz machte, aber er verschwand ohne die Spur eines Lächelns, und sie blieb zurück und starrte fassungslos auf die geschlossene Tür.

Kapitel 3

Zwei Stunden später sah sich Darina zufrieden im Refektorium um. Das Essen war ein Erfolg gewesen. Die Speisen waren unglaublich schnell verschwunden, und wenn sie nicht gerade damit beschäftigt gewesen war, frische Steak- und Nierenpasteten und Ragout herbeizuschaffen oder die Weinsauce für die süßen Puddings zu servieren, hatte sie unzählige Fragen über Quellen, Rezepte und Zutaten der Gerichte beantworten müssen.

Jetzt saßen die satten Teilnehmer entspannt und glücklich bei Stilton und Portwein an zwei langen Tischen. Selbst das Fernsehteam hatte scheinbar aufgehört zu drehen, obwohl die Scheinwerfer noch immer den ganzen Raum in grelles Licht tauchten und jede Einzelheit beleuchteten.

Am Kopf des einen Tisches saß Digby. Er hatte sein Leinenjackett gegen eines aus Samt getauscht, und sein faltiges Gesicht sah über der leuchtendgrünen Fliege freundlich und distinguiert aus. Neben ihm saß eine Frau von überirdischer Schönheit. Sie war

Schauspielerin und die Gattin eines prominenten Restaurantkritikers. Ihre lebhaften, blauen Augen beobachteten Digby dabei, wie er einen Apfel schälte.

Die Schale glitt über seine langen Finger und fiel in gleichmäßigen Ringeln auf seinen Teller nieder. Er legte die geschälte Frucht hin, schnitt sie in Viertel und entfernte dann aus jedem Stück das Kerngehäuse. Er nahm ein Viertel, blickte seiner Nachbarin tief in die Augen und bot es ihr an.

Die rosigen Lippen teilten sich, eine feuchte rosa Zunge schlängelte sich zierlich hinter den winzigen weißen Zähnen hervor, und Digby schob ihr die Frucht in den weichen Mund. Die kornblumenblauen Augen lachten ihn an, und die weißen Zähne bissen scharf in das knackige Obststück und verfehlten seine Finger nur um Millimeter. Die beiden beachteten niemand sonst in dem überfüllten Raum, sie waren offenbar so fasziniert voneinander, dass sie sich benahmen, als wären sie auf einer einsamen Insel.

Aber mindestens zwei Augenpaare beobachteten die kleine Szene mit ähnlicher Faszination.

Linda saß neben Nicholas, der seinen Platz am Kopf des anderen Tisches hatte. Die Produzentin schien das Dirigieren der Kameraleute keineswegs angestrengt zu haben. Sie sah noch genauso frisch aus wie bei ihrer Ankunft. Ihr schwarzes Haar schimmerte bläulich im Licht der Scheinwerfer. Vor ihr stand ein Teller, auf dem die wenigen Gemüsesorten, die das Büffet zu bieten hatte, dekorativ arrangiert worden waren. Ab und zu schob sie sich mit der Gabel ein Stück zwischen ihre scharlachrot geschminkten Lippen. Darina hatte ihr angeboten, ein Omelett zu machen, aber Linda hatte überschwänglich dankend abgelehnt und Darina dadurch sehr deutlich signalisiert, dass sie von solch einer Meisterin der fleischlichen Küche noch nicht einmal etwas annehmen würde, wenn sie dem Hungertod nahe wäre. Nicholas plauderte glücklich mit ihr und schien nicht zu merken, dass ihr Blick auf Digby fixiert war. Ihre Augen waren voller Begierde, die sie so verletzlich aussehen ließ, dass Darina den Blick abwenden musste. Dabei bemerkte sie, dass noch jemand ebenso eindringlich Digby und die Schönheit anstarrte.

Sie war immer noch sehr attraktiv, aber früher musste sie hinreißend gewesen sein. Jetzt, in mittleren Jahren, hatte ihre feine, mit Sommersprossen übersäte Haut ihre Frische verloren, und in den Hals und um die Augen herum hatten sich Fältchen eingegraben. Was früher einmal zerbrechlich gewirkt hatte, sah jetzt beinahe mager aus. Aber der Wolke aus rotem Haar hatte die Zeit nichts anhaben können – wie sprühendes Feuer lockte es sich zwanglos um das klassisch geschnittene Gesicht. Sie sah Digby mit einer Mischung aus Eifersucht und, wie Darina plötzlich voller Unbehagen bemerkte, blankem Hass an.

Ohne dass sie es wollte, richtete sich ihr Blick wieder auf die beiden Gestalten, die so viele Gefühle auslösten. Aus dem Duo war mittlerweile ein Trio geworden. Der Ehemann der Schauspielerin stand über sie gebeugt und flüsterte ihr etwas ins Ohr. Sie neigte sich zu Digby, streichelte zart über den Samt seiner Jacke, sagte etwas zu ihm, stand dann auf und folgte ihrem

Mann zum anderen Ende des Tisches, wo er sie dem Herausgeber einer Gourmet-Illustrierten vorstellte. Als sie sich an den Tisch setzten, bemerkte Darina, wie die Schauspielerin noch einmal den Kopf zu Digby umwandte und ihm einen bedauernden Blick zuwarf.

Digby erwiderte den Blick mit fragendem Gesicht. Darina kannte diesen Blick – er bedeutete, dass der Genießer einen neuen delikaten Happen im Visier hatte. Nun ja, das bedeutete, sie würde sich eine Weile keine Sorgen wegen weiterer Annäherungsversuche von ihm machen müssen, denn diese Jagd würde seine ganze Aufmerksamkeit in Anspruch nehmen.

Darina verdrängte jeden Gedanken an ihn und musterte die anderen Dinnergäste. Miss Makepeace schrieb gerade etwas in ein kleines Notizbuch, das neben ihrem Teller lag. Sie hatte von jedem Gericht eine ausführliche Kostprobe zu sich genommen und von Zeit zu Zeit tiefgründige Fragen an die Köchin gestellt – besonders über die Yorkshire-Weihnachtspastete. Sie war die einzige gewesen, die gefragt hatte, ob die Vögel vor dem Backen überhaupt gekocht worden waren, und Darina hegte den bösen Verdacht, dass sie sich irgendwann einem strengen Verhör durch diese Dame unterziehen musste. Miss Makepeace nahm alles, was mit Essen zusammenhing, furchtbar ernst.

Darina kannte die Gesichter der Teilnehmer noch vom letzten Jahr. Es waren würdige Restaurantkritiker, Akademiker verschiedener Sparten und Hobby-Feinschmecker. Alle debattierten heiter über bestimmte Aspekte der verschiedenen Gerichte oder tauschten einfach nur Klatsch aus.

Unten an Nicholas' Tisch saß Gray Wyndham, der inzwischen entspannt und beinahe glücklich aussah. Er schien seinen Abscheu vor so viel offener Völlerei vergessen zu haben. Darina hatte bemerkt, dass er beim Verzehr von mehreren Stücken Yorkshire-Pastete und mehreren Scheiben Roastbeef keinen Widerwillen gezeigt hatte – und schon gar nicht bei den süßen Puddings und einer in Butter gedünsteten Orange. Als er nach einer Bemerkung seines Nachbarn lächelte, bildeten sich rund um seine Augen attraktive Fältchen. Darina glaubte, seinen Tischnachbarn zu kennen und ging zu ihnen hinüber.

Gray stand auf. »Kommen Sie, und gönnen Sie Ihren Füßen etwas Ruhe. Sie haben sich den ganzen Abend kein einziges Mal hinsetzen können. Ich entschuldige mich für meinen Ausbruch von vorhin. Ich hätte auf keinen einzigen Bissen verzichten mögen – es hat alles großartig geschmeckt!«

Darina setzte sich mit einem Seufzer der Erleichterung neben ihn.

»Das ist Charles Childe«, fuhr Gray fort. »Ich glaube, er würde Sie gerne für sein Restaurant gewinnen.«

»Habe ich Sie doch erkannt. Haben Sie nicht diese Fernsehserie Alles, was ich kann gemacht?«

Charles Childe schien förmlich zu wachsen, und seine Augen glänzten. Seine schlanke Gestalt war jetzt in einen dunkelbraunen Seidenanzug gehüllt, und eine große, gestreifte Fliege prangte am Kragen seines Seidenhemdes. »Sie haben sie sich angesehen?« Er sah aus wie ein Kind, das für eine reife Leistung gelobt wird. »Es hat so viel Spaß gemacht. Und es ging alles mit rechten Dingen zu, müssen Sie wissen, wir haben nie so getan als ob, oder irgendetwas vorbereitet.«

Darina wandte sich an Gray. »Haben Sie nie eine Folge der Serie gesehen?« Gray schüttelte den Kopf. »Es war eine so nette Idee. Charles spielte den typischen Junggesellen, der nicht kochen kann. Jede Woche suchte er sich ein anderes Rezept aus, kochte es von Grund auf und gab dabei seine Kommentare darüber ab, was er nicht wusste und welche Zweifel und Probleme er hatte. Von Zeit zu Zeit mischte sich Digby ein, gab ihm einen Rat und kommentierte am Ende das fertige Resultat und beschrieb die verschiedenen Kochtechniken, die erforderlich waren.«

Über Charles' Gesicht zog ein Schatten des Unmuts. »Manchmal fand ich, dass er ein bisschen hart mit mir umsprang, denn schließlich war ich wirklich ein Amateur.«

»Die Serie sollte den Zuschauern vermitteln, dass alles, was Charles kochen konnte, auch ihnen gelingen würde«, erklärte Darina Gray. »Vielleicht sogar besser, nachdem Digby ihnen seine Ratschläge gegeben hatte.« Sie wandte sich an Charles. »Sie waren wirklich gut, besonders im Verlauf der zweiten Staffel. Wahrscheinlich hat man die Serie schließlich deshalb abgesetzt, weil man sie nur noch schwerlich als Amateurkoch bezeichnen konnte.«

Charles strahlte. »Genau das sagten die Leute vom Fernsehen auch. Und auch ich hatte das Gefühl, dass Digby in den letzten Sendungen ziemlich wenig für sein Geld tun musste.« Er beugte sich vertraulich zu Darina. »Sagen Sie es keinem weiter, aber als wir die zweite Staffel drehten, habe ich nebenbei Stunden bei einem französischen Meisterkoch genommen.«

»Aber Sie haben den unerfahrenen Koch so clever dargestellt!«

»Nun ja, schließlich war ich Schauspieler. So konnte ich weiterhin den Eindruck erwecken, meine Zweifel zu haben, Fehler zu machen und amüsante Irrtümer zu begehen, ohne mich vor Digby völlig zum Narren zu machen. Manche der letzten Rezepte waren ziemlich kompliziert – natürlich stammten sie alle von ihm.«

»Und jetzt besitzen Sie also ein Restaurant. Wo?«

Charles Childe musste nicht noch groß ermuntert werden, um Darina alles über sein Unternehmen in Wandsworth zu erzählen. »Das ist das kommende Viertel. Viele Gäste kommen aus dem Medienbereich, und manche sind schon fast Stammgäste. Ich sagte gerade eben zu Gray, dass meiner Meinung nach ein paar alte englische Rezepte – die dem modernen Geschmack natürlich etwas angepasst werden müssten – großen Eindruck machen würden. Diese Geflügelpastete wäre einfach sensationell zum Lunch.«

»Natürlich zusammen mit einem Salmagundi serviert«, bemerkte Gray.

»Du liebe Güte«, rief Darina mit einem belustigten Funkeln in den Augen. »Sie haben sich ja sogar schon mit der Terminologie vertraut gemacht!«

»Das ist nicht schwer, wenn alles so herrlich schmeckt.« Er zwinkerte ihr zu, und sie fragte sich, wohin der streitsüchtige Mann aus der Küche verschwunden war.

Charles Childe stand auf. »Ich versuche einmal, mit Linda zu sprechen. Ich bin sicher, dass wir zusammen eine neue Kochserie machen können.« Aber gleich darauf setzte er sich enttäuscht wieder hin. »Es sieht so aus, als müsste ich mich bis später gedulden.«

Darina und Gray blickten zum Kopf ihres Tisches. Der Platz neben Nicholas war leer, und dieser blickte fassungslos auf die andere Seite des Raumes. Linda hatte sich neben Digby auf den Platz gesetzt, den die Schauspielerin geräumt hatte. Die Produzentin und der Vorsitzende hatten die Köpfe zusammengesteckt und unterhielten sich leise. Ihre blauen Augen blickten in sein Gesicht, während Digby auf seinen Teller schaute und seine ganze Aufmerksamkeit der Nuss widmete, die er gerade geknackt hatte. Ungeduldig pickten seine Finger Nussstücke aus der zerschmetterten Schale.

Darina sah wieder zu Nicholas hinüber. In seinem Gesicht stand nackte Wut, so intensiv und unverhüllt, dass sie sich zum zweiten Mal an diesem Abend wie eine Voyeurin fühlte. Sie wandte den Blick ab. Gray sah sie an.

»Unser Digby ist nicht gerade ein erfreulicher Zeitgenosse«, bemerkte er ruhig.

Was für eine ungewöhnliche Bemerkung, dachte sie. Nichts in dieser kleinen Szene hatte darauf hingewiesen, dass Digby auf irgendeine Weise die Produzentin von Nicholas weggelockt hatte. Zu ihrer eigenen Überraschung wollte sie gerade zu einer Verteidigung ihres

Vetters ansetzen, aber noch ehe sie etwas sagen konnte, sagte eine klangvolle Stimme mit irischem Akzent: »Sie sind eine großartige Köchin, und ich möchte mich Ihnen vorstellen.«

Darina drehte sich um. Hinter ihr stand die rothaarige Frau, die eben noch Digby angestarrt hatte und auf deren Gesicht sich so widerstreitende Gefühle widergespiegelt hatten. Jetzt war davon keine Spur mehr zu sehen. Sie sah offen und freundlich aus und besaß ein gewinnendes Lächeln. Sie streckte die Hand aus. »Rita Moore«, stellte sie sich vor, »und Sie sind Darina Lisle?«

Darina schüttelte ihr die Hand und erwiderte das Lächeln voller Freude. »Wie schön, Sie kennenzulernen. Sie müssen nämlich wissen, dass Ihr Kochbuch eins der ersten war, die ich benutzt habe, und es gehört immer noch zu meinen Lieblingen.«

»Ach, das liegt schon ein paar Jahre zurück. Ich dachte, es wäre völlig in Vergessenheit geraten.«

»Arbeiten Sie an irgendwelchen neueren Büchern? Ich hätte so gern noch eins in dieser Art, Ihre Rezepte sind ungeheuer nützlich – nicht kompliziert, aber ein wenig anders.«

»Also, das ist Musik in meinen Ohren, und ich verstehe nicht, warum die Verleger diese Melodie nicht ebenfalls hören. Das ist übrigens ein Grund, warum ich Sie kennenlernen wollte: Ich beschäftige mich inzwischen mit dem historischen Aspekt der Kochkunst, und ich habe mich gefragt, ob Sie wohl bereit wären, mir zu sagen, aus welchen Quellen Ihre Rezepte stammen und wie Sie sie modernisiert haben.«

»Kommen Sie, setzen Sie sich zu uns.« Darina rückte dichter an Gray heran und machte auf der Bank Platz für die Kochbuchautorin.

»Ich würde Ihnen gerne helfen, aber leider bin ich keine Expertin. Ich habe nur ein paar der alten Kochbücher durchgelesen und mit ein paar Rezepten herumgespielt. Digby wäre da eine viel größere Hilfe für Sie.«

Rita Moore sah sie kläglich an. »Da der große Mann und ich seit einiger Zeit zerstritten sind, wäre eine Annäherung meinerseits genauso willkommen wie giftige Pilze bei einem Verhungernden.«

Darina musste sich zurücklehnen, als eine Hand an ihr vorbei auf die Irin zuschoss und Gray Wyndham sich vorstellte und dabei sagte: »Jeder, der Digby Cary verabscheut, ist mein Freund. Sehr erfreut, Sie kennenzulernen, Miss Moore oder sollte ich besser sagen Mrs.?«

»Mr. Moore hat sich vor ein paar Jahren aus dem Staub gemacht, und heute bin ich wieder eine Miss. Aber nennen Sie mich doch Rita. Sie sind also auch kein Freund von Digby?« Sie sah ihn neugierig an.

»Nein, und wenn ich gewusst hätte, dass er mit diesem Wochenende etwas zu tun hat, wäre ich nie hergekommen.«

Charles Childe klatschte in die Hände und rief aufgeregt: »Und ich habe gedacht, jeder würde den großen Mann anbeten! Nun ja, vielleicht sollten wir die Anti-Digby-Cary-Gesellschaft gründen. Nicht, dass ich das tue«, fügte er eilig an, »nicht richtig. Zumindest nicht, solange er über mein Restaurant keine wirklich vernichtende Kritik schreibt. Dann würde ich ihn umbringen.«

Sie lachten alle, und Gray sagte: »Ich werde Ihnen meine Pistole leihen.«

Rita fügte hinzu: »Und ich werde ein Gift entdecken, das genauso wenig Spuren hinterlässt wie Tau nach den ersten Strahlen der Morgensonne.«

Und Darina sagte: »Ich glaube, Nicholas könnte einen dieser berühmten stumpfen Gegenstände beisteuern.«

»Sie denken sich sicher nichts Böses dabei, aber solche Worte sind eine Beleidigung Gottes.«

Die wohllautenden, breiten Vokale, in denen das gesagt wurde, nahmen der Ermahnung den Stachel.

Darina drehte sich um und erblickte Miss Makepeace, die mit leicht gerötetem Gesicht hinter ihnen stand und ihr Notizbuch an die Brust drückte. Verlegenes Schweigen hatte dem Gelächter Platz gemacht, dann nahm Darina sich zusammen. »Wollen Sie sich nicht zu uns setzen, Miss Makepeace? Sie haben recht, man sollte über so etwas keine Witze machen. Wie hat Ihnen das Essen geschmeckt?«

Alle rückten noch enger zusammen, um dem ältlichen Fräulein Platz zu machen. Sie setzte sich zwischen Darina und Rita. »Sehr gut«, erwiderte sie einfach. »Sie sind wirklich eine begnadete Köchin, Miss Lisle, und Sie haben uns so viele interessante Gerichte serviert. Aber ich habe mich gewundert, warum so viele weihnachtliche Gerichte dabei waren.«

»Waren es wirklich so viele?«, fragte Darina überrascht. »Ja, sicher gab es Pasteten mit Minze, aber nur, weil ich es für eine hübsche Idee hielt, sie so zu servieren, wie es früher üblich war – mit Fleisch und getrockneten Früchten. Natürlich war da noch die Yorkshire-Weihnachtspastete, aber die wurde doch sicher auch bei anderen Gelegenheiten verzehrt, oder?«

»Sie haben uns auch einen Eberkopf aufgetischt. Bis vor kurzem gehörte der zu den wichtigsten Weihnachtsbräuchen.«

»Bis vor kurzem?«, fragte Rita mit leichtem Lächeln.

»Aber ja. Das hörte erst auf, als das Commonwealth im siebzehnten Jahrhundert die Weihnachtsfeierlichkeiten reglementierte.« Sie blickte ernst in die amüsierten Gesichter. »Ein Großteil der weihnachtlichen Mahlzeiten geht auf vorrömische Zeiten zurück. Sie müssen wissen, dass es eigentlich überhaupt kein christliches Fest ist, sondern eine Feier der alten Mächte.«

»Der alten Mächte?«, fragte Darina ganz sanft, denn Miss Makepeace nahm das alles sehr ernst.

»Nur die Kirche bietet uns Schutz vor ihnen«, erwiderte sie schlicht.

Das darauffolgende Schweigen wurde von Digby gebrochen, der aufstand und verkündete, dass der Kaffee jetzt in der Lounge serviert würde. Darina stand auf, empfahl sich und eilte in die Küche.

Kapitel 4

Nachdem der Kaffee serviert war, begann Darina aufzuräumen. Die Küchenhilfen hatten den Abwasch bereits zum Teil erledigt. Darina nahm ein Tablett, auf dem das saubere Silber lag, und trug es ins Refektorium. Der Besteckschrank befand sich hinter einem Wandschirm, und sie begann, das Besteck dort einzusortieren. Ihre Hände bewegten sich automatisch, und ihre Gedanken wanderten umher. Ihr kam zu Bewusstsein, wie erschöpft sie war. Sie fragte sich, wie lange das unvermeidliche Aufräumen wohl noch dauern würde.

Das Klicken der schweren Eichentür holte sie in die Gegenwart zurück. Als Darina durch die durchbrochene Holzwand spähte, sah sie Digby hereinkommen. Irgendwie hatte sie das Gefühl, ihn im Augenblick nicht ertragen zu können. Sie verbarg sich hinter dem Wandschirm und wünschte sich, dass es einen Weg gäbe, ungesehen in die Küche flüchten zu können. Sie beobachtete, wie Digby sich dem langen Tisch näherte, auf dem immer noch die Überreste des Festmahls standen. Er sah sich um, nahm dann einen Löffel und fiel über eine in Butter gedünstete Orange her. Nachdem er diese eilends verschlungen hatte, widmete er sich einem Sillabub. Darina war schockiert. Sich nach all diesem Gerede über die Schädlichkeit von Süßigkeiten wie ein Schuljunge herumzuschleichen, der um Mitternacht die Speisekammer plünderte! Irgendwie hatte sie ein solches Verhalten bei Digby nicht erwartet.

»Mr. Cary«, erklang die sanfte Stimme von Deborah Makepeace.

Digby griff hastig nach einer Serviette und legte sie wie zufällig über den halbgegessenen Sillabub. Aber Miss Makepeace, die gerade die Tür zum Refektorium hinter sich schloss, hatte überhaupt nicht gemerkt, was er da gemacht hatte. Ihre rundlichen Wangen waren gerötet, und sie hielt ihre große Handtasche fest umklammert. Sie dachte wohl an etwas ganz anderes.

»Mr. Cary«, wiederholte sie entschlossen und ging auf ihn zu, »endlich treffe ich Sie einmal ganz allein. Ich glaube, Sie schulden mir eine Erklärung.« Sie stand ruhig und würdevoll vor ihm.

»Eine Erklärung, meine Liebe?« Digbys Stimme klang belustigt, aber Darina konnte auch leichtes Unbehagen darüber heraushören, dass man ihn beinahe bei einer Fressorgie erwischt hatte. Es geschah ihm ganz recht, jetzt von Miss Makepeace mit Fragen bombardiert zu werden.

»Ich habe gerade Das Schatzkästlein des Konditors gelesen.« Miss Makepeace zog das Buch aus der Tasche und zeigte es Digby.

Er streckte die Hände danach aus. »Darf ich es für Sie signieren?«, fragte er.

Das Buch wurde hastig wieder in die Handtasche gesteckt. »Mr. Cary, Sie wissen genau, über was ich rede. Das ist mein Buch.«

»Ihr Buch? Was meinen Sie damit?« Seine Stimme klang amüsiert und herablassend.

Darina wurde plötzlich bewusst, dass sie ungewollt lauschte. Sie machte einen Schritt auf den Wandschirm zu, aber noch ehe sie hervortreten konnte, sprach Miss Makepeace wieder, und tiefe Verärgerung machte ihre gewöhnlich so sanfte Stimme schärfer: »Mein Buch, Mr. Cary. Das Buch, an dem Sie so interessiert waren, als wir bei der Tagung im letzten Jahr miteinander sprachen. Erinnern Sie sich daran, dass Sie mich gebeten hatten, es Ihnen zu zeigen? Und dass ich es Ihnen schickte, damit Sie meine Forschungsarbeit begutachten konnten? Ich habe nie wieder etwas von Ihnen gehört, und jetzt las ich das hier.« Sie griff in ihre Tasche, zog das Buch wieder heraus und las vor: »Diese Geschichte der Kuchen und Torten in England vom Mittelalter bis zur Moderne.« Sie hielt einen Augenblick lang inne, und die braunen Augen blickten den großen Mann ruhig an. »Es ist mein Werk, Mr. Cary, alles mein Werk. Oh ja, Sie haben es anders ausgedrückt, es ist jetzt in Ihrem Stil geschrieben, der sich sehr von der sachlichen Art und Weise unterscheidet, in der ich es angelegt hatte, und es gibt auch ein paar zusätzliche Rezepte, die Sie aber samt und sonders bereits veröffentlicht hatten«, ihre Stimme war von nackter Wut erfüllt, »aber ansonsten handelt es sich um mein Werk.«

Einen Augenblick lang war es still. Darina konnte hinter Digbys unbeweglichem Rücken sehen, dass Deborah Makepeace so entschlossen dastand wie ein Wachsoldat, der seinen Posten unbedingt halten wollte, auch wenn die Übermacht überwältigend war.

»Ich habe es in der Buchhandlung meines Wohnortes gesehen«, die ruhige Stimme gewann immer mehr Kraft und Tiefe, »und es gekauft, weil es mich interessierte, wie Ihre Nachforschungen im Vergleich zu meinen wohl aussahen. Und dann habe ich es gelesen. Ein Rezept nach dem anderen war aus meinem Manuskript abgeschrieben worden. Ich habe nachgesehen, ob Sie meine Arbeit vielleicht irgendwo erwähnt haben, aber der einzige Dank in diesem Buch gilt Ihrem Verleger. Dann dachte ich, dass Sie vielleicht ein Wort der Erklärung für mich übrig hätten, als wir uns hier trafen, aber Sie scheinen mir aus dem Weg zu gehen, denn es war ziemlich schwer, an Sie heranzukommen.«

»Miss Makepeace«, unterbrach Digby sie. In seiner weltmännischen Stimme schwang ein drohender Unterton. »Sie irren sich. Das Buch ist ganz und gar mein Werk. Sie mögen ähnliche Forschungsergebnisse zutage gebracht haben ...« Sein Ton wurde leichter, er ließ die Serviette los und legte ihr eine Hand auf die Schulter. »Denn ich weiß schließlich, wie fleißig Sie sind.« Er lachte herablassend – der gefeierte Autor ließ sich zu der ehrgeizigen Amateurin herab. Miss Makepeace erstarrte und wich zurück. Digby ließ seine Hand sinken und fuhr fort: »Es könnte sein, dass wir bei unseren Nachforschungen gleiche Wege gingen. Da ich Ihr Buch nie bekommen habe«, Miss Makepeace machte eine ruckartige Bewegung mit dem Kopf, und ihre Brillengläser blitzten auf, »kann ich das nicht beurteilen. Aber ich würde nie, niemals die Forschungsarbeit eines anderen für mich benutzen. Das steht ganz außer Frage.«

Deborah Makepeace starrte ihn ungläubig an.

»Des Weiteren«, Digbys Stimme klang jetzt wieder drohend, »werde ich Sie wegen Verleumdung verklagen, falls Sie diese Beschuldigungen öffentlich wiederholen sollten.«

Deborah Makepeace atmete tief durch, sie schien zu wachsen. Jetzt war sie keine unscheinbare Frau vom Lande mehr, irgendeine Kraft hatte von ihr Besitz ergriffen, und sie stand Digby jetzt als gleichberechtigter Partner gegenüber. Selbst ihr Akzent bekam mehr Kraft durch den festen Glauben an die Rechtmäßigkeit ihrer Sache. »Sie wissen, dass Sie mein einziges Exemplar hatten. Sie sagten mir, dass Sie gut darauf aufpassen würden. Und während ich das Buch schrieb, habe ich meine Notizen vernichtet. Für diese Notizen habe ich fünfzehn Jahre gebraucht ... fünfzehn Jahre Forschung, in denen ich härter gearbeitet habe, als Sie es sich vorstellen können.

Und wer würde mir glauben, wenn Ihr Wort gegen meines stünde? O ja, darauf vertrauen Sie, und zweifellos glauben Sie, dass sie damit auch durchkommen werden. Aber es gibt noch eine Macht, die über uns beiden steht, Mr. Cary. Ich werde es ihr überlassen, Gerechtigkeit zu üben, und glauben Sie mir – Gerechtigkeit wird geübt werden.«

Ihre Stimme hatte einen prophetischen Klang. Digby wich zurück und hob die Hand, als wollte er eine Gefahr abwenden. Doch dann schob er sie in seine Jackentasche. »Wir haben einander nichts mehr zu sagen«, stellte er fest und verließ schnell das Zimmer.

Als sich die Tür hinter ihm schloss, schien Miss Makepeace die Kraft zu verlassen. Sie sackte zusammen und hielt sich am Tisch fest. Ungeachtet der Konsequenzen ließ Darina die Messer fallen, die sie immer noch in der Hand hielt, und ging in den Raum. Aber noch ehe sie etwas sagen konnte, lief Miss Makepeace hinaus.

Darina starrte auf den Tisch mit den vielen schmutzigen Tellern, aber sie sah nur immer wieder, wie Digbys Rücken immer steifer wurde, als Deborah Makepeace ihm ihre Anklage ins Gesicht schleuderte, und wie er die Serviette, mit der er seine Nascherei verbergen wollte, immer heftiger zerknüllte.

Diese Beschuldigung konnte doch unmöglich der Wahrheit entsprechen, oder? Digby würde doch sicher nie das Werk eines anderen kopieren, ohne in seinem Buch seine Anerkennung auszusprechen? Ganz gleich, wie lax seine sexuelle Moral auch sein mochte – sie hatte doch immer geglaubt, dass die berufliche Integrität ihres Vetters untadelig sei. Nein, Miss Makepeace hatte sich sicher geirrt.

Schließlich konnte es nicht allzu viele Quellen geben, wenn man die Geschichte der Kuchen und Torten erforschte, und wenn zwei Menschen sich gleichzeitig mit diesem Thema beschäftigten, dann war es unvermeidlich, dass sie auch die gleichen Informationen auswerteten. Dann erinnerte sich Darina daran, dass sie sich schon nach dem kurzen Blick, den sie auf das Buch geworfen hatte, darüber gewundert hatte, wie detailfreudig es war. Woher hatte Digby die Zeit für eine so mühevolle Forschungsarbeit gehabt? Vielleicht hatte er mit einem Assistenten zusammengearbeitet. Aber wenn das der Fall gewesen wäre, hätte er ihr das doch sicher gesagt, oder? Oder schämte er sich dafür, dass er auf einem Gebiet, das er ausdrücklich zu seiner Spezialität gemacht hatte, die Hilfe eines Mitarbeiters in Anspruch genommen hatte?

Unwillkürlich hatte sie wieder das Bild vor Augen, wie Digby die Süßigkeiten, die er vorgab zu verabscheuen, gierig verschlungen hatte. Mit einem leichten Schaudern wandte sie sich von diesen neuen Einblicken in den Charakter ihres Vetters ab – sie hatte weder die Zeit noch die Energie, sich mit dieser Art von Problemen abzugeben. Die Versorgung der Symposiumsteilnehmer war eine Aufgabe, die sie schließlich voll und ganz in Anspruch nahm. Für morgen musste sie noch eine Torte backen – ganz zu schweigen davon, dass sie die restlichen Aufräumarbeiten überwachen musste. Sie warf die Haare zurück, die ihr über die Schultern gefallen waren, hob den Eberkopf hoch und brachte ihn in die Küche.

Kapitel 5

Es war bereits nach Mitternacht, als der Tumult losbrach. Darina war es endlich gelungen, zu Bett zu gehen. Sie wollte gerade das Licht ausmachen, als wütendes Gebell und die verängstigten Schreie eines Menschen in ihr Schlafzimmer drangen.

Sie wartete einen Moment ab, und als der Lärm dann eher lauter als leiser wurde, stand sie auf, zog ihren Morgenrock über und öffnete die Tür.

Ihr Zimmer befand sich im zweiten Stock, gleich neben der Treppe, und der Lärm kam direkt aus der Halle. Als sie sich über das Treppengeländer beugte, konnte Darina nur undeutlich erkennen, was passierte, aber sie hatte den Eindruck, dass ein Hund einen oder zwei Männer anfiel. Sie rannte zurück in ihr Zimmer, schnappte sich den vollen Wasserkessel und lief die Treppe hinunter. Sie kam gerade unten an, als ein keuchender und sich wie wahnsinnig gebärdender Bracken durch seinen Herrn von dem hysterischen Charles Childe weggezerrt wurde. Aus Charles' Hand tropfte reichlich Blut, und er stammelte unzusammenhängend vor sich hin und schluchzte vor Angst und Schmerz.

Gray Wyndham hatte seine Hand durch das Halsband des Hundes gesteckt und drehte es so zu, dass das Tier fast erstickte. Bracken versuchte immer noch, sein Opfer zu erreichen und stemmte sich gegen den würgenden Griff. Gray nahm Darinas Eintreffen erleichtert zur Kenntnis. »Gott sei Dank! Können Sie sich um Charles kümmern, während ich diesen unglücklichen Hund wegschaffe?«

Inzwischen hatte der Würgegriff am Halsband seinen Zweck erfüllt, denn Bracken hatte aufgehört zu kämpfen. Er stand jetzt zitternd da und versuchte, Luft in die Lungen zu bekommen. Er leistete keinen Widerstand, als Charles ihn durch das Refektorium wegführte.

Darina stellte den überflüssigen Wasserkessel ab und wandte sich Charles zu. Er war auf eine Treppenstufe niedergesunken, hielt sich seine Hand, schwankte hin und her und stöhnte leise. Blut strömte über sein Handgelenk und tropfte auf den braunen Anzug und die polierte Holztreppe. Darina griff suchend in die Tasche ihres Morgenmantels und förderte ein paar Papiertaschentücher zutage. Sie presste sie auf die verletzte Hand, wo sie sofort durchweicht wurden. »Versuchen Sie es einmal damit«, erklang eine Stimme, und ein riesiges Leinentaschentuch wurde ihr gereicht. Dankbar schlang Darina es fest um die verletzte Hand. Obwohl das gestärkte Leinen sofort blutrot wurde, hörte das Blut wenigstens auf zu tropfen.

»Was ist passiert, um Himmels willen?«, fragte Nicholas.

»Mein Gott«, rief eine andere Stimme, »was ist denn mit ihm los?«

Darina hielt die verletzte Hand fest und blickte hoch. Rita Moore kam gerade die Treppe herunter.

Sie trug einen hinreißenden roten Hausmantel, der mit einem goldenen Drachen bestickt war. Die Farben passten hervorragend zu ihren roten Haaren. Ihre Füße steckten in flachen, roten Pantoffeln in der gleichen Farbe.

Nicholas hatte sein Jackett gegen eine Strickjacke aus Kamelhaar getauscht und hatte einen Kugelschreiber in seiner Hand. Nachdem er sein Taschentuch geopfert hatte, schienen seine Kräfte erschöpft zu sein, und jetzt starrte er auf das Blut und wurde mit jeder Sekunde blasser.

Rita war viel besser zu gebrauchen. »Der arme Mann! Bringen Sie ihn hoch in mein Zimmer, dann werden wir nachsehen, wie schlimm die Verletzung ist.«

Darina beugte sich hinunter, umschlang Charles mit einem Arm und stellte ihn auf die Beine. Sein Gesicht war weiß wie ein Laken, und einen Augenblick lang befürchtete sie, er würde ohnmächtig werden. Nicholas stützte ihn von der anderen Seite, und ihnen beiden gelang es, ihn die Treppe hoch in Ritas Zimmer zu bugsieren, das sich ebenfalls direkt neben der Treppe befand. Obwohl es ziemlich klein war, standen dort ein bequemer Sessel, ein kleiner Schreibtisch, ein Schminktisch und ein Bett. Außerdem hatte der Raum ein eigenes Badezimmer. Sie setzten Charles auf den Rand der Badewanne, und Rita drehte den Kaltwasserhahn im Waschbecken auf. Dann nahm sie die verletzte Hand, wickelte das Taschentuch ab, entfernte die durchweichten Papiertücher und hielt die Wunde, aus der das Blut inzwischen langsamer floss, unter das fließende Wasser.

Als das Blut abgewaschen war, konnten sie erkennen, wo die Zähne des Hundes tief eingedrungen waren. Seitlich hatten sie ein Stück Fleisch aus der Hand herausgerissen. »Das muss leider genäht werden«, verkündete Rita.

Charles stöhnte. Er hatte den Kopf abgewandt, um die Wunde nicht anzusehen. Bis jetzt hatte er kein Wort gesagt. Die meiste Zeit hielt er die Augen geschlossen, und die unglaublich langen Wimpern bildeten einen dunklen Halbmond auf den blutleeren Wangen.

Rita wickelte Nicholas' Taschentuch wieder um die Hand, drängte Charles dann aus dem Bad und führte ihn wieder ins Schlafzimmer. »Sie brauchen jetzt einen Brandy. Der wird Ihnen helfen«, sagte sie und setzte ihn in den Sessel. Sie nahm eine offene Flasche vom Tisch. »Wären Sie wohl so freundlich, mir ein Glas aus dem Bad zu holen, meine Liebe?« fragte sie Darina, die bemerkte, dass in dem Glas auf dem Tisch nur noch ein winziger Schluck war.

Darina holte das Glas, Rita goss reichlich Brandy hinein und hielt es an Charles' Lippen. So todesbleich wie er war, sah er aus wie ein heruntergekommener Flüchtling – sein ruiniertes Anzugjackett stand offen, und auf seinem cremefarbenen Hemd waren Blutspritzer. Er nahm einen tiefen Schluck und seufzte.

Gray trat ins Zimmer. Er keuchte, als wäre er die Treppe hinaufgelaufen. »Ich kann Ihnen gar nicht sagen, wie sehr ich diesen Vorfall bedauere. Ich wusste nicht, dass Sie noch auf waren, sonst hätte ich Bracken an die Leine genommen. Warum sind sie überhaupt zu nachtschlafender Zeit nach unten gekommen?« Das Schuldgefühl machte seine Stimme aggressiv, und die Frage klang barsch und anklagend.

Charles schloss einen Augenblick die Augen. Dann öffnete er sie wieder und sah Gray an. »Mir war plötzlich eingefallen, dass ich noch kein Programm hatte. Ich hatte Lust, mir vor dem Schlafen noch eines durchzulesen, um auf morgen vorbereitet zu sein.«

»Dafür bin ich dann wohl verantwortlich«, schaltete sich Nicholas ein und runzelte nervös die Stirn. »Wenn ich daran gedacht hätte, Ihnen ein Programmheft zu geben, als Sie ankamen, wäre das hier nie passiert.«

Charles griff mit seiner unverletzten Hand nach dem Glas, um den Brandy auszutrinken.

»Er muss in ein Krankenhaus«, sagte Rita und blickte Gray direkt in die Augen.

»Wo ist die nächste Unfallstation?« fragte er Nicholas, der hilflos die Achseln zuckte.

»Ich glaube, in Yeovil«, meinte Darina, der bewusst wurde, dass sie sich hier am besten auskannte. »Das ist bestimmt schneller zu erreichen als Bristol. Fahren Sie am Ende der Einfahrt rechts, und wenn Sie an der Hauptstraße sind, biegen Sie links ab. Dann folgen Sie einfach den Wegweisern. Wenn Sie erst einmal in der Stadt sind, ist das Krankenhaus gut ausgeschildert.«

»Ich fahre schnell das Auto vors Haus. Könnten Sie ihm die Treppe hinunterhelfen?«

Zehn Minuten später sahen Darina, Nicholas und Rita dem Wagen hinterher. Charles lehnte sich geschwächt an die Kopfstütze des Beifahrersitzes.

»Wir versuchen am besten, noch ein bisschen Schlaf zu bekommen, ehe die Nacht ganz vorbei ist«, meinte Rita. »Zumindest scheinen wir keinen aufgeweckt zu haben, obwohl ich nicht verstehen kann, wie Linda und Digby bei diesem Aufruhr weiterschlafen konnten. Charles hat genug Lärm gemacht, um einen Toten aufzuwecken. Du meine Güte, wo geht er denn jetzt hin?«

Nicholas stapfte düster entschlossen die Treppe hinauf. Oben wandte er sich nach links und drehte am Türknopf des Zimmers, das neben dem von Rita lag. Er blieb ein paar Sekunden stehen und drückte dann die Tür leise auf, lauschte und knipste das Licht an. »Er ist nicht da«, verkündete er.

Darina hatte ihren Wasserkessel genommen, war Rita nach oben gefolgt und stand inzwischen hinter ihm. Sie blickte über Nicholas' Schulter. Bis auf einen halb ausgepackten Koffer, der auf dem Bett lag, war das Zimmer unbenutzt. Kein Anzeichen deutete darauf hin, dass hier jemand wohnte. Nicholas löschte das Licht und schloss die Tür. Er drehte sich um und blickte den Flur hinunter auf die hinterste Zimmertür. Die anderen folgten seinem Blick, dann legte Rita ihm die Hand auf den Arm. »Der Mann arbeitet wahrscheinlich noch, Nicholas, schließlich lag sein Pyjama noch im Koffer!«

Nicholas' Gesicht erhellte sich einen Augenblick lang, verdüsterte sich dann aber wieder. »Das hat gar nichts zu bedeuten.«

»Soll ich es nachprüfen?«, fragte Darina.

Nicholas schüttelte niedergeschlagen den Kopf. »Ich denke nicht. Wir sollten lieber alle ins Bett gehen.« Er ging zu seinem Zimmer. Rita und Darina sahen ihm nach, wechselten einen bedeutungsvollen Blick und wünschten sich dann eine gute Nacht.

Kapitel 6

Darina ging in den zweiten Stock. Vor Müdigkeit tat ihr jeder einzelne Knochen weh. Zähe Ausdauer gehörte zu ihren Aktivposten als Köchin – den Leuten war nur selten die enorme körperliche Anstrengung bewusst, die es bedeutete, einen ganzen Tag lang konzentriert zu kochen –, aber es gab trotzdem Zeiten, wo sie sich fragte, ob sie genug Durchhaltevermögen besaß. Wie weit würde sie es in ihrem Beruf bringen? Ihr fiel eine Szene ein, die sich zwischen ihr und Digby abgespielt hatte, nachdem das Aufräumen beendet war.

Für eine Torte, die morgen zum Lunch serviert werden sollte, benötigte sie noch Muskatnuss. In ihrer kleinen Spezialreibe fand sich nur noch ein winziges Stück, weil das Essen unserer Vorfahren vor Muskatnuss nur so strotzte. In der Küche gab es lediglich Muskatnusspulver, aber Darina erinnerte sich an die Gewürzkiste im Zimmer der Haushälterin.

Als sie die kleinen Behälter in der großen Kiste öffnete, fand sie blasse Kardamomschoten, enggerollten

Stangenzimt, leuchtendroten Chilipfeffer und braune Gewürznelken. Sie suchte weiter nach den kleinen, eiförmigen Muskatnüssen, als die Tür aufging, eine Hand sich schwer auf ihre Schulter legte und eine weinselige Stimme in ihr Ohr murmelte: »Ach, meine kleine Cousine!«

Darina fuhr erschrocken zusammen und ließ dabei die Gewürzkiste fallen. Der Inhalt ergoss sich über den Fußboden.

»Digby!«, rief sie verärgert.

»Da habe ich dir einen Schrecken eingejagt, nicht?«, fragte er. Er machte keine Anstalten, ihr beim Aufheben der Gewürze zu helfen, sondern ließ sich schwer in den Stuhl sinken, der vor der Schreibmaschine stand, drehte sich etwas und sah ihr zu, wie sie auf dem Boden knieend Schoten und Körner aufhob, sortierte und alles wieder in die kleinen Behälter füllte. Eine Zeitlang war es still, doch dann fragte er: »Bist du eigentlich ehrgeizig, Darina?«

Sie blickte hoch, aber in seinen Augen, die gewöhnlich nur milde funkelten, loderte es, und sie schlug sofort die Augen nieder. Sie hatte einen Blick auf Abgründe geworfen, von denen sie nichts geahnt hatte. Sie war so erschüttert, dass sie keinen Ton hervorbringen konnte.

»Bist du nicht daran interessiert, Karriere zu machen?« Seine Stimme war rau und drängend.

Vorsichtig ließ Darina Gewürznelken in die Kiste gleiten. »Ja, ich hätte gern Erfolg«, erwiderte sie schließlich.

»Aha. Aber mit welchem Ziel? Möchtest du einfach weiter diese reizende Darina Lisle bleiben? Sie ist ja so eine gute Köchin, meine Liebe, und hinterher räumt sie auch noch selbst alles auf.« Seine Imitation der Gastgeberinnen in Mayfair, die sie immer weiterempfahlen, war boshaft und treffend. »Oder willst du mehr erreichen und dich zu einer Kapazität auf dem Gebiet des Kochens entwickeln?«

Darina nahm sich eine Muskatnuss, stellte die Gewürzkiste wieder auf den Schrank, lehnte sich dann an das blasse Holz und dachte über seine Frage nach. »Was ich wirklich möchte, ist, ein Hotel zu leiten, in dem ich Menschen, die dem Alltag entfliehen wollen, eine schöne Atmosphäre, hervorragendes Essen und hübsche Zimmer bieten könnte.« Einen Augenblick lang vergaß sie den Stress des Wochenendes und hing ihrem Traum nach.

Digby sah sie neidisch an. »Du bist ja ein schöpferischer Geist, Darina, meine Liebe. Ich bin nur ein Kommentator, jemand, der von den Früchten der Arbeit anderer Leute zehrt.«

Darina sah ihn scharf an.

»Du hast völlig recht, dass du nichts mit mir zu tun haben willst, ich bin wertlos. Wenn du nur zehn Jahre älter gewesen wärest; wenn ich nur gemerkt hätte, was in dir steckt, ehe ich Sarah kennenlernte, dann wäre vielleicht alles anders gekommen. Du hättest mich auf dem richtigen Kurs gehalten. Weißt du eigentlich, was dein Vater früher immer zu mir gesagt hat? ›Digby, dir fliegt alles zu leicht zu. Das könnte dein Verhängnis werden.‹ Und er hatte recht. Ich habe nie hart an etwas arbeiten müssen. Ich habe die Gelegenheiten ergriffen, wie sie sich mir boten, ohne auch nur einen Gedanken daran zu verschwenden, wo mich das hinführen würde. Wenn dein Vater länger gelebt hätte, hätte er mich vielleicht dazu bringen können, intensiver über meine Zukunft nachzudenken.«

»Hättest du denn auf ihn gehört?« Darina hatte langsam genug von seinem Selbstmitleid.

Digby gab ein raues Lachen von sich. »Du hast natürlich recht. Schon vor seinem Tod war ich längst zu groß für meine Schuhe geworden. Aber als er starb, verlor ich einen Rettungsanker. Diese Besuche in deinem Elternhaus bedeuteten mir sehr viel. Ich erinnere mich an dich als an ein langbeiniges, schlaksiges Mädchen mit blonden Zöpfen und einem bezaubernden Lächeln. Du hast mir das Gefühl gegeben, dass die Welt mir einmal zu Füßen liegen würde. Heute lächelst du mich nicht mehr so an.« Er machte eine Pause und blickte auf seine Hände, die er locker gefaltet hatte.

»Und schon damals hast du gern in der Küche gearbeitet – dein Essen war überraschend gut –, und du hast dich immer so gefreut, wenn man alles aufaß.« Er schwieg und knetete unruhig seine Finger.

»Mutter und ich waren immer noch da«, sagte Darina barsch. »Warum hast du uns nie besucht?«

Er sah sie traurig an. »Es war nicht das gleiche, und ich hatte sehr viel zu tun.« Er schlug die Augen unter Darinas strengem Blick nieder. Dann schenkte er ihr sein charmantestes Lächeln. »Was ist mit deinem Hotel, Liebes, wie sehen deine Pläne genau aus?«

Darina lachte. »Es ist doch bloß ein Traum, Digby. Ein Hotel aufzubauen erfordert Geld, und ich glaube nicht, dass ich jemals genügend Kapital haben werde. Selbst wenn ich jemanden fände, der mir das Geld leiht, bezweifle ich, dass die Art von Hotel, die mir vorschwebt, genügend Geld abwirft, um die Schulden zu bezahlen und genügend Gewinn zu machen. Nein, ich hoffe einfach, dass ich mir einen festen Kundenkreis schaffe, für den ich kochen kann – vielleicht wird irgendwann sogar ein richtiger Partyservice daraus ... was mich daran erinnert, dass ich zurück an meine Torte muss. Ich bin nur hergekommen, um eine Muskatnuss zu suchen.«

Digby wandte sich seiner Schreibmaschine zu. »Und ich muss an meiner Rede für morgen arbeiten. Könntest du wohl Nicholas ausrichten, dass ich hier bin? Ich glaube, er ist in der Bar – er wollte mich aus irgendeinem Grund sprechen, und ich möchte mich gern so schnell wie möglich um die Laus kümmern, die ihm jetzt wieder über die Leber gelaufen ist.«

Als Darina in die Küche zurückging, empfand sie trotz allem, was an diesem Abend geschehen war, mehr Mitleid mit Digby als seit Jahren. Hinter der glänzenden Fassade war wieder der Mensch zum Vorschein gekommen.

Nachdem sie die Torte in den Ofen gestellt hatte, machte sie sich auf die Suche nach Nicholas. Als sie in die Halle kam, kamen gerade ein paar der Symposiumsteilnehmer aus der Bar, die dann durch die Tür zum Anbau verschwanden. Die Gesellschaft schien sich aufzulösen. In der Bar fand sie Nicholas im Gespräch mit Linda. Rita Moore plauderte mit Gray, und Charles saß leicht vorgebeugt in einem Sessel und hörte ihnen zu, bereit, bei jeder sich bietenden Gelegenheit ins Gespräch einzugreifen. Miss Makepeace hatte zwar ein dickes Buch auf dem Schoß liegen, aber sie starrte blicklos in den Kamin. Überall standen volle Aschenbecher und halbleere Gläser – das Bild einer gelungenen Party, die ihrem Ende entgegenging. Es saßen nur noch die da, die im Haupthaus wohnten und jetzt den Ausklang des Festes genossen, ehe sie zu Bett gingen. Es war schon seltsam, dass der kurze Weg vom Haupthaus zum Anbau die Gruppe so genau teilte.

Nicholas blickte auf, und Darina entschuldigte sich für die Unterbrechung und gab Digbys Nachricht weiter, aber er schien sie kaum aufzunehmen. Er blickte nur abwesend, ehe er sich wieder in das Gespräch mit Linda vertiefte.

»Sie arbeiten immer noch?«, fragte Gray, der in dem Augenblick, als Darina die Bar betrat, seine Unterhaltung mit Rita unterbrochen hatte.

»Es ist nicht mehr viel zu tun. Kann ich noch etwas bringen?« Niemand nahm das Angebot an, und sie ging zurück in die Küche, um noch ein paar Arbeiten zu erledigen, ehe sie die Torte aus dem Ofen nahm und hinauf in den zweiten Stock ging. Sie vermied es absichtlich, Digby noch gute Nacht zu sagen.

Erotische Anziehung ist doch etwas Merkwürdiges, schoss es ihr durch den Kopf, als sie im Bett lag und nicht einschlafen konnte, weil sie zu erschöpft war. Da war Digby, den die Frauen umschwirrten wie die Motten das Licht. Alle Frauen außer ihr selbst. War das der Grund, warum er sich zu ihr so hingezogen fühlte? Die Verlockung des Unerreichbaren. Und dann war da noch der arme Nicholas, der verzweifelt versuchte, Lindas Interesse wachzuhalten, die sich ihm wiederum anscheinend gerne widmete – aber nur, bis Digby auftauchte. Doch Digby schien sich nicht sonderlich für Linda zu interessieren.

Darina dachte einen Augenblick lang über Linda nach. Die Produzentin würde nie ganz ihr Fall sein, aber sie besaß einen seltsam einnehmenden Charme, und ihr Gesicht war unzweifelhaft faszinierend. Wenn sie ein Mann wäre, würde sie jedoch die offene und warmherzige Rita vorziehen, auch wenn sie ein paar Jahre älter war, dachte Darina.

Und Gray schien sich mit ihr hervorragend zu verstehen. Einen Moment lang bedauerte es Darina, dass ihre Pflichten ihr so wenig Zeit ließen, mit den Teilnehmern des Symposiums zusammen zu sein. Es war lange her, seit sie einen Mann kennengelernt hatte, der sie so interessierte wie Gray. Nicht mehr seit Jack.

Sie spürte einen scharfen Stich in ihrem Inneren, wie immer, wenn sie an Jack dachte. Der witzige Jack, der sorglose Jack, der ihr junges Herz erobert und damit gespielt hatte wie ein Jazzvirtuose. Jack, der ihr beigebracht hatte, zu lachen und zu lieben und der versucht hatte, sie dazu zu bringen, ihr Leben genauso leicht zu nehmen wie er seines.

»Denk doch nur einmal an die Art und Weise, wie du mit Kuchenteig umgehst«, hatte er eines Morgens zu ihr gesagt, als sie im Bett lagen und miteinander stritten. Er wollte sie überreden, ein Büffet für eine alte Kundin nicht zu machen, weil er mit ihr nach Paris fliegen wollte, und sie hatte versucht, ihm den Ernst des Lebens näherzubringen. »Deine Hände scheinen das Mehl kaum zu berühren, und trotzdem nimmt es Gestalt an und geht mühelos auf. So sollte man mit allem umgehen.« Ehe sie noch protestieren konnte, hatte er sie in den Arm genommen. »Und Kuchenteig ist nicht das einzige, was du hochbringen kannst, du langbeinige Hexe.«

Sie hatte ihn geliebt, abgöttisch und leidenschaftlich. Und als er auf seine leichtlebige, lüsterne Art zu einem anderen Mädchen weitergezogen war, hatte sie den Männern abgeschworen, die Fäden ihres nicht allzu gut florierenden, kleinen Partyservice in die Hand genommen und sich darauf konzentriert, den Ruf einer verlässlichen, guten Köchin zu erwerben.

Nicht, dass es nach der Affäre mit Jack allzu viele Möglichkeiten gegeben hätte. Ob das an ihrer Körpergröße lag? An ihren unmöglichen Arbeitszeiten oder an der Tatsache, dass sie im Umgang mit Männern nie diese leichte Hand hatte, die sie im Umgang mit Teig auszeichnete? Sie brachte diese oberflächlichen, koketten Bemerkungen, die den Männern ihre Befangenheit nahmen und ihnen das Gefühl gaben, attraktiv und interessant zu sein, einfach nicht über die Lippen. Gray Wyndham schien ihr zu intelligent zu sein, um solche Annäherungsversuche nötig zu haben.

Und wenn einem Menschen die Leichtigkeit im Umgang mit anderen fehlte, dann dem großen, schlampigen, widerborstigen Gray.

Aber vielleicht würde er auf eine kleine, feinsinnige Schmeichelei reagieren. Schließlich – hatten Digbys Annäherungsversuche nicht in ihr das warme Glühen entfacht, das sie auch während der Zeit mit Jack gespürt hatte? Sie hatten ihr das Gefühl gegeben, sehr weiblich, ja sogar verführerisch zu sein. Vielleicht öffneten Komplimente einem jede Tür. Ihre Gedanken wurden plötzlich wirr, und Darina fiel in einen unruhigen Schlaf.

Kapitel 7

Der Wecker klingelte um sechs Uhr früh. Darina fluchte, sie fühlte sich zerschlagen. Auf keinen Fall wollte sie jetzt ihr schönes, warmes Bett verlassen. Aber eine halbe Stunde später betrat sie in ihrem sauberen, weißen Overall die Küche. Das Haar fiel ihr wie ein blassgoldener Wasserfall den Rücken hinunter.

Die letzten Reste von Schläfrigkeit verschwanden, als ein begeisterter Hund ohne jede Spur der wilden Aggressivität, die er letzte Nacht gezeigt hatte, an ihr hochsprang. Darina schubste ihn weg und lachte über seine übertriebene Freude. »Bracken, du darfst doch nicht hier drin sein, was würde dein Herr dazu sagen? Hat er dich nicht richtig eingeschlossen?«

Dann erblickte sie auf dem Boden eine große Quicheform, deren Boden ein paar Zentimeter von der Umrandung entfernt lag. »Bracken, du hast doch nicht! Du schlimmer Hund!« Die Torte, die sie in der letzten Nacht zum Auskühlen auf den Küchentisch gestellt hatte, gab es nicht mehr. Der Hund war sich seiner Schandtat vollkommen bewusst und kroch unter den Tisch. Dann spähte er mit flehendem Blick darunter hervor und bettelte um Vergebung. Trotz ihrer Verärgerung musste Darina lächeln. »Eigentlich kann ich dir keine Schuld daran geben. Ich hätte sie anständig wegstellen müssen.«

Nachdem sie sich kurz umgesehen hatte, entdeckte sie, dass ein kaputter Riegel an der Küchentür es dem Hund ermöglicht hatte, die Tür aufzustoßen und dass der Raum mit dem Boiler offenbar nicht abgeschlossen worden war. Dies war nicht überraschend, wenn man bedachte, welchem Stress Gray am gestrigen Abend ausgesetzt war. Nun, so würde man eben beim Lunch ohne die Torte auskommen, denn sie hatte keine Zeit mehr, eine neue zu backen. Es war zwar kein Problem, aber Darina war traurig, dass ihre kunstvollen Teigverzierungen – sie hatte Himmelsschlüssel aus dem Teig ausgeschnitten – jetzt nicht zur Geltung kamen. Sie hatte das Muster aus einem Kochbuch des siebzehnten Jahrhunderts entnommen und gehofft, dass es unter den Gästen große Bewunderung hervorrufen würde.

Darina schüttelte diesen Gedanken ab, schloss den Hund sicher in den Boilerraum ein und begann, das Frühstück vorzubereiten. Sie kochte ein großes Kedgeree, ein Reisgericht mit Fleisch, Erbsen, Zwiebeln, Eiern, Butter und Gewürzen, und legte die Reste des marinierten Herings und des kalten Fleisches auf ein paar Platten. Dann stellte sie Butter auf die bereits gestern Abend gedeckten Tische und dazu Schälchen mit eingemachten Quitten, der klassischen »Marmelade«. Als sie wieder in der Küche war, suchte sie nach der Orangenmarmelade. Das war die Spezialität der Haushälterin im Konferenzzentrum. Miss Dawkins war sehr darauf bedacht gewesen, dass sie diesen kritischen Gourmets auch wirklich vorgesetzt wurde. Wo wurde sie noch einmal aufbewahrt? Was hatte sie noch gesagt? Natürlich – im Zimmer der Haushälterin.

Darina öffnete die Tür, schaltete das Licht an und hatte schon den halben Weg zum Vorratsschrank mit dem Eingemachten hinter sich, als sie bemerkte, dass etwas auf dem Boden lag. Ein paar Sekunden später wurde ihr klar, dass es Digby war.

Einen Augenblick lang dachte Darina, dass er schlief. Möglicherweise hatte er noch bis spät in die Nacht gearbeitet und war dann von der Müdigkeit übermannt worden. Aber er sah irgendwie merkwürdig aus. Er schlief, nur mit Hemd und Hose bekleidet, wie ein Kind auf dem Bauch, den rechten Arm über den Kopf gelegt und das linke Bein angezogen. Wie ein kleines Kind – aber es war auch die klassische Position eines Mordopfers.

Darina dachte nicht im Entferntesten an Mord, aber sie musste sich nicht bücken und Digbys Schulter berühren, um zu wissen, dass er tot war. Trotzdem bückte sie sich, berührte ihn und wich, erschrocken über die Kälte des starren Körpers, zurück.

Sie hockte sich hin und betrachtete ihn. Wie war er gestorben? Durch einen Herzinfarkt? Als sie in sein Gesicht blickte, bemerkte sie, dass seine Augen weit offenstanden – sie blickten aber eher überrascht als schmerzerfüllt drein. Der Tod hatte ihn als unerwarteter, aber möglicherweise nicht unwillkommener Besucher heimgesucht. Nein, sein Herz konnte nicht die Ursache gewesen sein. Zögernd zwang sich Darina dazu, die kalten Augenlider über den blauen Augen zu schließen. Ihr Funkeln – entweder freundlich oder boshaft – war jetzt für immer erloschen.

Die Art und Weise, wie der Brustkorb dalag, erregte ihre Aufmerksamkeit. Mühsam versuchte sie, seine Schulter anzuheben. Fast sofort musste sie den Körper wieder auf den Boden sinken lassen, aber der kurze Augenblick hatte ausgereicht – sie hatte den Griff eines Messers gesehen, der aus der Brust herausragte, und zwar genau dort, wo sie das Herz vermutete.

Erst jetzt setzte der Schock ein. Ihr drehte sich der Magen um, sie presste die Hände vor den Mund, schloss die Augen und versuchte, an nichts zu denken. Sie atmete tief durch, spürte Erbrochenes in ihrer Kehle, nahm den sauren Geschmack in ihrem Mund wahr, schluckte es aber entschlossen wieder herunter.

Unsicher stand sie auf und vermied es, die Leiche anzusehen, die jetzt nicht mehr Digby war, sondern genauso unbeseelt wie der Stuhl oder die Tür und machte sich auf den Weg in die Küche. Schwankend wie ein Seekranker an Deck tastete sie sich von der Klinke zur Stuhllehne und von da aus zum Tisch und zur Spüle. Dort drehte sie den Kaltwasserhahn auf, wusch sich das Gesicht, formte die Hände zu Schalen, ließ das Wasser hineinlaufen und trank durstig. Schließlich richtete sie sich mit nassem Gesicht auf und atmete erneut tief durch. Langsam begann ihr Verstand wieder zu arbeiten. Ihr erster Gedanke war: Ich muss Nicholas informieren.

Es dauerte ein wenig, ehe der Professor die Tür auf ihr beharrliches Klopfen hin öffnete. Die Erklärung für die Verzögerung lag auf der Hand: Er hatte sich unbeholfen ein Handtuch um seine knochige Gestalt gebunden, und von seinen Beinen tropfte Wasser auf den Teppich, als er die Tür einen Spaltbreit öffnete.

»Entschuldigen Sie, dass ich Sie aus Ihrem morgendlichen Bad hole«, sagte Darina leise, »aber ich fürchte, es hat ein Unglück gegeben.«

»Ein Unglück? Was für ein Unglück?« fragte Nicholas gereizt.

»Digby ist tot.« Darina fiel nichts ein, um die Nachricht abzumildern.

»Tot?« Nicholas starrte sie einen Moment an und packte dann sein Handtuch fester. »Kommen Sie herein, kommen Sie herein.« Er machte die Tür weit auf und winkte Darina ins Zimmer. »Jetzt erzählen Sie mir, was Sie damit meinen.«

Darina berichtete ihm kurz, was sie entdeckt hatte. Nicholas erblasste.

»Fürchterlich«, sagte er. »Fürchterlich. Das wird das Symposium ruinieren.« Dann fiel ihm ein, dass jetzt eigentlich eine andere Reaktion angebracht war. »Ich meine, ich kann es nicht glauben. Digby – tot!«

»Sollen wir einen Arzt oder die Polizei rufen?«, fragte Darina niedergeschlagen. Sie war in der Hoffnung zu Nicholas gekommen, dass er das Kommando übernehmen, ihr die Last der Entscheidungen von den Schultern nehmen würde.

»Polizei?« wiederholte er. »Ist das denn nötig?«

»Ein Messer steckt in seiner Brust«, wiederholte Darina trostlos. »Er könnte es sich selbst hineingestoßen haben ...« Sie verstummte.

Nicholas starrte sie fasziniert an. »Ein Messer?« Dann riss er sich zusammen. »Digby und sich das Leben nehmen? Unsinn, das ist unmöglich.«

»Dann«, sagte Darina langsam, »muss es ...« Aber sie brachte das Wort nicht über die Lippen, und Nicholas vollendete den Satz für sie.

»Mord sein«, sagte er ganz sachlich. »Natürlich haben Sie recht, wir müssen die Polizei rufen.« Der Akademiker hatte jetzt das Kommando übernommen. »Vielleicht rufen Sie schon mal bei der Polizei an, während ich mich rasch anziehe. Danach warten Sie in der Küche, bis ich komme und mir, mir ...«, er zögerte einen Augenblick, fuhr aber dann entschlossen fort: »Digby ansehe.« Er ging wieder ins Bad, und Darina ging nach unten.

Im Zimmer der Haushälterin stand ein Telefon, aber sie konnte nicht wieder hineingehen. Deshalb ging sie zu dem Münzfernsprecher, der sich in dem kleinen Flur zwischen Halle und Bar befand.

Als sie die Halle wieder betrat, kam Nicholas gerade die Treppe herunter. Er trug jetzt ein Hemd mit offenem Kragen und hatte einen Pullover locker über die Schultern gelegt.

»Ein Constable wird bald hier sein«, teilte Darina ihm mit, »und die Polizei hat gesagt, bis zu ihrem Eintreffen soll niemand mehr das Zimmer betreten.«

Da er sein Vorhaben jetzt nicht mehr ausführen konnte, blieb Nicholas am Fuß der Treppe stehen und sah sich ziellos um.

»Kommen Sie, und trinken Sie in der Küche einen Kaffee«, schlug Darina vor und ging voraus. Sie stellte den Wasserkessel auf den Herd und machte sich dann daran, Kaffeebohnen zu mahlen. Nicholas, der unruhig in der Küche auf und ab ging, hob bei dem Lärm unwirsch den Kopf.

»Müssen Sie das machen? Tut mir leid«, fügte er hinzu, als Darina ihn überrascht ansah, »ich versuche nur gerade, mir darüber klarzuwerden, dass Digby tot ist. Und ich denke über die Folgen nach.« Er ging mit den Händen in den Hosentaschen weiter auf und ab. Darina griff nach der Dose mit dem Pulverkaffee und löffelte Granulat in zwei Henkeltassen.

Nicholas nahm ihr die dampfende Tasse ab und trank mechanisch einen Schluck, während er sich im Geist weiter mit dieser unmöglichen Situation beschäftigte. »Wann will die Polizei hier ankommen? Gott allein weiß, was wir tun können, um das Symposium zu retten. Ich nehme an, sie wollen jeden einzelnen verhören.« Er begann wieder, auf und ab zu gehen. »Wenn wir den Morgen für diese Sache opfern, können wir vielleicht heute Nachmittag mit dem Programm weitermachen.«

Darina sah ihn verblüfft an. Ein Mann, den er gut gekannt hatte, war tot, wahrscheinlich von jemandem ermordet, der gestern Abend mit ihm zu Abend gegessen hatte, und Nicholas konnte nur an Vorträge und

Diskussionen und an längst vergessene Gerichte denken!

Nicholas blieb stehen. »Warum haben Sie eben vermutet, dass er sich das Leben genommen haben könnte?«

»Es war etwas, das er gestern Abend gesagt hat.« Darina zögerte. Sie hatte Digbys Verzweiflung gestern deutlich gespürt, aber es war schwer, dieses Gefühl in Worte zu fassen. Hatte sie es sich vielleicht nur eingebildet, weil sie auf seine weinselige Sentimentalität hereingefallen war oder auch, weil sie vorher die Szene mit Deborah Makepeace belauscht hatte und misstrauisch geworden war?

»Haben Sie die Tür zum Zimmer der Haushälterin eben hinter sich geschlossen?« Darina dachte einen Augenblick nach und schüttelte dann den Kopf. Nicholas drehte sich auf dem Absatz um und schoss aus der Küche. Sie folgte ihm widerstrebend, denn ein Instinkt sagte ihr, dass er sich das Zimmer besser nicht allein ansehen sollte.

Er blieb an der offenen Tür stehen. Das Licht brannte noch und konkurrierte mit dem Morgengrauen, das sich langsam durch das hohe Fenster stahl. Digby lag noch immer auf dem Boden, sein Haar fiel in üppigen Wellen über den Rand seines Hemdkragens. Darina dachte, dass er eigentlich kein Recht hatte, immer noch so springlebendig auszusehen. Dann bemerkte sie überrascht, dass das Haar oben auf seinem Kopf dünner wurde und dass seine blasse Kopfhaut hindurchschimmerte. Wie sehr muss er darunter gelitten haben, dachte sie.

Nicholas stellte sich auf die Zehenspitzen und sah sich im Zimmer um. »Von hier aus kann man kaum etwas erkennen«, sagte er ärgerlich, »aber ich halte es für unwahrscheinlich, dass jemand, der sich das Leben nehmen will, sich ein Messer in die Brust stößt. Es wäre doch viel natürlicher, sich die Kehle durchzuschneiden.« Er klang, als ob er täglich über so etwas nachdächte. »Ich nehme an, das Messer war eines von denen, die da auf dem Tisch liegen.«

Darina sah sich die Ausstellung auf dem Tisch an. Es sah aus, als hätte sich nichts verändert, seit Digby die Messer dort arrangiert hatte. Dann sah sie noch einmal hin – fehlte da nicht das Tranchiermesser? Sie erinnerte sich, dass es sich so scharf wie ein Rasiermesser angefühlt hatte und Schloss für einen Augenblick die Augen. Sie wollte hier weg, sie wollte aufwachen und merken, dass der ganze Alptraum eben ein Alptraum war, aus dem sie soeben aufgewacht war.

Während sie beide weiter die Szenerie musterten, ertönte ein melodisches Klingelzeichen, und in der Küche erklang ebenfalls ein kleines Glöckchen, das zusammen mit ein paar anderen auf einem Klingelbrett befestigt war und über dem in geschwungenen Lettern »Haupteingang« stand.

Nicholas und Darina gingen gemeinsam zur Tür. Auf der Schwelle standen zwei Polizisten in Uniform vor einem Streifenwagen, aus dessen offenem Fenster eine körperlose Stimme drang.

Die Ermittlung der Beamten nahm ihren Lauf.

Kapitel 8

Viel später sah Inspektor Grant seinem Sergeant dabei zu, wie er hinter Professor Turvey die Tür schloss und fragte: »Nun, Bill, womit haben wir es Ihrer Meinung nach hier zu tun?«

Sergeant William Pigram grinste seinen Vorgesetzten kurz an. »Mit einer Pastete aus vierundzwanzig Amseln, Sir?« Dann nahm er sich zusammen, holte sein Notizbuch hervor und setzte sich in den Stuhl, der dem Tisch, den man als Schreibtisch zweckentfremdet hatte, gegenüberstand.

Sie befanden sich in einem ziemlich kleinen Zimmer, das vom Refektorium aus gesehen am anderen Ende der Halle lag. Normalerweise wurde dieser Raum als ruhiger Zufluchtsort für Konferenz- und Symposiumsteilnehmer benutzt. Darin standen ein paar tiefe Ledersessel, kleine Tische mit hochlehnigen Stühlen, Ablagetische, auf denen zahlreiche alte Illustrierte lagen, sowie zwei Bücherregale mit verstaubten Büchern. Das Fenster gab den Blick auf den Vorgarten frei. Nieselregen benetzte die immer noch üppig blühenden Rosen. Grant hatte dieses Zimmer als Verhör- und Ermittlungszimmer in Beschlag genommen und angeordnet, dass hier so schnell wie möglich ein Telefon installiert würde. William hielt diesen düsteren, vernachlässigten Raum für sehr passend für die bevorstehende Untersuchung.

»Geben Sie mir eine Zusammenfassung der Ereignisse, Bill«, forderte ihn sein Vorgesetzter auf. Grant lehnte sich in dem unbequemen Stuhl zurück und verschränkte die Hände hinter dem Kopf. Dabei blickte er auf einen Stich des Gebäudes, der an den Ecken bereits Stockflecken hatte.

William warf einen kurzen Blick darauf, ehe er die Seiten seines Notizbuches durchblätterte und eine Pause machte, um die Einzelheiten, die sie bis jetzt gehört hatten, in die richtige Reihenfolge zu bringen. Seit er mit dem Inspektor zusammenarbeitete, hatte er gelernt, dass diese Zusammenfassungen seinem Vorgesetzten nicht nur die Gelegenheit verschafften, sich ein klareres Urteil zu bilden, sondern dass sie auch dazu dienten, zu überprüfen, ob sein Mitarbeiter die Situation im Griff hatte. Das war immer sehr anstrengend, denn Grant erwartete von ihm, die Details, die aus verschiedenen Aussagen stammten, miteinander zu verbinden, wirre Erzählungen richtig darzustellen, Widersprüche aufzudecken, kurz: einen flüssigen Bericht abzuliefern. Und Grant stürzte sich sofort wie ein Tiger auf Details, die sein Mitarbeiter nicht richtig wiedergab. Es war meistens schlimmer als seine mündliche Prüfung in Oxford. Aber bis jetzt schien dieser Fall ziemlich klar zu sein.

William warf noch einen Blick in sein Notizbuch und begann.

»Das Opfer ist Digby Cary, ein bekannter Journalist und Fernsehkoch. Zusammen mit Professor Turvey, Vorsteher des archäologischen Instituts am St. Bernard College in Cambridge, gründete er die Gesellschaft für historische Kochkunst. Das hier ist ihr zweites jährliches Symposium. Die Teilnehmer kamen gestern am Nachmittag und am frühen Abend an, ebenso wie ein Aufnahmeteam des lokalen Fernsehsenders. Nur die Produzentin Linda Stainmore blieb allerdings über Nacht hier. Der Rest verließ das Haus um halb elf gestern Abend und kam heute Morgen um neun Uhr wieder. Im Augenblick filmen sie alles, was ihrer Meinung nach für eine Sendung über den Mord an dem Gründungsvater der Gesellschaft von Nutzen sein könnte, werden aber nicht an den Fundort der Leiche vorgelassen.«

Grant warf ihm über den Rand seiner Halbbrille hinweg einen kühlen Blick zu, und William zwang sich, wieder auf den Punkt zu kommen.

»Um elf Uhr gestern Abend hatte das Personal, das nicht hier wohnt, das Haus verlassen, und die Hintertür wurde von der Köchin, Darina Lisle, abgeschlossen, die den Schlüssel wie gewöhnlich oben auf den Türrahmen legte. Constable Clifton hat ihn heute Morgen dort gefunden. Der Ermordete arbeitete im Zimmer der Haushälterin, und er bat Miss Lisle, Professor Turvey darüber zu informieren, wo er sich aufhielt. Etwa zehn Minuten nach elf richtete sie dem Professor diese Nachricht aus. Um diese Zeit befand er sich zusammen mit Miss Stainmore, Miss Rita Moore, Miss Deborah Makepeace, Mr. Gray Wyndham und Mr. Charles Childe in der Bar. Die Symposiumsteilnehmer, die im Anbau übernachten, hatten kurz vorher das Hauptgebäude verlassen. Professor Turvey hat angegeben, dass er nicht zu dem Verstorbenen ging, sondern sich stattdessen auf sein Zimmer begab, um an seinem Vortrag zu arbeiten. Die anderen verließen etwa um diese Zeit ebenfalls die Bar. Mr. Wyndham ging mit seinem Hund spazieren, und der Rest ging zu Bett.

Miss Lisle ging zurück in die Küche. Sie gibt an, um viertel vor zwölf zu Bett gegangen zu sein. Sie hat niemanden bemerkt, der sich bis zu diesem Zeitpunkt in das Zimmer der Haushälterin begeben hätte. Doch zwischen der Küchentreppe und dem Tatort liegt ein Flur, und man hätte Cary durchaus aufsuchen können, ohne dass sie es gemerkt hätte. Die Wände sind dick, und es dringen kaum Geräusche in die Nebenräume.

Etwa um Mitternacht hörte Miss Lisle im Einschlafen Lärm aus der Halle. Als sie ihr Zimmer verließ, um nachzusehen, was vor sich ging, sah sie, wie der Hund Mr. Childe angriff. Childe wiederum behauptet, nach unten gegangen zu sein, um sich ein Programm des Symposiums zu holen – davon liegt ein Stapel auf dem Tisch in der Halle. Der Hund war gerade ausgeführt worden und nicht angeleint. Mr. Wyndham riss den Hund zurück und schloss ihn im Boilerraum ein. Dieser Raum liegt genau gegenüber von einer der Türen, die in die Küche führen und außerdem neben dem Zimmer der Haushälterin.

Mr. Childe wurde in Miss Moores Badezimmer gebracht, damit man sich seine Hand näher ansehen konnte. Mr. Wyndham fuhr ihn danach in die Ambulanz des Krankenhauses in Yeovil, wo man die Wunde nähte. Die anderen gingen zu Bett, nachdem sie sich vergewissert hatten, dass Mr. Cary nicht in seinem Zimmer war.

Mr. Childe und Mr. Wyndham gaben offenbar Professor Turvey gegenüber an, dass sie gegen halb vier Uhr morgens wieder zurück waren. Zu diesem Zeitpunkt gab es offenbar keine Anzeichen dafür, dass irgendjemand noch wach war. Sie verriegelten die Eingangstür, löschten das Licht in der Halle und gingen zu Bett. Sie teilen sich ein Zimmer.« William musste seinen Geist mit Gewalt davon abhalten, abzuschweifen und sich vorzustellen, wie der weibische Childe und der schlampige Wyndham, beide im Pyjama, mit elisabethanischer Förmlichkeit in einem Doppelbett saßen. »Miss Lisle kam gegen halb sieben heute Morgen herunter, fand in der Küche den Hund, einen kaputten Riegel an der Tür und die Tür des Boilerraums halb offen vor – sie glaubt, dass sie nicht richtig abgeschlossen wurde. Der Hund hatte eine Torte gefressen, die sie auf dem Küchentisch stehengelassen hatte.

Sie gab zu Protokoll, dass sie im Verlauf der Vorbereitung für das Frühstück gegen sieben Uhr das Zimmer der Haushälterin betrat. Sie fand Digby Cary tot vor. Sie hat ihm offenbar die Augen zugedrückt, versuchte dann, die Leiche umzudrehen, was ihr aber nicht gelang. Sie sah aber ein Messer aus seiner Brust ragen. Sie benachrichtigte Professor Turvey, der sie anwies, die Polizei zu rufen.

Die Constables White und Clifton trafen um fünf nach acht hier ein. Sie sperrten den unteren Flur für die Teilnehmer des Symposiums, gestatteten Miss Lisle aber, die Küche zu benutzen, damit sie im Refektorium das Frühstück auftragen konnte. Constable White blieb bei ihr in der Küche.

Um zehn nach acht kam als erster Mr. Wyndham nach unten, dem die Erlaubnis, seinen Hund auszuführen, verwehrt wurde, ehe nicht Verstärkung eingetroffen war, sodass man ihn begleiten konnte. Miss Makepeace kam um viertel nach acht. Danach traf eine wahre Flut hungriger Symposiumsteilnehmer sowohl aus der Abtei als auch aus dem Anbau ein. Man war allgemein schockiert über den Todesfall, aber auch erleichtert, dass das Frühstück serviert werden würde. Am meisten scheinen sich nach Auskunft von Clifton Miss Moore und Miss Stainmore aufgeregt zu haben. Miss Stainmore wurde nicht gestattet, ihren Sender anzurufen, aber sie nahm Kontakt zu einem Mitglied ihres Fernsehteams auf, als ihnen bei ihrem Eintreffen um neun Uhr der Zutritt verwehrt wurde.

Wir trafen um viertel vor neun ein. Nachdem wir den Tatort besichtigt und Spurensicherung und Fotografen gerufen hatten, frühstückten wir mit ein paar Symposiumsteilnehmern, bis um fünf vor halb zehn der Arzt eintraf, um die Leiche zu untersuchen. Seiner

Meinung nach könnte der Tod zwischen dreiundzwanzig Uhr und ein Uhr morgens eingetreten sein, aber wahrscheinlich eher gegen dreiundzwanzig Uhr. Als Todesursache gab er an, dass ein Küchenmesser unterhalb der dritten Rippe ins Herz gestoßen wurde. Der Tod trat sofort ein. Dass dabei kein Blut vergossen wurde, war seiner Ansicht nach nicht ungewöhnlich. Auf dem Tisch im Zimmer der Haushälterin lag eine ganze Sammlung brandneuer Küchenmesser. Miss Lisle glaubt, dass es sich bei der Mordwaffe um das Tranchiermesser handeln könnte, das gestern Abend noch dort lag.

Die Leiche ist noch nicht abgeholt worden, und es wird eine Autopsie durchgeführt werden, wahrscheinlich schon heute Nachmittag. Der Gerichtsmediziner ist benachrichtigt worden.

Vorläufige Aussagen wurden von Professor Turvey und Miss Lisle aufgenommen. Die Spurensicherung arbeitet im Augenblick am Tatort. Alle Teilnehmer des Symposiums halten sich momentan im Konferenzzentrum auf, ihre Namen und Adressen werden aufgenommen, und alle wollen wissen, was aus dem Symposium wird. Am besorgtesten ist Professor Turvey.« William beendete seinen Bericht in dem gleichen sachlichen Ton, wie er ihn begonnen hatte. Grant sah ihn noch einmal kalt an, aber der jüngere Mann erwiderte seinen Blick ungerührt.

Grant schob seinen Stuhl etwas zurück und legte dann seine Beine auf den Tisch, wobei wild gemusterte Socken sichtbar wurden. Er verschränkte die Hände wieder hinter dem Kopf und blickte zur Stuckdecke hinauf. »Was meinen Sie, Bill?«

Grant fragte seinen Untergebenen gern nach seiner Meinung. William gab sich gern der Hoffnung hin, seine Meinung wäre wertvoll, aber ihm war klar, dass damit eigentlich nur seine Fähigkeit, Rückschlüsse zu ziehen, getestet werden sollte. Er überlegte einen Augenblick. »Die einzigen Symposiumsteilnehmer, die wussten, dass Cary im Zimmer der Haushälterin arbeitete, waren die, die in der Bar saßen, als Miss Lisle dem Professor die Nachricht übermittelte. Wir könnten daher die anderen wohl ausschließen.«

Grant warf ihm aus seinen grauen Augen erneut einen kühlen Blick zu. »Was ist mit dem Fenster im Zimmer der Haushälterin? Könnte nicht jemand dadurch gesehen haben, wie Cary arbeitete? Das Zimmer befindet sich im Souterrain, und es gibt dort keine Vorhänge.«

William fluchte innerlich, weil er daran nicht gedacht hatte. »Das muss natürlich nachgeprüft werden, Sir. Doch das Fenster ist so hoch und schmal, dass ich es für unwahrscheinlich halte.«

»Sehr gut, fahren Sie fort.«

»Der Hund lief mehr oder weniger frei herum und war wahrscheinlich nach dem Angriff auf Charles Childe sehr erregt, sodass es unwahrscheinlich ist, dass es dem Mörder gelungen sein könnte, nach viertel nach zwölf ins Zimmer der Haushälterin zu gelangen, ohne einen Aufruhr zu verursachen.«

»Also«, sinnierte Grant, »trat der Tod wahrscheinlich zwischen dreiundzwanzig Uhr, als Miss Lisle das letzte

Mal mit dem Opfer sprach – vorausgesetzt natürlich, er war zu diesem Zeitpunkt noch am Leben –, haben Sie etwas gesagt, Bill?«

»Nein, Sir.«

»Also, zwischen dreiundzwanzig Uhr und viertel nach zwölf ein und vorausgesetzt, ihre Theorie mit dem Fenster stimmt, können wir wohl den Kreis der Verdächtigen auf den Professor, Miss Makepeace, Miss Moore«, Grant betonte das »Miss« spöttisch, »Mr. Wyndham, Mr. Childe, Miss Stainmore und Miss Lisle beschränken.«

William sagte nichts, denn mittlerweile wusste er, wann seinem Vorgesetzten gegenüber Schweigen angebracht war. Grant betrachtete das Muster auf seinen Socken und fragte dann: »Was halten Sie von Professor Turvey und Miss Lisle?«

»Ich fand Turveys Sorge wegen des Symposiums angesichts des Todes des Mitbegründers etwas übertrieben. Das zeigt, dass die beiden sich nicht gerade grün waren. Außerdem scheint das Engagement des Professors in der Gesellschaft über das normale Maß hinauszugehen. Und was Miss Lisle angeht – William machte eine Pause und fuhr dann im ruhigem Ton fort –, so scheint sie eine ehrliche Zeugin zu sein. Ihre Aussage war gewissenhaft und ausführlich, und sie schien gar nicht darüber nachzudenken, dass sie zum Kreis der Verdächtigen zählt. Außerdem macht sie das beste Kedgeree, das ich je gegessen habe.« Er hätte noch hinzufügen können, dass sie die sympathischste und attraktivste Frau war, die er seit langem kennengelernt hatte, aber das tat er nicht.

»Und was ist mit den anderen?«

»Kommen Sie, Sir, Sie können doch nicht von mir verlangen, dass ich zu diesem Zeitpunkt schon einen Kommentar über sie abgebe. Ich habe sie doch kaum kennengelernt.«

»Ich glaube schon, dass sie das können«, beharrte Grant, »schließlich haben wir mit ihnen zusammen gefrühstückt. Es war doch interessant, dass alle, die im Hauptgebäude wohnen – also unsere Verdächtigen –, zusammensaßen, nicht wahr?«

»Bei solchen Gelegenheiten bilden Menschen gewöhnlich sehr früh irgendwelche Cliquen, das ist wie an Bord eines Schiffes«, sagte William. »Ich halte es für interessanter, dass wir uns entschieden haben, bei ihnen Platz zu nehmen und nicht bei den anderen.« Er dachte einen Augenblick nach und begann dann zögerlich: »Charles Childe hat etwas von einer Witzfigur, wie er mit dem Arm in der Schlinge die Treppe herunterkam in der Erwartung, dass er im Mittelpunkt des allgemeinen Interesses stehen würde, um dann festzustellen, dass Carys Tod ihn ausgestochen hatte. Gray Wyndham wirkt auf mich irgendwie geheimnisvoll. Er scheint anders zu sein als der Rest – er war der einzige, dem das, was er aß, egal war. Er hat dieses Kedgeree in sich hineingestopft, als handelte es sich um eine Schüssel Müsli.« William war immer noch schockiert, als er sich daran erinnerte.

»Miss Makepeace scheint eine redliche Frau vom Lande zu sein. Aber sie ist durchaus intelligent. Es könnte ganz interessant werden, sie näher kennenzulernen. Miss Stainmore scheint mir eine typische, hochgestochene, ziemlich eingebildete Mitarbeiterin des Fernsehens zu sein. Von Miss Moore weiß ich nur noch, dass sie wundervolle rote Haare und einen charmanten irischen Akzent hat.« Nach kurzer Überlegung fügte er hinzu: »Wahrscheinlich ist sie älter, als sie auf den ersten Blick aussieht.«

Grant drehte geistesabwesend einen Bleistift in seinen Fingern. »Sie sind ein kultivierter Mann, Bill, essen in den besten Restaurants und so – was halten sie von Menschen, die hergekommen sind, um ein ganzes Wochenende damit zu verbringen, komische Gerichte in sich hineinzustopfen und über alte Rezepte zu diskutieren?«

William sah ihn leicht erschrocken an, und als er antwortete, klang seine Stimme verteidigend. »Nach dem, was wir gehört haben, Sir, und nach dem Frühstück zu urteilen«, er konnte immer noch nicht dieses Kedgeree vergessen, »kann man das Essen kaum als komisch bezeichnen. Ich weiß nicht viel über die Geschichte der Kochkunst, aber ich nehme an, es ist eine wissenschaftliche Disziplin wie jede andere. Wie zum Beispiel die Archäologie. Vielleicht ist Professor Turvey aus diesem Grund so engagiert.«

»Die Absolventen von Oxford und Cambridge halten wohl immer zusammen«, bemerkte Grant bissig. William seufzte und fragte sich, wie lange es wohl noch dauern würde, ehe er selbst ebenfalls seine Untergebenen schikanieren konnte, um seine Komplexe zu kompensieren. Doch augenblicklich nahm er den Gedanken wieder zurück. Grant schikanierte ihn nicht, sondern war die meiste Zeit über ausgesprochen fair.

Vielleicht war er, William, in manchen Punkten einfach zu empfindlich? Grant fragte ihn etwas, und er widmete sich wieder den aktuellen Problemen. »Wie groß war Cary Ihrer Meinung nach?«

William sah in seinem Notizbuch nach. »Ein Meter neunzig, Sir.«

»Ein paar Zentimeter größer als Sie, ja?«

William nickte.

»Stehen Sie auf.« Während Grant das sagte, nahm er die Beine vom Tisch, und der Stuhl fiel mit lautem Krach auf den Fußboden. Er stellte sich vor seinen Sergeanten hin. Er war etwa einen Kopf kleiner als William Pigram. Die schmale, flinke Gestalt trat einen Schritt zurück, er hob den Bleistift, zielte auf Williams Oberkörper und stieß zu.

Die Spitze des Bleistiftes traf den Magen des Sergeanten oberhalb des Nabels. William zuckte unter der Wucht des Stoßes leicht zusammen.

»Was sagt Ihnen das, Bill?«

»Der Mörder war wahrscheinlich ein gutes Stück größer als Sie, Sir.«

Grant setzte sich wieder hin, allerdings ohne die Beine auf den Tisch zu legen, und wartete.

»Turvey ist ebenso groß wie ich und mehr oder weniger auch Wyndham.«

»Und?« drängte Grant.

»Miss Lisle hat fast die richtige Größe«, William musste sich zwingen, nicht zu flüstern.

»Und sie ist Köchin und kennt sich mit Messern aus. Und sie hat die Kraft.«

William schwieg. Inzwischen, dachte er, sollte ich eigentlich Übung darin haben, meine Reaktion auf mögliche Verdächtige in einem Kriminalfall nicht von persönlichen Gefühlen beeinträchtigen zu lassen, aber manchmal ist das ziemlich schwierig.

Grant notierte sich etwas in ein kleines Buch, das vor ihm auf dem Tisch lag. »Sorgen Sie dafür, dass jemand Carys Haus überprüft. Soviel ich verstanden habe, ist er Witwer, und Miss Lisle gibt an, dass sie die einzige Verwandte ist. Sagen Sie Bescheid, dass man jeden nahen Freund überprüfen und seinen familiären Hintergrund durchleuchten soll – besonders alles, was ihn mit Leuten verbindet, die momentan hier sind. Und besorgen Sie die private Telefonnummer von Carys Zeitungsverleger – der könnte uns vielleicht einiges über ihn erzählen. Da das Messer im Leichnam zurückblieb, ist kaum Blut geflossen, und es hat wenig Zweck, nach blutbefleckten Kleidungsstücken zu suchen, aber überprüfen Sie für den Fall der Fälle einfach einmal, was jeder gestern Abend anhatte.« Er stand auf. »Jetzt werden wir uns einmal das Fenster anschauen. Wenn Sie mit dem Blickwinkel recht haben, können wir die Symposiumsteilnehmer, die im Anbau wohnen, heimschicken und uns auf den Rest konzentrieren.« Er machte eine Pause und warf Pigram einen zynischen Blick zu. »Kopf hoch, es ist immerhin möglich, dass Cary gesessen hat, als er erstochen wurde.«

Grant verließ das Zimmer. William folgte ihm, hochrot im Gesicht und wütend.

Kapitel 9

Darina bereitete in der Küche den Lunch vor. Einer Köchin ist mehr als allen anderen Menschen bewusst, dass die Show weitergehen muss. Immer dort, wo sich Menschen versammelt, braucht man früher oder später etwas zu essen. Ihre Assistentin, der man zuerst den Einlass verweigert, sie dann aber in die Halle gelassen hatte und ihr schließlich die Erlaubnis erteilt hatte, sich in der Küche zu melden, war bei ihr. Frances war zwar nie sehr redselig, aber vor lauter Schreck schwieg sie jetzt ganz. Darina, die normalerweise Gespräche beim Arbeiten hasste und mehr als eine Assistentin wegen ihrer Unfähigkeit, ihre Aufgaben ohne einen wahren Redestrom zu erfüllen, an die Luft gesetzt hatte, wäre diesmal sehr froh gewesen, wenn jemand sie von ihrer Grübelei abgelenkt hätte.

»Ermordet, ermordet«, klang es in ihrem Kopf. Jemand hatte Digby ermordet. »Tot, Digby ist tot«, erklang ein anderer Kehrvers. Ihr charismatischer Vetter, dessen Einfluss wie ein unsichtbarer Mantel über ihrem Leben gehangen hatte, war tot. Der Mann, der sie zu gleichen Teilen angezogen und abgestoßen hatte, war nicht mehr. Ermordet. Jemand hatte Digby ermordet.

Nicholas mochte ja vor der schrecklichen Tatsache die Augen verschließen, aber Darina war nie vor unleugbaren Wahrheiten zurückgeschreckt, und diese hier stach so deutlich heraus wie ein gekaufter Kuchen auf einer rustikalen Tafel – der Täter musste einer der Teilnehmer des Symposiums sein. Die Chance, dass ein Außenseiter mitten in der Nacht in die Abtei eindrang und Digby ermordete, war so gering, dass Darina sie gar nicht erst erwog. Nein, der Täter war ganz sicher einer der Teilnehmer. Und wahrscheinlich eher einer von denen, die in der Abtei wohnten und nicht im Anbau. Darina war in Gedanken mit der gleichen kühlen Logik vorgegangen wie die beiden Kriminalbeamten.

Wer hätte den Wunsch haben können, Digby beiseite zu schaffen und warum? Während sie Wildpastete stürzte, gebratene Freilandhühner tranchierte, Kürbissauce machte und kleine Appetithäppchen auf Platten arrangierte, wurde Darina klar, dass viele Menschen ihrem Vetter den Tod gewünscht haben könnten. Er hatte in der Welt des Essens Macht verkörpert. Er hatte Karrieren gemacht und sie beendet. Und sie hatte im letzten Jahr, als man noch nichts von ihrer Verwandtschaft zu Digby wusste, viele neidische Kommentare gehört. Es gab viele, die keinen Grund hatten, ihm dankbar zu sein. Viele, die nur zu gern eine der vielen Nischen, die er in Beschlag hatte, besetzt hätten: Kochkolumnist in Zeitungen und Illustrierten, Restaurantkritiker, Vorführkoch bei prestigeträchtigen Ereignissen, Fernseh- und Radiokoch, Repräsentant einer ganzen Palette von Produkten. Darina sah schon eine ganze Schwemme von Kandidaten, die sich um die freien Stellen streiten würden, die sein Tod geschaffen hatte.

Auch in seinem Privatleben hatte Digby Feinde angezogen wie ein Sirupkuchen die Fliegen. Seine vielen Affären und Liaisons hatten eine Spur eifersüchtiger Ehemänner und verlassener Geliebter hinterlassen. Wie viele unter ihnen hatten ihm Rache geschworen? Gehörte einer oder eine von ihnen vielleicht zu den Symposiumsteilnehmern, die in der Abtei wohnten?

Aber Mord ... wer würde so weit gehen? Wie groß mussten Hass oder Verbitterung sein, um einen Menschen umzubringen? Darina dachte an das scharfe Tranchiermesser und stellte sich vor, wie sie es nahm und in Digbys Brust stach.

»Geht es Ihnen gut?«, fragte Frances besorgt.

Darina schluckte schwer. Kalter Schweiß perlte auf ihrer Stirn. Sie griff nach einem Stück Küchenpapier und presste es auf ihr Gesicht.

»Machen Sie mal eine Pause, und trinken Sie eine Tasse Kaffee. Es ist noch welcher von heute Morgen übrig.«

Darina ließ sich zu einem Stuhl führen und nahm dankbar den Kaffeebecher entgegen. Es war Stunden her, seitdem Nicholas und sie kaffeetrinkend auf das Eintreffen der Polizei gewartet hatten. Seitdem war alles ziemlich durcheinander gewesen. Das Frühstück war serviert und abgeräumt worden. Frances und sie hatten den Polizeibeamten und den Kriminalbeamten, die den erstaunten Symposiumsteilnehmern Fingerabdrücke abnahmen, kurze Aussagen notierten, Personalien aufnahmen und das Zimmer der Haushälterin mit der Gründlichkeit von Kammerjägern auf der Suche nach Küchenschaben durchkämmten, Kaffee serviert. Und sie war von den beiden Kriminalbeamten, die die Untersuchung leiteten, verhört worden.

Sie hatten sie mit nervenzerfetzender Höflichkeit befragt. Sie hatte ihre Geschichte so einfach und direkt sie konnte erzählt, und der adrette Mann hinter dem Schreibtisch, der sie verstohlen musterte und gelegentlich etwas in sauberer Handschrift in ein kleines Ringbuch notierte, das vor ihm lag, hatte ihr keine Zwischenfragen stellen müssen. Der jüngere Mann hatte alles aufgeschrieben, was sie gesagt hatte. Am Ende hatte er sie ermutigend angelächelt. Unter anderen Umständen hätte sie sein schmales, intelligentes Gesicht und den dunklen Lockenschopf attraktiv gefunden. Doch so, wie die Dinge lagen, hatte gerade er die Frage gestellt, die sie nicht beantworten wollte.

»Können Sie sich einen Grund vorstellen, warum jemand den Wunsch gehabt haben könnte, Ihren Vetter zu ermorden, Miss Lisle?«

Kannte sie einen Grund? Miss Makepeace, die darum flehte, dass Gerechtigkeit walten sollte, erschien vor ihrem inneren Auge. Miss Makepeace, deren Leidenschaft die Geschichte der Kochkunst war, die glaubte, dass ihr jemand ein Buch gestohlen hatte und die so aussah, als könnte sie keiner Fliege etwas zuleide tun.

»Nein«, hatte Darina mit fester Stimme erwidert. »Es gab zwar eine ganze Anzahl Menschen, die ihn nicht besonders mochten, aber ich wüsste keinen, der ihn töten würde.«

Das schien eine plausible Antwort gewesen zu sein, denn sie fragten nicht weiter.

Während sie dasaß und ihren Kaffee trank, sah Darina zwei Paare Beine an dem hohen, schmalen Fenster vorbeigehen, das ohne großen Erfolg versuchte, Licht in die Küche zu lassen. Selbst an den hellsten Tagen musste man die Lampe anmachen. Sie fragte sich, was man wohl gemacht hatte, ehe es elektrisches Licht gab.

Darina trank ihren Kaffee aus, stand auf und sah die Beine wiederkommen. Dann bückten sich die beiden Detectives und starrten in die Küche wie zwei Frösche, die über einen Teich hüpfen wollen. Sie widerstand dem Drang, ihnen eine lange Nase zu zeigen und begann, einen Salat vorzubereiten, der in John Evelyns Acetaria aus dem siebzehnten Jahrhundert stand.

»Haben Sie meine Gummihandschuhe gesehen?« fragte sie Frances einen Augenblick später. »Ich bin mir sicher, dass ich sie gestern Abend neben die Spüle gelegt habe, kann sie aber nirgendwo finden.«

»Ich habe sie weder gehabt noch gesehen. Aber unter der Spüle liegt noch ein neues Paar.«

Darina öffnete die Tür des Schrankes unter der Spüle, zog die neuen Handschuhe an und begann, Sellerie zu schaben.

Zehn Minuten später stürmte Nicholas mit wütend gerötetem Gesicht herein. »Die Polizei hat alle Symposiumsteilnehmer, die im Anbau wohnen, heimgeschickt!« Er war den Tränen nahe. »Sie sagen, das Symposium kann nicht weitergehen. Und diejenigen, die in der Abtei wohnen, müssen hoch hierbleiben, damit man sie weiter befragen kann – also, das ist der Gipfel!«

Darina blickte auf die Unmengen von Lebensmitteln – Lunch für über vierzig Personen. »Dürfen sie noch etwas essen, ehe sie abreisen?«

»Ich habe darauf bestanden. Das wollte ich Ihnen auch mitteilen. Können Sie sofort auftragen? Der Inspektor sagt, er möchte, dass sie in einer Stunde alle abgereist sind.«

Der Lunch verlief nicht so entspannt und mit lebhaftem Geplauder, wie es beabsichtigt gewesen war. Anstelle der glücklichen Symposiumsteilnehmer, die über morgendliche Vorträge diskutierten, Theorien austauschten und klatschten, befanden sich jetzt zwei Gruppen im Refektorium. Diejenigen, die im Anbau untergebracht waren, unterhielten sich laut und aufgeregt. Sie genossen die Erregung, ein bedeutendes Ereignis miterlebt zu haben, ohne irgendwelche unangenehmen Folgen befürchten zu müssen. Nicholas ging zwischen ihnen hindurch, versicherte ihnen, dass sie so schnell wie möglich über einen neuen Symposiumstermin informiert würden und murmelte etwas über Rückerstattung der Gebühren.

Die Gruppe, die in der Abtei untergebracht war, saß sehr still da. Es wurde nur wenig geredet. Gray war anscheinend völlig ungerührt von dem Drama – er aß und las ruhig die Morgenzeitung. Miss Makepeace machte sich zwar wie üblich Notizen, war aber nicht so konzentriert wie sonst. Ihr Pagenkopf war zerrauft, als wäre sie mit dem Bleistift durchgefahren. Sie blickte zwar wie immer umher, schien aber nicht zu registrieren, was sie sah. Sie sah aus, als ob ihr Blick eigentlich eher auf ihr Innenleben gerichtet wäre, und was sie dort sah, schien sie zu beunruhigen.

Linda hatte sich zunächst einen Teller Salat geholt, aber als sie den Inspektor den Raum betreten sah, schoss sie pfeilschnell hoch. Nach einem dringlichen kleinen Gespräch zuckte er die Achseln und nickte widerwillig. Dann packte er ihren Arm und sagte noch ein paar knappe Worte zu ihr, ehe sie mit schnellen Schritten das Refektorium verließ und er weiter zur Küche ging.

Charles Childe schmollte und hielt seine verletzte Hand fest, die er ostentativ in einer großen Schlinge trug, die aus einem Seidenschal mit Paisleymuster gefertigt war. Rita schien sich zu seiner Krankenschwester ernannt zu haben – sie brachte ihm zu essen, band ihm eine Serviette um den Hals und schnitt ihm sein Fleisch. Ihre Augen waren geschwollen, als hätte sie geweint.

»Vielleicht sollte ich das nicht sagen«, meinte Charles, als Darina eine Platte mit kaltem Wild hereinbrachte, »aber ich frage mich einfach, ob Digby einen Artikel über mein Restaurant geschrieben hat, ehe«, die heitere Stimme schwieg einen Augenblick, »ehe er sein tragisches Ende fand«, beendete er den

Satz und legte seine Gabel auf den fast leeren Teller. »In solch einer Situation nur an mich zu denken ist natürlich unverzeihlich, aber eine Kritik könnte so viel für mich bedeuten.« Mit ängstlichem Blick sah er in die Runde. »Eine wirklich gute Kritik – und ich bin sicher, dass Digbys Kritik gut ausgefallen wäre – würde Leute in Scharen nach Wandsworth locken.«

»Miss Lisle!«, rief der Inspektor. Er kam gerade aus der Küche. Sein hochgewachsener Sergeant folgte ihm. »Wir würden Sie gern noch einmal sprechen.«

Darina spürte einen unangenehmen Stich in der Magengegend. »Sicher, Inspektor. Ich sage nur rasch Frances Bescheid, dass sie denen, die hierbleiben müssen, den Kaffee servieren soll. Was ist eigentlich mit Ihren Leuten? Ob sie vielleicht auch etwas essen möchten? Es ist noch genug übrig.« Sie deutete auf den immer noch gedeckten Tisch.

Sergeant Pigram strahlte sie an. »Wie nett von Ihnen. Dürfte ich das organisieren, Sir?«

»Und was ist mit Ihnen?«, fragte Darina, als Grant nickte. »Soll ich Ihnen ein Tablett bringen?«

»Damit warten wir noch«, erwiderte er knapp, ignorierte den Blick, den ihm der Sergeant zuwarf, und verließ den Raum.

Auf dem Weg zur Küche sah Darina durch die hohen Fenster des Refektoriums, wie Linda ihr Fernsehteam vor den Haupteingang führte. Ein abreisender Symposiumsteilnehmer wurde angehalten und interviewt, während die Kameras fröhlich summten. Also hatte sie durch ihre Beharrlichkeit doch noch die Erlaubnis bekommen, zu filmen. Darina musste an Aasgeier denken, die an einem verendeten Kadaver herumpicken.

Kapitel 10

Als Darina ein paar Minuten später das Schreibzimmer betrat, legte Grant gerade den Hörer des Telefons auf, das vor ein paar Stunden angeschlossen worden war. Er saß in einem Sessel neben dem Schreibtisch, stand aber sofort auf und zog einen Stuhl auf der anderen Seite des Tisches hervor.

»Bitte setzten Sie sich, Miss Lisle. Ach, Bill, haben Sie die verhungernde Herde zum Futtertrog gebracht, ja? Warum führen Sie nicht dieses Verhör durch?«

William schloss die Tür hinter sich und kam zu ihnen hinüber. Im Stillen fluchte er vor sich hin. Normalerweise war er begeistert, wenn Grant es ihm erlaubte, die Zeugen zu befragen. Dann hatte er das angenehme Gefühl, dass seine Karriere Fortschritte machte. Aber diesmal hätte er sich viel lieber darauf beschränkt, die Aussage aufzunehmen. Oder vielleicht doch nicht? Plötzlich merkte er, dass Grant ihm gestattete, das Tempo zu bestimmen und die Atmosphäre zu schaffen, die er für angemessen hielt, um die größtmögliche Information von dieser Zeugin zu erhalten.

Er würde die Kontrolle haben, nicht Grant. Aber Grant würde dabeisitzen und ganz sicher die Befragung sofort übernehmen, wenn er das Gefühl hatte, dass man dem Gespräch eine neue Wendung geben sollte.

William setzte sich hinter den Tisch und zog sein Notizbuch heraus. »Also, Miss Lisle, ich möchte noch einmal auf den Vorfall mit dem Hund zurückkommen.«

»Dem Hund, der gebellt hat«, murmelte Darina, und er blickte interessiert und erfreut auf. Die Zeugin war geistesgegenwärtig und kannte sich bei Sherlock Holmes aus – oder hatte sie vielleicht nur kürzlich die Fernsehserie gesehen?

»Richtig. Sie haben bereits ausgesagt, dass Professor Turvey und Rita Moore erst aus ihren Zimmern kamen, nachdem sie bereits dabei waren, in die Situation einzugreifen. Was war mit Miss Stainmore und Miss Makepeace?«

»Wahrscheinlich schliefen sie schon.«

»Wie groß war der Lärm? Sie sagten, Ihr Zimmer befände sich im zweiten Stock. Wären Sie aufgewacht, wenn Sie bereits geschlafen hätten?«

»Das Gebell des Hundes war sehr durchdringend, und Charles kreischte regelrecht, aber ich kann nicht sagen, ob ich aufgewacht wäre. Ich habe nicht geschlafen.«

»Wo liegen die Zimmer von Miss Stainmoore und Miss Makepeace?«

»Lindas befindet sich im ersten Stock am Ende des westlichen Flurs. Das von Miss Makepeace liegt wie meins im zweiten Stock – wir teilen uns ein Bad, das zwischen unseren Zimmern liegt.«

»Wäre der Lärm bis in die Küche gedrungen?«

»Ich denke nicht, so laut war das Gebell auch wieder nicht, die Mauern sind überall recht dick, und die Schallwellen hätten durch das Refektorium und die Treppe hinunterdringen müssen.«

William notierte sich etwas und blickte dann auf. »Wie gut kannten Sie den Verstorbenen?«, fragte er sanft.

Er beobachtete, dass sich Darinas Augen weiteten, ehe sie mit fester Stimme antwortete: »Wie ich Ihnen bereits gesagt habe, war Digby mein Vetter. Als er siebzehn war, kamen seine Eltern beide bei einem Autounfall ums Leben. Mein Vater wurde sein Vormund, und er verbrachte bis zum Ende seiner Schulzeit die Ferien bei uns, sodass er für mich fast so etwas wie ein Bruder war.«

»Und was geschah danach?«

»Er verbrachte ein Jahr in Frankreich und war dann ein paar Jahre auf der Universität. In dieser Zeit besuchte er uns ziemlich häufig. Irgendwann verließ er die Uni; er sagte, das akademische Leben sei nichts für ihn. Mein Vater besorgte ihm einen Ausbildungsplatz in einem der großen Londoner Hotels, weil Digby damals mit dem Gedanken spielte, Hotelmanager zu werden. Es war vorgesehen, dass er zwei Jahre in der Küche arbeiten sollte, ehe er in andere Abteilungen wechselte, aber nach achtzehn Monaten wurde ihm klar, dass er das auch nicht wollte, und er suchte sich einen Job in der Werbeabteilung einer Lebensmittelfirma. In dieser Zeit sahen wir ihn immer noch recht häufig, denn er kam immer dann, wenn ein Schichtwechsel ihm mehr als einen freien Tag bescherte. Aber kurz nachdem er die Stellung gewechselt hatte, starb mein Vater; Digby stürzte sich ins Londoner Leben, und seine Besuche hörten auf ...« Darinas Stimme war leise geworden.

Das tut ihr immer noch weh, dachte William. »Wie alt waren sie, als Ihr Vater starb?«

»Fünfzehn.«

»Und Digby Cary?«

»Oh, er muss vier- oder fünfundzwanzig gewesen sein.«

»Wann nahmen Sie Kontakt zu Ihrem Vetter auf?«

»Vor zirka sieben Jahren. Ich hatte einen einjährigen Kochkurs absolviert und arbeitete danach in einem Restaurant bei uns im Ort. Dann bot mir jemand einen Job in einer Direktorenkantine in London an. Die Bezahlung war recht gut, und ich glaubte, es mir leisten zu können, mit ein paar Freundinnen zusammenzuziehen, wenn ich abends noch Dinnerpartys ausrichtete. Ehe ich nach London fuhr, schrieb ich Digby, dass ich kommen würde. Ich freute mich darauf, ihn wiederzusehen.«

William beobachtete eine leichte Röte in ihrem Gesicht, und er fragte sich, wieviel Überwindung es sie wohl gekostet hatte, diesen Brief zu schreiben. »Wie lange war es zu diesem Zeitpunkt her, seit Sie ihn zuletzt gesehen hatten?«

»Etwas über sechs Jahre. Er hatte in der Zwischenzeit geheiratet. Wir wurden zwar zur Hochzeit eingeladen

– es war eine große Hochzeit, Sarah hatte einen Titel, ihr Vater war ein Marquis, und sie war Lady Sarah Sowieso. Ich wäre sehr gern hingegangen, aber meiner Mutter ging es zu dieser Zeit nicht sehr gut. Wie auch immer, jedenfalls erhielt ich von Sarah eine sehr nette Antwort auf meinen Brief. Sie schrieb, dass sie Digbys einzige lebende Verwandte schon immer gern kennenlernen wollte und ob ich nicht gleich am Sonntag nach meiner Ankunft in London zum Lunch kommen wollte. Das tat ich auch, und danach war ich sehr oft dort.« Darina hielt inne. Als sie fortfuhr, sprach sie sehr langsam. Fast konnte man glauben, dass sie sich durch ein Minenfeld tastete, dachte William.

»Sarah und ich wurden sehr gute Freundinnen. Digby war oft fort, denn er kam in der Welt der Feinschmecker gut voran und musste ständig an Präsentationen, Empfängen und ähnlichen Veranstaltungen teilnehmen. Er arbeitete als freiberuflicher PR-Referent und schrieb für eine kleine Kette von Provinzzeitungen Artikel über das Essen. Außerdem trat er als Fernsehkoch im Lokalfernsehen auf. Seine Karriere lief gerade an, und es dauerte nicht lange, bis er eine regelmäßige monatliche Kolumne in einer Illustrierten und bald auch eine wöchentliche in einer Tageszeitung hatte. Er pflegte zu sagen, dass er aus jeder Gelegenheit das Beste machen müsste, was im Klartext bedeutete, dass er oft von daheim weg war.«

»Dann muss seine Frau aber sehr einsam gewesen sein«, bemerkte William.

Darina machte einen Kniff in den Rock ihres Kittels und musterte das Ergebnis. »Sarah war ein sehr genügsamer Mensch«, sagte sie schließlich, »und sie war sehr stolz auf Digbys Erfolg.«

Sie verheimlicht etwas vor mir, dachte William bei sich. Wem gegenüber ist sie jetzt loyal – dem Mann oder der Frau? Er spürte die Erregung in sich aufsteigen, die ihn immer überkam, wenn ihm auffiel, dass ein Zeuge ihm auswich.

»Hat Cary Ihnen bei Ihrer Karriere geholfen?«

»Gelegentlich gab er meinen Namen an Gastgeberinnen weiter, die eine Dinnerparty geben wollten oder ein Büffet brauchten. Manchmal ließ er mich auch Rezepte testen. Letztes Jahr dann schlug er Nicholas vor, dass ich das Essen für das erste Symposium mitkochen sollte.«

Sie ist erleichtert, dass ich vom Thema seiner Ehe abgekommen bin, dachte William, und ich glaube nicht, dass das, was sie vor mir verbergen will, irgendetwas mit diesem Wochenende zu tun hat.

»Haben Sie ihn oft allein gesehen – beruflich, meine ich?« Die Frage war absichtlich doppeldeutig gestellt, und er hielt gespannt den Atem an. Was würde sie antworten?

Wieder überzog Röte Darinas Gesicht. »Nicht sehr oft.

Ich war der Meinung«, sie schluckte schwer, »ich war der Meinung, dass wir nicht mehr sehr viel gemeinsam hatten.« Sie blickte aus dem Fenster hinaus in den Garten, der durch den Nieselregen ziemlich traurig aussah. »Er schien sich verändert zu haben seit der Zeit, da er bei uns gelebt hatte.«

Hat er etwa versucht, etwas mit ihr anzufangen? fragte sich William.

»Wie würden Sie sich in beruflicher Hinsicht beschreiben, Miss Lisle?«, warf Grant ein, und Darina wandte sich überrascht um. Offenbar hatte sie vergessen, dass der Inspektor an einer Seite des Schreibtisches saß. Sie konnte ihn zwar nicht sehen, aber er konnte ihr Gesicht beobachten, wenn sie die Fragen des Sergeants beantwortete. Sie zögerte.

»Ich meine, betreiben Sie einen außergewöhnlichen Partyservice, sind Sie eine einfache Köchin, eine Kochkünstlerin oder was?«

Darüber lachte sie laut. Es war ein fröhliches, offenes Lachen. »Ach so, jetzt verstehe ich, was Sie meinen. Ich behaupte immer, dass ich eine einfache Köchin bin, die bereit ist, jeden Auftrag anzunehmen, der sich ihr bietet.«

»Mit Messer und Gabel im Gepäck?« Einen Moment lang hatte William den Faden verloren, den Grant zu verfolgen schien. Ein Schatten glitt über Darinas Gesicht, und Grant machte eine verärgerte Geste. »Verzeihen Sie, das war taktlos von mir«, entschuldigte sich William, aber es war schon zu spät. Die junge Frau hatte den entspannten Ausdruck, der über ihr Gesicht geglitten war, als die Fragen sich nicht mehr um Digby Cary drehten, wieder verloren.

»Können Sie von Ihrer Kocherei leben?«, fragte Grant.

»Es reicht für das meiste, was ich mir wünsche«, erwiderte sie geradeheraus, ohne auszuweichen.

»Wie lauten Ihre Pläne für die Zukunft?«

Darina sah den Inspektor überrascht an. »Das hat Digby mich erst gestern Abend gefragt.«

»Und was haben Sie geantwortet?«

»Das ich gerne mein eigenes Hotel hätte«, seufzte sie, »aber das ist nur ein Luftschloss.«

»Warum?«

»Ich werde es mir nie leisten können.« Sie war erstaunt, dass die beiden sich das nicht selbst denken konnten.

»Dann haben Sie ernsthaft darüber nachgedacht?« In Grants Stimme schwang leichte Feindseligkeit mit, und William fragte sich, worauf er wohl zielte. Es gab Zeiten, dachte er, in denen sein Vorgesetzter geradezu eine Religion daraus machte, von allen Menschen das Schlechteste zu denken. Obwohl sein tiefsitzender Zynismus zur Folge hatte, dass kein noch so schändliches Motiv übersehen wurde, hatten Unschuldige es bei ihm manchmal ziemlich schwer. Dann riss er sich zusammen – warum war er sich so sicher, dass diese Zeugin unschuldig war?

»Ich habe darüber nachgedacht. Warum auch nicht? Vor einiger Zeit stand ein passendes Haus hier in der Gegend zum Verkauf. Ich habe alles durchgerechnet und ging zu meiner Bank. Dort hat man mir ganz klar vor Augen geführt, dass mein Einkommen kaum ausreicht, um das Darlehen zurückzuzahlen. Geschweige denn, um davon meinen Lebensunterhalt zu bestreiten.« Schwang Verbitterung in ihrer Stimme mit, oder war es nur tiefe Enttäuschung? »Deshalb träume ich nur noch von meinem Hotel.«

»Sie freuen sich nicht darauf, irgendwann genug Geld zu bekommen, um es Realität werden zu lassen?«, beharrte Grant. »Was ist jetzt, da Ihr Vetter tot ist? Sie sagten, Sie wären seine einzige Verwandte.«

»Das stimmt, aber ich glaube nicht, dass Digby mir irgendetwas hinterlassen hat.«

»Dann würde es Sie also überraschen, zu erfahren, dass Sie die Alleinerbin seines gesamten Besitzes sind?«

Nicht nur Darina blickte ihn erstaunt an. Auch für William war das neu. Also darauf wollte Grant hinaus! Das Team in Garys Haus musste diesen Goldklumpen zutage gefördert haben.

»Das glaube ich Ihnen nicht«, sagte Darina.

»Das Testament wurde vor acht Jahren gemacht – ich nehme an, als er geheiratet hat, ja?« Darina nickte benommen. Grant blickte in sein Notizbuch. »Darin hinterlässt er alles in erster Linie seiner Frau, falls sie vor ihm stirbt, erben die eventuellen Kinder und falls keine Nachkommen da sind, ›meine Cousine Darina Lisle‹. Das sind Sie, nehme ich an?«

William musterte die schockierte junge Frau. Entweder war ihr das Testament ebenso neu wie ihm, oder sie war eine hervorragende Schauspielerin.

Grant schien das nicht zu beeindrucken. »Geld ist eines der stärksten Motive für einen Mord, und Sie haben anscheinend von Mr. Carys Tod profitiert. Ich frage mich nur, wie sehr?«

Darina blickte auf ihre Hände, die sie verkrampft auf ihrem Schoß verschränkt hatte, und dann auf den Inspektor. »Ich weiß es nicht, aber ich glaube, es könnte eine ganze Menge sein. Sarah war vermögend, wissen Sie, und sie hat alles Digby hinterlassen, als sie vor einem Jahr starb. Das Haus in Chelsea hatte sie ihm bereits als Hochzeitsgeschenk überschrieben.« Ihre grauen Augen waren weit geöffnet, und die Haut spannte sich über den Wangenknochen. Ihre Lippen waren fest zusammengepresst, aber unter Grants forschendem Blick reckte sie ihr Kinn in die Höhe.

»Sie glauben, dass ich es war, nicht wahr?« Ihre Stimme war ruhig und fest. »Und ich vermute, es würde nicht viel nützen, wenn ich Ihnen versicherte, dass ich es nicht war. Digby und ich waren nicht immer einer Meinung, aber ich hätte ihn ganz sicher nie umgebracht.«

»Worüber hatten Sie Meinungsverschiedenheiten?«, fragte Grant sanft. William wusste, dass ihm das Verhör aus der Hand genommen worden war. Darina war jetzt ganz auf sich gestellt.

Wieder dieses fatale Zögern. »Ich billigte manche seiner Handlungen nicht.«

»Welche Handlungen, Miss Lisle?«

»Nichts, was für diesen Fall von Bedeutung wäre, Inspektor«, antwortete sie. Ihre Stimme klang hart wie Stahl.

»Vielleicht möchten Sie uns jetzt noch einmal genau erzählen, was gestern Abend passiert ist.«

Darina starrte Grant an und begann dann noch einmal, zu berichten, was sie am gestrigen Abend getan hatte, nachdem Digby sie gebeten hatte, Nicholas auszurichten, wo er war und beendete den Bericht mit ihrer Entdeckung am heutigen Morgen.

Nachdem sie wieder schwieg, sagte Grant nichts, und ein paar Minuten saßen sie da und schauten einander an.

Schließlich brach Darina das Schweigen. »Da ist noch etwas«, sagte sie langsam. »Ich habe die Mordwaffe hochgehoben. Ich habe Ihnen ja bereits erzählt, dass meiner Meinung nach das Tranchiermesser fehlte – nun ja, eben das habe ich mir genau angeschaut, als Digby die Messer auf dem Tisch auslegte. Der Mörder hat wahrscheinlich den Griff abgewischt, aber es könnte sehr wohl noch ein identifizierbarer Fingerabdruck auf der Klinge sein.« Sie wurde noch blasser, aber sah ihn weiter mit offenem Blick an.

»Das ist entweder eine sehr vernünftige Aussage oder eine sehr clevere«, bemerkte Grant ohne jegliches Gefühl. Darina schwieg, und einen Augenblick später sagte er: »Gut, Miss Lisle, Sie können jetzt gehen. Aber verlassen Sie das Geländer der Abtei nicht. Wir werden Sie wahrscheinlich noch einmal befragen.«

Ohne einen von den beiden anzusehen, stand Darina auf und verließ den Raum.

Die Tür schloss sich mit einem lauten Klick hinter ihr. Erst dann fragte Grant: »Nun, Bill, erkennen Sie bei dieser Frau noch etwas anderes als die wütende Unschuld?«

»Sie verheimlicht uns etwas über ihren Vetter und seine Frau.«

»Und wie lautet Ihre Theorie darüber?«

»Er könnte Annäherungsversuche bei ihr gemacht haben.«

»Und das, wo er eine reiche Frau mit Titel hat. Hmm, ich selbst stehe ja nicht gerade auf Amazonen, aber unsere Köchin besitzt durchaus Charme. Und wie hat die Kleine Ihrer Meinung nach reagiert? Ist sie mal eben mit ihrem Vetter, den sie als Helden verehrte, ins Bett gehüpft – auch wenn sie heute behauptet, dass sie nicht immer einer Meinung mit ihm war? Und dann? Er ist ihrer überdrüssig, macht sich ohnehin Sorgen, weil diese Affäre einfach zu gefährlich ist. Schließlich ist sie eine Freundin seiner Frau. Er lässt sie fallen. Sie ist verbittert, frustriert und muss ihre Träume von einem Hotel begraben. Vielleicht sah sie in diesem Wochenende die perfekte Gelegenheit, die Affäre neu zu beleben und wollte gestern Abend nach dem Dinner die Beziehung wieder erneuern, ihn vielleicht sogar dazu bringen, sie zu heiraten. Er weigerte sich. Ihr Leben ist ruiniert, sie hat das Messer in der Hand und ...« Grant deutete mit einer Geste einen Messerstoß an, und William zuckte zusammen.

»Das glaube ich nicht, Sir«, wandte er vorsichtig ein. »Ich halte es für wahrscheinlicher, dass sie ihn abwies. Ich glaube, sie verheimlicht uns etwas über die Ehe selbst, nicht über die Rolle, die sie darin gespielt hat. Wir müssen mehr über die Ehefrau erfahren.«

»Ach, da bin ich Ihnen gegenüber im Vorteil. Mir ist es endlich gelungen, Carys Zeitungsverleger zu erreichen. Die Nachricht hat ihn sehr erschüttert. Offenbar war Cary ein richtiger Starautor und wird schwer zu ersetzen sein. Der Verleger kannte sie beide recht gut. Es scheint, dass Cary da einen richtigen Treffer gelandet hat – seine Frau war Lady Sarah Knapp, ein Mitglied des Hochadels. Sie ist vor einem Jahr an Bauchspeicheldrüsenkrebs gestorben und hat ihrem geliebten Mann eine hübsche Summe hinterlassen. Wie lange er das noch geblieben wäre, wenn sie am Leben geblieben wäre, ist eine interessante Frage. Der Verleger war zwar für einen Zeitungsmenschen ungewöhnlich zurückhaltend, aber ich hatte den Eindruck, dass unser Mordopfer ein ziemlicher Frauenheld war.«

»Ich nehme an, es gibt keinen Zweifel darüber, dass seine Frau an Krebs gestorben ist?«

»Bill, Bill!« Grant schüttelte mit gespielter Verzweiflung den Kopf. »Wollen Sie, dass ich das Opfer zu einem Mörder mache? Oder wollen Sie damit sagen, dass Miss Lisle zuerst Lady Sarah und dann Digby Cary umbrachte, damit sie alles erbte? Sie könnten recht haben – notieren Sie sich, dass wir am Montag diese Möglichkeit nachprüfen.«

William schrieb sich das zwar gehorsam auf, aber er war fest davon überzeugt, dass es sich bei dieser Theorie um eine Sackgasse handelte.

Grant schlug ein Bein über das andere, steckte die Hände in die Hosentaschen, blickte aus dem Fenster und dachte angestrengt nach. Seine Gedanken wurden vom Klingeln des Telefons unterbrochen. »Ja. Was haben Sie inzwischen herausgefunden ...? Ach, wirklich? Und was steht drin?« Grant schrieb schnell etwas in sein kleines Ringbuch. »Danke. Geben Sie mir Bescheid, wenn Ihnen noch etwas Interessantes unterkommt.« Er legte den Hörer auf und blickte William strahlend an. »Das war das Team in Carys Haus. Sie haben eine Ausfertigung des Testaments der Frau gefunden.« Grant schob ihm das Ringbuch hinüber, sodass der Sergeant seine Notizen lesen konnte.

William las sie mit wachsender Hoffnung. »Nun, Sir, ich glaube, daraus geht hervor, wer unser nächster Zeuge ist, nicht wahr?«

Grant nickte. »Gehen Sie, und holen Sie ihn her, Bill.«

Kapitel 11

Darina schloss die Tür des Verhörzimmers, ging rasch ein paar Schritte durch die Halle und blieb dann stehen. Sie konnte kaum noch klar denken. Sie schienen wirklich zu glauben, dass sie Digby ermordet hatte. Ein eiskalter Schauer überlief sie, und sie sah sich um wie eine Blinde, die nach einer Lichtquelle sucht, um sich zu orientieren. Dann lief sie die Treppe hinauf in ihr Zimmer, nahm ihren Regenmantel, lief wieder hinunter und ging durch den Haupteingang hinaus.

Das Fernsehteam war verschwunden. Während man sie verhört hatte, waren die Symposiumsteilnehmer abgereist. Die Einfahrt war leer. Regen trieb ihr ins Gesicht, aber der Wind war leicht und der Regen fast warm. Die spätsommerliche Wärme war noch nicht ganz durch die Kälte des sich ankündigenden Winters vertrieben worden. Die Luft war frisch, klar und lau. Darina stand auf der großen Freitreppe und atmete tief durch. Sie hatte das Gefühl, von einer qualvollen Reise durch ein fremdes Land zurückgekehrt zu sein – die schönen Rosenbeete, der feuchte Rasen und die dicken Buchsbaumhecken wirkten auf wunderbare Weise vertraut.

Sie stellte den Kragen ihres Trenchcoats auf, steckte die Hände tief in die Taschen und ging über den Rasen. Während sie dahinschlenderte, dachte sie über das Verhör nach und durchlebte noch einmal den Augenblick, in dem ihr klar wurde, dass sie unter Verdacht stand. Danach fiel ihr ein, dass ihre Fingerabdrücke auf dem Messer waren. Sie grübelte über die unglaubliche Tatsache nach, dass Digby ihr sein ganzes Geld hinterlassen hatte und versuchte, sich vorzustellen, wie das alles auf die Polizei wirken musste. Sie versuchte, sich daran zu erinnern, was sie ihnen über ihre Beziehung zu Digby erzählt hatte. Und gelangte schließlich widerstrebend zu dem Schluss, dass sie anstelle der Polizei auch glauben würde, dass Darina Lisle schuldig sein könnte.

Es war unglaublich – sie war die Hauptverdächtige in einem Mordfall!

Darina ging grübelnd weiter. Der Großteil des zur Abtei gehörigen Geländes lag hinter dem Haupthaus, und sie ging über die Einfahrt seitwärts an dem alten Gebäude und dem Kücheneingang vorbei bis zu dem großen Parkplatz, auf dem die wenigen noch verbliebenen Autos etwas verloren herumstanden. Hinter der Abtei und mit ihr durch einen überdachten Gang verbunden stand der Anbau, ein einfaches, relativ schlichtes Gebäude. Die roten Ziegel waren feucht vom Regen, und ein paar Lampen schimmerten blassgolden auf. Darina bemerkte in einem der Zimmer unten ein paar Menschen. Das Fernsehteam hatte eine Zuflucht gefunden.

Die andere Seite des Parkplatzes wurde von einer großen Ligusterhecke abgeschirmt. Darina ging durch eine Art Torbogen in der Mitte der Hecke hindurch und blieb stehen. Zu ihrer Linken erstreckten sich Rosenbüsche und zu ihrer Rechten eine grasbewachsene Böschung, die weiter unten in eine Wiese und dichtes Gebüsch überging.

Sie wandte sich nach rechts, lief die Böschung hinab und ließ sich dabei den Wind durch die Haare blasen. Einem Impuls folgend entfernte sie ihre Haarspange, die den Wasserfall zusammenhielt, und ließ ihr Haar frei wehen. Der Wind blies ihr ein paar Strähnen ins Gesicht, sodass sie nicht mehr richtig sehen konnte und feuchte Haare in den Mund bekam. Seufzend nahm sie die Spange wieder aus ihrer Tasche und versuchte noch einmal, die umherfliegenden Haare zu bändigen.

»Brauchen Sie Hilfe?« Gray tauchte aus dem Dickicht unterhalb der Senke auf.

»Es sind nur diese blöden Haare.«

»Wagen Sie nur ja nicht, ihr Haar als blöd zu bezeichnen. Es ist einfach herrlich.« Er trat hinter sie, fasste die windzerzausten Strähnen zusammen und hielt sie fest, während Darina die Spange befestigte.

»Danke, jetzt kann ich wieder etwas sehen.« Sie drehte sich zu ihm um. Er war vollkommen entspannt. Seine Augen blickten sie ruhig und fragend an. Erschrocken bemerkte sie, dass in den ihren Tränen standen.

Er legte ihr eine Hand auf die Schulter. »Irgendetwas hat sie aufgeregt – waren es diese verdammten Polizisten?«

Sie versuchte zu lächeln, merkte aber, dass sein Mitgefühl ihre Tränen erst recht fließen ließ. Sie wischte sie mit einer wütenden Geste, die seinen Arm wegstieß, ab. »Es ist nichts. Es scheint nur so, dass sie mich für die Hauptverdächtige halten.«

»Sie? Machen Sie Witze? Himmel, was bringt die denn dazu, etwas so ausgesprochen Idiotisches zu glauben?«

Seine offensichtliche Verblüffung war tröstlich. Darina zog ein Taschentuch heraus und putze sich entschlossen die Nase.

»Kommen Sie, gehen wir hinunter zum See, und auf dem

Weg erzählen Sie mir alles. Ich habe gedacht, dieser verdammte Hund wäre hinter mir, aber er scheint sich verlaufen zu haben.«

Der Wind rauschte durch die Zweige, was eine ständige Geräuschkulisse verursachte. Sie gingen durch das Unterholz und das Buschwerk, und Darina berichtete ihm von ihrem Verhör.

»Ich vermute, meine Lage ist nicht besonders rosig«, schloss sie bedrückt, »und von allen Personen hatte ich die beste Gelegenheit.«

»Wollen Sie damit etwa sagen, sie begründen ihren Verdacht mit der Tatsache, dass Digby Ihnen sein Geld hinterlassen hat?«

Sie nickte. »Und ich wusste noch nicht einmal etwas von seinem Testament, aber sie glauben mir nicht. Es muss eine Menge Geld sein«, fügte sie niedergeschlagen hinzu.

Der Pfad wand sich durch dichtes Buschwerk und war manchmal so schmal, dass sie hintereinander gehen mussten. Schließlich gelangten sie an das Ufer eines kleinen Sees, um dessen vom Wind bewegte Wasserfläche Rhododendren, Schneeballsträucher und ein paar kümmerliche Fichten standen. Um den See führte ein kleiner Weg. Dort, wo sie standen, befand sich eine kleine Lichtung.

Sie blickten über das Wasser, auf das der Regen Muster malte. »Es ist nicht so viel, wie die glauben«, sagte Gray, »und wenn sie ihren Verdacht darauf gründen, dann müssen sie mich zusammen mit Ihnen ganz oben auf die Liste setzen.«

Darina sah ihn erstaunt an.

»Haben Sie Sarahs Testament nie gesehen?«

Darina schüttelte den Kopf.

»Sie hat einen Treuhandfond hinterlassen. Digby kam nur in den Genuss der Zinsen, und nach seinem Tod sollte es entweder an ihre Kinder oder an mich und meine Erben fallen.«

»An Sie?« Darina war nicht ganz klar, welche Verbindung es zwischen ihm und Sarah gegeben hatte. Gray hob einen Stein auf und warf ihn übers Wasser, dass er Kreise zog.

»Und Geld wäre nicht mein einziges Motiv gewesen.« Gray sah mit unbewegtem Gesicht dem Stein nach. »Wir sind nämlich auf gewisse Weise miteinander verwandt – Sarah war meine Cousine.«

Während Darina ihn weiter ansah, dämmerte es ihr plötzlich. »Sie sind GeeGee!«

Sein Gesicht entspannte sich, und er blickte traurig drein. »Mein vollständiger Vorname lautet Gray George. Als sie klein war, konnte Sarah ›Gray‹ nicht aussprechen, und deshalb wurde ich GG genannt. Der Name blieb hängen. Dann hat sie Ihnen von mir erzählt?« Er blickte so erfreut drein wie ein Schuljunge, der im Aufsatz eine Eins bekommen hat.

»Aber ja, dauernd. Sie hat immer versucht, Sie nach London zu locken.« Darina musste sich bremsen. Sarah hatte sich sehr gewünscht, dass ihr richtiger Vetter ihre angeheiratete Cousine kennenlernte, weil sie sie – so sagte sie zumindest Darina – »verkuppeln« wollte. Darina, die damals nach Beendigung der Affäre mit Jack ziemlich niedergeschlagen gewesen war, hatte gelacht und ihr gesagt, dass so etwas nie klappen würde, und nach einer Weile schien Sarah die Idee aufgegeben zu haben.

»Ich bin ein- oder zweimal nach London gefahren, als sie jung verheiratet waren, habe es aber bald sein lassen.« Grays Stimme klang zornig. »Ich konnte es einfach nicht ertragen, wie Gray sie behandelte – nächtelang ließ er sie wegen Gott weiß was allein« Er schwieg plötzlich und griff nach einem neuen Stein. Darina wartete.

»Ich habe sie geliebt, wissen Sie«, fuhr er fort, nachdem er den Weg des zweiten Steins über den See verfolgt hatte. »Wir sind mehr oder weniger zusammen aufgewachsen. Meine Mutter wurde Witwe, als ich noch ein Baby war. Mein Vater hat ihr Geld mit einer

Leichtigkeit durchgebracht, die schon an Genialität grenzt und kam dann unter einem Motorboot beim Wasserskifahren im Mittelmeer ums Leben. Mein Onkel, der Marquis, kam ihr zu Hilfe, gab ihr auf Lebenszeit das Witwenhaus in Dorrington und gestattet mit heute, in einem kleinen Haus in der Nähe zu leben. Ich bin der arme Verwandte, um den man sich kümmern muss.« Seine Lippen verzerrten sich bitter. »Den Großteil meiner Kindheit habe ich zusammen mit Sarah und ihrem Bruder, dem gegenwärtigen Marquis verbracht. Er und ich sind fast gleichaltrig, Sarah war ein paar Jahre jünger. Julius und ich gingen dank der Großzügigkeit meines Onkels«, wieder zuckte es in seinem Gesicht, »nach Eton, danach studierte Julius Landwirtschaft, und ich ging nach Oxford. Ich bekam dort nicht nur Studienbeihilfe bewilligt, sondern ich qualifizierte mich auch noch zusätzlich für ein Stipendium.

Nach meinem Examen schrieb ich eine Doktorarbeit über den Gunpowder-Plot. Narr, der ich war, wollte ich in einer Position sein, in der ich Sarah etwas bieten konnte, ehe ich ihr einen Antrag machte. Es kam mir nie in den Sinn, dass sie nicht auf mich warten würde. Gerade als es so aussah, als wäre ich auf dem Weg, ein Vermögen zu machen – eine Biographie von Guy Fawkes, die ich neben meiner Doktorarbeit geschrieben hatte, wurde ein Bestseller –, lernte sie Digby kennen.« Seine Stimme klang inzwischen so verbittert, dass es sie erschreckte. Es schien, als ob seine Wut und seine Enttäuschung sich ebenso sehr gegen Digby wie gegen sich selbst richteten.

»Dann haben Sie sie nach ihrer Heirat wohl nicht mehr oft gesehen?«

»Nicht in London, aber wie Sie wahrscheinlich wissen, pflegte Sarah nach Dorrington zu kommen, wenn Digby auf einer seiner Reisen war. Dann ritten wir zusammen aus und versuchten, die alten Zeiten wiederaufleben zu lassen. Aber es endete immer damit, dass ich sie wegen Digby angriff, und schließlich hatten wir einen schlimmen Streit. Ich versuchte sie zu überreden, Digby zu verlassen, und sie erwiderte, dass ich ihre Ehe nie verstehen würde und warum ich sie nicht in Ruhe ließe, schließlich sei es ihr Leben.« Seine Stimme zitterte. »Sie kam nie wieder. Ein paar Monate später erzählte mir Julius, dass sie sehr krank sei und wenig Aussicht auf Besserung bestünde. Ich schrieb ihr, und endlich bekam ich eine Antwort von ihr, in der sie fragte, ob ich sie wohl im Krankenhaus besuchen würde. Mein Gott, das war der schlimmste Tag in meinem Leben.« Seine Stimme brach.

Darina wusste, dass ihm jetzt das gleiche Bild vor Augen stand wie ihr: Sarahs abgemagerte Gestalt, ihr dunkles Haar, das durch die Bestrahlungen zu dünnen Strähnen verkümmert war, ihre Augen, die tief in ihren Schädel eingesunken waren, und ihre abgemagerten Finger, die von einer Rebe ein paar Trauben abpflückten – das einzige, was sie noch essen konnte. Nur ihr Lächeln war noch genauso wie früher – und auch wieder nicht. Wie konnte es noch das gleiche sein, wenn sich alles andere verändert hatte? Und doch lag darin Sarahs ganzes Wesen verborgen. Darina sah vor ihrem geistigen Auge, wie Sarah lächelte und ihre Arme, diese schrecklich knochigen Arme, mit der gleichen Herzlichkeit ausstreckte wie eh und je, und auch ihre Stimme hatte so lebendig und liebevoll geklungen wie immer.

»Sie wollte kein Wort gegen Digby hören«, sagte Darina leise. »Als ich über ihn schimpfte, weil er sie nicht öfter besuchte, meinte sie, das geschähe nicht deshalb, weil es ihm gleichgültig sei, sondern weil der Anblick ihres Leidens ihn so sehr aufregen würde. Sie sagte mir, ich müsste begreifen, dass er nicht so stark sei wie ich, dass er immer jemanden an seiner Seite brauchte, der keine Forderungen an ihn stellen oder Druck auf ihn ausüben würde. Schon früher hatte sie mir mehr oder weniger dasselbe gesagt, als ich sie für verrückt erklärt hatte, weil sie sich von ihm eine solche Behandlung gefallen ließ«, Darinas Stimme bebte vor Zorn. »Was glauben Sie, wie ich mich gefühlt habe, wenn ich daran dachte, dass es ausgerechnet mein Cousin war, der sie so behandelte? Zu wissen, dass er, wo immer er sich aufhielt, sein ›kleines Verhältnis‹ hatte.«

Ihre Stimme änderte sich. »Aber Gray, ich glaube, dass sie glücklich mit ihm war – ganz gleich, was wir von dieser Situation hielten. Sie mochte keine Partys und hasste die Menschenmengen, in denen Digby erst so richtig aufblühte. Sie blieb lieber daheim. Und er liebte sie. Sie haben die beiden nicht so zusammen erlebt wie ich. Öfter aßen wir zusammen zu Abend, nur wir drei, und es machte so viel Spaß, Digbys neue Rezepte auszuprobieren, während er uns erzählte, was in der Welt der Gourmets so alles passierte. Sarah neckte ihn und ließ ein paar ausgesprochen treffende Kommentare ab. Oder wir gingen in ein neues Restaurant. Ich bestellte dann einen Tisch auf meinen Namen, und häufig wurde Digby gar nicht erkannt. Wenn er inkognito bleiben wollte, konnte er durchaus auch bescheiden auftreten. Danach gingen wir zurück nach Hause und redeten über das Essen, während er sich Notizen für seine Restaurant-Kolumne machte. Er konnte bei seiner Kritik sehr hart sein, aber manchmal, wenn das Essen nicht so gut gewesen war, wie es seiner Meinung nach hätte sein können, er aber den Chefkoch oder den Besitzer mochte, konnte er sehr amüsant sein und in einem den Wunsch wecken, dorthin zu gehen und das Restaurant selbst einmal zu probieren. Das waren schöne Abende.« Darina hielt inne und gedachte dieser Zeit vor Digbys letztem großen Verrat. »Sarah sagte einmal zu mir«, fuhr sie in dem Bemühen fort, in Gray Verständnis zu wecken, »dass mich die Mängel an einer Person nicht mehr kümmern würden, wenn ich mich richtig verlieben und wissen würde, dass mich dieser Mensch braucht. Allein das Wissen, dass dieser Mensch durch meine Anwesenheit glücklicher sei und ich ihm das Leben schöner machen könnte, würde mich glücklich machen. Ich denke, dass sie das wirklich geglaubt hat. Sie war ein sehr bemerkenswerter Mensch.«

Darina schwieg. Sie sahen beide auf den See hinaus, der unter dem grauen Himmel ebenso traurig aussah, wie sie sich fühlten.

»Sie sind ganz anders als Cary«, sagte Gray schließlich. »Sie sind so ruhig, dass ich das Gefühl habe, Sie seit Jahren zu kennen. Sie müssen nach dem Elternteil kommen, das nicht mit ihm verwandt war.«

»Ich bin überhaupt nicht wie meine Mutter«, rief Darina amüsiert, »und sie würde Ihre Vermutung wohl auch nicht besonders schmeichelhaft finden. Nein, ich komme auf meinen Vater. Aber Digbys Mutter war ihm nicht ähnlich. Vater war sehr feinfühlig und logisch. Soviel ich weiß, war sie ein sehr gefühlsbetonter Mensch und hörte nie auf die Stimme der Vernunft – ein bisschen wie meine Mutter. Sie hat unter ihrem Stand geheiratet, wie man früher sagte.

Digbys Vater war der Gärtner meiner Großeltern. Er sah zwar sehr gut aus, besaß aber nicht allzu viel Grips. Ich glaube, Digbys Mutter wurde schwanger und bestand darauf, zu heiraten. Sie hatten kein Geld, also suchte man ihm einen Job, durch den er ein Haus mietfrei bewohnen konnte, und ihr kaufte man ein Auto und setzte ihr eine kleine Rente aus. Das unterschied sich sehr von dem Leben, das sie gewohnt war. Sie war wahrscheinlich sowieso keine sonderlich starke Frau, und als er sich mehr und mehr in sich zurückzog, begann sie zu trinken. Meine Großmutter richtete einen Treuhandfonds ein, um Digbys Schulbildung zu finanzieren. Mein Vater hatte nie viel Geld übrig, denn meine Mutter ist ziemlich kostspielig, aber er schickte seiner Schwester regelmäßig einen Scheck, um Digby einzukleiden, obwohl ich glaube, dass sie öfter Whisky als Hosen dafür kaufte.

Digby wurde ein schrecklicher Snob. Ich glaube, er war beinahe erleichtert, als seine Eltern bei diesem Autounfall ums Leben kamen und er zu uns ziehen konnte. Er hielt wohl ein geregeltes Zuhause mit einem respektablen Arzt als Onkel und Vormund für eine entschiedene Verbesserung seiner Lage.« Darina dachte einen Augenblick nach und fügte dann hinzu: »Es ist gar nicht verwunderlich, dass Digby sich von den Reichen, den Mächtigen, den Leuten mit guten Verbindungen angezogen fühlte und danach strebte, einer von ihnen zu werden. Aber Sarah sah in ihm den kleinen Jungen, der nie einen gedeckten Teetisch vorfand, wenn er vom Kindergarten heimkehrte, dessen Vater ihn nie auf das Leben vorbereitete, dessen Mutter ihm nie seine Socken stopfte, der dauernd die Bestätigung brauchte, dass man ihn liebte wie er war.«

Sie schwiegen beide. Während ihres Gesprächs hatte der Regen nachgelassen. Die dichte Wolkendecke riss auf, und dann schob sich ein dünner silbriger Strahl hindurch und ließ die Büsche noch grüner und dunkler erscheinen. Darina fröstelte. »Es wird kühl.« Sie musterte die große Gestalt neben ihr. »Sind Sie nicht müde? Sie sind doch bestimmt erst in den frühen Morgenstunden zurückgekommen?«

»Das sollte ich wohl sein, denn es hat lange genug gedauert, ehe sie Childes Hand genäht hatten, und dann mussten wir warten, bis sie Medikamente herausgesucht hatten, aber komischerweise bin ich überhaupt nicht müde. Trotzdem sollten wir zurückgehen. Wohin ist nur dieser verdammte Hund verschwunden? Bracken! Bracken!«

Sie lauschten. Nichts. Gray rief noch einmal und noch einmal. Schließlich hörten sie in einiger Entfernung ein Rauschen, das langsam zu einem wilden

Krachen von Ästen und Blättern anschwoll. Ein frohes Bellen erklang, und Bracken brach mit hängender Zunge und total verschmutzt aus dem dichten Unterholz. Er sah sehr glücklich aus, und er war vollkommen außer Atem. Darina tätschelte ihn. »Guter Junge! So ein kluger Junge, der kommt, wenn man ihn ruft!«

»Es ist ein Wunder«, sagte Gray trocken.

Während er die Leine am Halsband des Hundes befestigte, entdeckte Darina etwas an der Manschette seines Hemdes. »Hat er Sie auch gebissen?«, fragte sie, und als er sie verwundert ansah, deutete sie auf die Blutspuren an der Manschette.

Er sah sie sich überrascht an. »Das muss von Childe gestern Nacht stammen«, meinte er schließlich. Mir ist es noch nicht einmal aufgefallen.« Er zog den Ärmel seines Regenmantels über die Manschette, und sie gingen mit dem Hund an ihrer Seite zurück zur Abtei.

Als sie aus dem Dickicht traten, kam Sergeant Pigram gerade durch die Ligusterhecke und sah sie mit einer Begeisterung an, die an Cortez gemahnte, als er das erste Mal den Pazifik erblickte.

»Mr. Wyndham! Ich habe Sie schon überall gesucht. Der Inspektor möchte Sie sofort sehen, bitte.«

Gray seufzte. »Die Inquisition beginnt! Habe ich noch genug Zeit, um den Hund zurück in sein Verließ zu bringen?«

»Wenn Sie möchten, bringe ich ihn zurück«, bot Darina ihm an.

Gray gab ihr die Leine. »Danke. Und wenn Sie ihn noch füttern würden, wird er ein Leben lang Ihr

Freund sein. Die Dosen und die Hundekuchen stehen auf einem Tisch hinter der Tür des Boilerraums.«

Kapitel 12

Darina ging mit dem Hund durch die Hintertür hinein. Die Tür vom Zimmer der Haushälterin stand offen. Grauer Puder bedeckte alle Oberflächen, und ein Fotograf stand über den Tisch gebeugt und machte eine Aufnahme der vielen Fingerabdrücke. An Digbys Schreibtisch durchsuchten zwei Männer gründlich seine Aktenordner und Kisten. Auf dem Boden waren mit Kreide die Umrisse der Leiche nachgezeichnet – auch das hochgezogene Bein und der ausgestreckte Arm. Darina ging rasch weiter.

Während sie das Futter für den Hund zubereitete, dachte sie über das Gespräch mit Gray nach. Kein Wunder, dass er Digby gegenüber so feindselig gewesen war. Wenn sie schon wegen seines Benehmens gegenüber Sarah verbittert gewesen war – wie stark musste dieses Gefühl bei ihm erst gewesen sein! War er verbittert genug gewesen, um Digby umzubringen? Oder könnte er es wegen des Geldes getan haben? Oder wegen beidem?

Instinktiv schreckte sie vor diesem Gedanken zurück. Sie riss sich zusammen, stellte die Futterschüssel auf den Boden, sah zu, wie der Hund sein Fressen hinunterschlang und wanderte in Gedanken zurück zu dem Gespräch, das sie mit seinem Herrn am vergangenen Abend geführt hatte. Hatte er nicht gesagt, er wäre zu dem Wochenende gekommen, um Hintergrundmaterial für einen Roman zu sammeln, von dem er hoffte, dass er ihm etwas Geld einbringen würde?

Wie waren seine finanziellen Verhältnisse? Er hatte von einem Bestseller gesprochen, und seine Kleidung sah gut aus, auch wenn sie alt war. Aber es hatte sich nicht so angehört, als wäre er in der Lage, ohne die Wohltätigkeit seiner reichen Verwandten auszukommen.

Wie groß war die Chance, dass sein Roman ihm richtig Geld einbrachte? Er hatte ganz sicher unglaubliches Glück gehabt, als er mit seinem ersten Versuch gleich das große Los zog. Darina hatte Schwierigkeiten, sich den verwirrten und emotional unschuldigen Gray als Autor eines schlüpfrigen Bestsellers vorzustellen – und welche Art von Buch brachte heutzutage sonst noch Geld ein? Wie sehr brauchte er Sarahs Treuhandfonds?

Blitzartig wurde Darina klar, dass ihre Chancen, finanziell unabhängig zu werden, jetzt wieder gesunken waren, weil Gray das Vermögen erben würde. Aber sie empfand deswegen nur überwältigende Erleichterung. Nicht nur, dass damit ihr Motiv für den Mord an Digby null und nichtig war – nein, sie hätte sich nicht wohl bei dem Gedanken gefühlt, Sarahs Geld zu erben.

Der Hund hatte aufgefressen, kam und rieb seinen Kopf an Darinas Bein. Sie tätschelte kurz seinen Kopf und wollte gerade den Raum verlassen, als ihr Blick auf die offene Tür fiel. Sie versuchte, sie zu schließen und merkte, dass der Riegel nicht vollständig einschnappte, sondern ein wenig zurückschnellte, sodass die Tür unverschlossen bleiben musste. Das reichte für die Nase eines neugierigen Hundes.

Sie ging hinaus, wiederholte das Experiment und wartete ab. Fast sofort sah sie, dass die Tür sich etwas bewegte und konnte sich vorstellen, dass Bracken daran arbeitete, sich aus seinem Gefängnis zu befreien. Ein paar Minuten später leckte ein freudig erregter Hund ihre Hand. Sie fühlte sich wie eine Verräterin, als sie ihn zurück in seine Behausung brachte und dafür sorgte, dass die Tür sicher verriegelt war, bevor sie in die Küche ging. Sie kochte Tee und brachte ihn in die leere Halle. Danach kehrte sie in die Küche zurück und begann mit den Vorbereitungen für das Abendessen.

Als sie gerade die letzten Täubchen in eine Hülle aus blanchiertem Salat wickelte, kam Nicholas herein und blätterte zerstreut in einem Hefter herum. »Darina, meine Liebe, was ist mit dem Dinner? Wir sind nur noch ein paar, nur die Parodie eines Kongresses, aber wir haben wenigstens zu essen.«

»Ich bereite nur die Hälfte der Gerichte zu, die wir vereinbart haben und habe die Mengen reduziert«, beruhigte sie ihn.

»Gut, gut. Und Sie müssen mit uns essen. Nein, ich bestehe darauf. Die bewundernswerte Frances kann sicher hier allein die Stellung halten. Wir brauchen Sie, es ist so eine zusammengewürfelte kleine Gruppe, kaum ein vernünftiger Mensch ist darunter. Ich erwarte natürlich auch Linda – so intelligent und unternehmenslustig. Wissen Sie, dass sie den Inspektor dazu gebracht hat, ihr wieder die Erlaubnis zum Filmen zu erteilen? Sie macht eine Sendung über Digby, seinen Tod und die Ermittlungen. Wir hoffen, dass es eine kleine Gedenksendung an ihn wird.«

Darina bemerkte das »wir« mit leichter Belustigung.

»Natürlich ist es nicht die Sendung, die ursprünglich geplant war, aber es könnte Interesse an einem Wiederaufleben des Symposiums wecken.«

Wie hatte sich doch sein Abscheu vor den Medien gewandelt! Darina verschnürte die Taube endgültig und fragte: »Was macht denn überhaupt der Rest der Mannschaft? Ich habe vor einer Weile Tee in die Halle gestellt, aber niemand war da.«

»Miss Makepeace wollte in ihrem Zimmer an ihren Notizen arbeiten. Linda filmt natürlich. Rita und ich waren in der Bar und haben über das Buch gesprochen, an dem sie gerade arbeitet, als Charles Childe auftauchte und verkündete, dass er schreckliche Kopfschmerzen habe, woraufhin sie gleich losging, um ihm ein Aspirin zu holen. Also, er ist wirklich ein lästiger kleiner Mann. Im Augenblick warte ich darauf, von der Polizei hereingerufen zu werden, weil ich annehme, dass ich als nächster verhört werde.« Bei ihm klang das wie ein Privileg. »Im Moment ist Wyndham bei ihnen. Warum sie ihn vor mir hereingerufen haben, ist mir ein Rätsel.«

Darina erklärte ihm Grays Verbindung zu Digby, während sie innerlich darüber staunte, wie Eigenliebe so groß sein konnte, dass man die Hauptrolle bei Mordermittlungen spielen wollte.

»Ach ja, Wyndhams reiche Verwandtschaft«, meinte Nicholas etwas herablassend.

Darina musterte ihn nachdenklich, während er in den Überresten des Salats nach einem knackigen Blatt zum Knabbern suchte.

»Hatte Gray wirklich so großen Erfolg mit einem Buch über Guy Fawkes?«

Nicholas blickte hoch. Auf seiner Unterlippe klebte ein kleines Stück Salat, das aufreizend bebte, während er sprach. »Oh ja, es kam sogar auf die Bestsellerliste. Es standen natürlich ziemlich wilde Vermutungen darin. Wenn das Buch vor der Begutachtung seiner Doktorarbeit herausgekommen wäre, hätten wir vielleicht ernste Zweifel an seiner Vorgehensweise gehabt. Doch so hatte er seinen Doktortitel und Aussicht auf eine Stelle. Die er dann ablehnte.« Bei Nicholas klang das so, als hätte ein Totospieler seinen Gewinn abgelehnt. »Inzwischen wäre er längst verbeamtet.« Offenbar hatte er einen großen Gewinn abgelehnt.

»Was hat er seitdem geschrieben?« Darina legte die ordentlich eingewickelten Vögel auf eine Platte und begann, Hackfleisch zu walnussgroßen Bällchen zu formen.

Nicholas griff nach einem Brocken der fein mit Minze gewürzten Mischung. »Es gab keine weiteren Erfolge, das ist sicher.« Er klang unerträglich schadenfroh. »Hat die Verbindung verloren. Er versucht, populär zu schreiben, aber seine Themen sind viel zu obskur. Wenn er bei uns geblieben wäre, hätte er vielleicht anständige Arbeit leisten können und inzwischen längst einen guten Ruf. Aber so ...« Mit der Hand, die eines der Fleischbällchen hielt, machte er eine verächtliche Geste.

»Was ist mit dem Roman, an dem er im Augenblick schreibt? Sie haben ihm dieses Wochenende doch vorgeschlagen, damit er Hintergrundinformationen sammeln kann, oder?«

»Meine Liebe, der arme Kerl hatte offensichtlich mit so viel Problemen zu kämpfen, dass ich glaubte, das Symposium wäre eine nette Abwechslung für ihn. Außerdem – kennen Sie die alte Küche in Dorrington House? Perfekt viktorianisch. Seit der Jahrhundertwende hat niemand mehr dort etwas verändert. Die Familie hat einfach eine neue Küche im Erdgeschoß installiert und die alte den Mäusen überlassen. Wenn wir dort ein Wochenende oder sogar nur einen Tag verbringen könnten, könnten wir die Uhr zurückdrehen und den alten Herd ans Laufen bringen. Es gibt dort sogar einen holländischen Bratofen und einen Bratenwender samt altem Drehspieß. Wir könnten das Fleisch braten wie früher – außen knusprig, innen zart und saftig. Einen Brotbackofen gibt es auch noch. Denken Sie doch einmal an die Brotlaibe, die Fleischpasteten und das Gebäck, das Sie damit produzieren könnten!« Nicholas lief offenbar bei dieser Aussicht das Wasser im Mund zusammen.

»Haben Sie bereits mit Gray darüber gesprochen?«

Das brachte Nicholas wieder auf den Boden der Tatsachen. »Ich hatte vor, gegen Ende des Wochenendes das Gespräch darauf zu bringen. Ich werde prüfen müssen, ob sie nicht vielleicht kürzlich etwas an der Küche verändert haben – es ist bestimmt zehn Jahre her, dass ich sie zuletzt gesehen habe. Gray hatte mich damals eingeladen, um dort die Sommerferien zu verbringen und hat mir den ganzen Besitz gezeigt. Es gibt dort auch ein höchst interessantes verfallenes Kühlhaus. Es ist herrlich gelegen, in einen Nordhang hineingegraben und dem Wind völlig ausgesetzt. Man müsste es noch nicht einmal groß renovieren, um es wieder benutzbar zu machen. Man braucht eigentlich nur noch einen strengen Winter, und schon kann man es bis oben hin mit Eis füllen.«

Darina fragte sich, ob Grays wahres Verbrechen in Nicholas' Augen nicht eigentlich darin bestand, dass er die kulinarische Vergangenheit seiner Familie nicht seinem Lehrer zur Verfügung gestellt hatte. »Haben Sie nie mit Digby und Sarah über diese Möglichkeit gesprochen?«

»Mit Digby und Sarah?«, erwiderte Nicholas giftig. »Ich habe mit Digby nie gesellschaftlich verkehrt, meine Liebe. Unsere historischen Essen fanden nie im Beisein von Ehepartnern und sonstigem Anhang statt. Nein, ich habe Digbys Frau noch nicht einmal kennengelernt. Auch von ihrer Verwandtschaft zu Dorrington wusste ich nichts.« Noch ein Versäumnis, das er Digby ankreidete.

»Hat er nichts dazu gesagt, dass Gray an diesem Wochenende teilnehmen würde?«

Nicholas steckte sich noch ein Stück Hackfleisch in den Mund und griff nach seinem Hefter. »Digby war nur daran interessiert, wer von der Presse da sein würde. Dinner um zwanzig Uhr? Denken Sie daran, dass Sie mit uns speisen sollen. Jetzt schaue ich aber besser nach, ob die Polizei Zeit für mich hat.«

Er ging hinaus, noch ehe Darina ihm sagen konnte, dass das Stück Salat immer noch an seiner Unterlippe klebte.

Sie griff nach einer großen Kasserolle und fettete den Boden großzügig mit Butter ein. In Gedanken war sie noch bei dem eben geführten Gespräch. Wenn sie sich auf das verlassen konnte, was Nicholas ihr erzählt hatte – und es gab keinen Grund, anzunehmen, dass er absichtlich die Wahrheit verdreht hatte –, war Gray ziemlich traurig dran. Im Hinblick auf eine akademische Laufbahn hatte er seine Chance verspielt, und es war ihm nicht gelungen, sich einen Namen in der Populärgeschichte zu machen. Vielleicht erklärte das einen Teil seiner Verbitterung.

Wie bitter musste auch Digbys Erfolg für ihn gewesen sein, besonders, wenn er keine Ahnung davon hatte, dass hinter der scheinbaren Mühelosigkeit, mit der Sarahs Mann Karriere machte, harte Arbeit steckte. Darina überlief ein Schauer. Rache und die Gelegenheit, finanziell unabhängig zu werden – durch einen einzigen Messerstich war Gray all das zuteilgeworden.

Die Küchentür flog auf, und plötzlich war der Raum voller Menschen. Linda kam an den Tisch, ihr Team stellte eifrig Scheinwerfer auf und überprüfte die Kameraeinstellungen.

»Würde es Ihnen jetzt passen, wenn wir ein paar Aufnahmen von der Küche und einigen Ihrer Gerichte machen?« Diese Frage wurde achtlos in den Raum geworfen. Augenscheinlich ging sie davon aus, dass Darina eifrig zustimmen würde. Die Blicke der Produzentin schweiften bereits durch den Raum und überprüften Aufnahmemöglichkeiten und passende Hintergrunddetails.

»Ich kann mir nicht vorstellen, warum sie hier unbedingt filmen müssen, und es passt mir überhaupt nicht, weil es mich bei den Vorbereitungen des Abendessens stört«, antwortete Darina scharf.

»Es dreht sich an diesem Wochenende nur ums Essen, und alle sind hergekommen, um über Essen zu sprechen, es zu sich zu nehmen und es anzuschauen. Digby wurde mit einem Tranchiermesser ermordet. Sie müssen verstehen, dass die Sendung total aus dem Gleichgewicht geriete, wenn wir Sie und die Küche nicht filmen würden. Okay?«

»Sie wollen mich filmen?« Darina war auf diese Entwicklung überhaupt nicht vorbereitet.

»Sie sind doch die Köchin, oder?« Linda war die Geduld selbst. »Also, können Sie sich hierhin stellen, damit wir diesen hübschen Schrank im Hintergrund haben, und das weitermachen, was Sie gerade getan haben, meine Liebe?« Ihr Blick fiel auf die Platte mit den umhüllten Vögeln. »Was ist das? ... Tauben im Salatmantel? Und was machen Sie weiter damit? ... Gut, das könnte interessant sein. Können Sie die letzte

Taube noch einmal auswickeln? Okay, Derek, nehmen Sie mich im Gespräch mit Darina auf, während sie den Vogel wieder einwickelt.«

Darina riss die Fäden an einer der Tauben wieder auf und schäumte vor Wut, weil Linda die Macht auf ihrem Territorium, der Küche, quasi an sich gerissen hatte, ohne dass es einen Kampf gegeben hatte. Dann mussten sie schier endlos warten, bis die Scheinwerfer und die Kameras richtig eingestellt waren. Linda kritzelte etwas auf ihr Klemmbrett und gab endlich das Signal zum Anfangen.

»Darina Lisle, Sie kochen das Essen an diesem Wochenende – ist es schwer, Rezepte von früher nachzukochen?«

Sehr zu ihrer Überraschung merkte Darina, dass ihr Verstand trotz der grellen Scheinwerfer und dem Surren der Kameras präzise arbeitete.

»Es ist eine Herausforderung. Ich habe viel Spaß daran, mich durch alte Kochbücher zu arbeiten, geeignete Gerichte herauszusuchen und sie dann auszuprobieren.«

»Und was machen Sie da gerade Schönes?«

Darinas geübte Finger wickelten den Vogel rasch wieder ein, während sie erklärte, dass er zusammen mit Hackfleischbällchen und Speckscheiben auf einem Bett aus gekochter Petersilie geschmort und dann mit Zitrone garniert aufgetragen würde.

»Das hört sich köstlich an.« Linda konnte nicht viel Begeisterung aufbringen, aber ihr sachlicher Tonfall konnte auch darauf geschoben werden, dass sie zu der nächsten Aufnahme weitergehen wollte. »Was kochen Sie sonst noch für das heutige Abendessen?«

»Nun, wir beginnen mit Austern und Leber, die am Spieß gegrillt wurden.« Eine Kamera folgte Darina in die Speisekammer, wo sie neue Zutaten holte.

»Erzählen Sie mir, Darina, wie kam es, dass Sie auf dieser geheimnisvollen Veranstaltung für die Zubereitung der Mahlzeiten zuständig sind?«

»Digby Cary hat mich im letzten Jahr gebeten, der Chefköchin zu helfen.« Darinas Finger zuckten, und sie ließ eine Auster fallen. Also hörte sie auf zu reden und konzentrierte sich darauf, mundgerechte Bissen auf Metallspieße zu stecken.

»Kannten Sie Digby gut?«

Darina legte den vollen Spieß hin und begann mit einem neuen. »Er war mein Vetter«, entgegnete sie kurzangebunden und konnte förmlich spüren, wie Lindas Interesse an ihr ins Unermessliche stieg. Nach einem Augenblick – oder vielleicht waren es auch zwei – hatte Darina das Gefühl, noch etwas mehr sagen zu müssen. »Ich bin freiberufliche Köchin. Normalerweise richte ich Dinnerpartys, Geschäftsessen, Hochzeitsbuffets und dergleichen aus.« Ihre Stimme wurde kräftiger. »Ich fand das im letzten Jahr faszinierend und begann, alte Kochbücher zu sammeln und die Gerichte auszuprobieren. Dann schlug mir Digby vor, dass ich doch das Kochen für dieses Wochenende übernehmen sollte.«

»Und jetzt ist dieser tragische Mord geschehen. Wie sehr er Ihnen doch fehlen wird!« Lindas Stimme klang etwas theatralisch.

»Er war ein großartiger Koch.« Etwas anderes wusste Darina über ihren Vetter nicht zu sagen. Sie fühlte sich minderwertig und grollte Linda, weil sie sie in diese Lage gebracht hatte. Die Kameras surrten immer noch, und Linda stand immer noch wartend da.

»Wenn Sie sonst keine Fragen haben, mache ich lieber mit dem Kochen weiter«, sagte Darina abschließend und ging absichtlich ans andere Ende der Küche und nahm die Tauben mit.

»Gut, Schnitt!«, rief Linda. »Das können wir zu ein oder zwei Minuten zusammenschneiden, die ganz brauchbar sein könnten. Trotzdem ist es schade, dass Sie uns nicht mehr von Digby erzählen konnten. Schließlich müssen Sie ihn besser gekannt haben als alle anderen Teilnehmer dieser Wochenendveranstaltung. Vielleicht könnten wir später noch ein paar Minuten mit Ihnen aufzeichnen?«

»Lieber nicht«, erwiderte Darina knapp.

»Ich bin sicher, ein ganz klein wenig schaffen Sie noch, okay?« Linda machte sich eine Notiz. Sie wandte sich an die anderen. »Mal sehn, ob wir den Tatort jetzt filmen können.«

Sie verließ die Küche durch die Tür, die neben dem Zimmer der Haushälterin lag und schloss die Tür hinter sich, sodass Darina trotz angestrengten Lauschens nichts von ihrer Auseinandersetzung mit der Polizei hörte.

Sie hatte gerade angefangen, kochende Fleischbrühe über die Tauben zu gießen, als die Küchentür wieder aufflog und Linda mit geröteten Wangen hereinmarschierte.

»Kein Glück gehabt?«, erkundigte sich Darina schadenfroh.

»Diensteifrige Polizisten! Ihnen scheint nicht klar zu sein, dass wir ihnen einen großen Dienst erweisen könnten. Das Fernsehen besitzt großen Einfluss. Aber sie wollten nicht auf die Stimme der Vernunft hören.« Linda sah aus, als ob die Auseinandersetzung über eine vernünftige Diskussion hinausgegangen wäre.

»Vielleicht machen sie sich einfach Sorgen, dass Sie eine Spur zerstören könnten. Wo haben Sie Ihre Crew gelassen?«

»Oh, die sind heimgefahren. Heute Abend können wir sowieso nichts mehr filmen.« Linda setzte sich auf die Ecke des Küchentisches. Der winzige Minirock, den sie trug, enthüllte ein Bein, das eher dünn als schlank war. Hosen stehen ihr besser, dachte Darina gehässig, aber an dem gut geschnittenen Jackett, das eine Idee kürzer war als der Rock, konnte sie nichts aussetzen.

»Da ist noch etwas.« Linda strich ihren Rock glatt. »Ich habe mich gefragt, ob Sie nicht ein ähnliches Messer wie die Mordwaffe besitzen. Ich hatte gehofft, eins nebenan zu finden, aber die Polizei war da sehr korrekt und wenig hilfreich.« Sie lächelte strahlend, um ihre Aussage zu verstärken.

Darina sah sie einen Augenblick schweigend an. Linda schien nicht bewusst zu sein, dass sie um etwas Außergewöhnliches gebeten hatte.

Darina entschied, dass es wenig Zweck hatte, sich zu zieren. Sie ging zu ihrem Messerblock und zog ein Messer mit einer scharfen, schmalen Klinge von zirka zwölf Zentimeter Länge heraus. »Dieses hier ist praktisch mit dem Tranchiermesser identisch, mit dem Digby ermordet wurde«, sagte sie ruhig. »Seien Sie vorsichtig, es ist sehr scharf.«

»Ich bin immer vorsichtig«, erwiderte Linda selbstgefällig und nahm das Messer etwas zimperlich in die Hand. Sie stach mit dem Messer ungeschickt auf die Luft ein. Darina wich einen Schritt zurück.

Linda versuchte, das Messer aus dem Handgelenk heraus zu drehen, dann legte sie es neben sich auf den Tisch und sah es an. »Darf ich mir das bis morgen ausleihen, damit wir es aufnehmen können? Ich nehme an, Sie wären nicht bereit, vorzuführen, wozu man das Messer benutzt?«

Darina schüttelte entschieden den Kopf.

»Das dachte ich mir.« Linda nahm das Messer und ihr Klemmbrett und verließ die Küche.

Kapitel 13

Erst viel später fand Darina wieder Zeit, um über Gray noch einmal nachzudenken. Sie überließ Frances die restlichen Arbeiten in der Küche und ging hinauf, um ein heißes Bad zu nehmen.

Obwohl sie einen heftigen Widerwillen dagegen empfand, diese Möglichkeit überhaupt in Betracht zu ziehen, zwang sie sich jetzt, während sie ihre langen Beine einseifte, dazu, ernsthaft darüber nachzudenken, ob Gray der Mörder sein konnte. Er besaß ein Motiv, und er hätte die Gelegenheit gehabt. Nur – wie lange hatte er gebraucht, um den Hund in den Boilerraum zu sperren ohne die Tür zu verriegeln? Ehe Gray wieder auftauchte, war Charles längst nach oben gebracht worden, und Rita hatte seine Hand bereits gesäubert.

Dann kam ihr ein anderer Gedanke in den Sinn. Könnte Gray Digby nicht umgebracht haben bevor er mit dem Hund hinausgegangen war? Das hätte ihm mehr Zeit gelassen. Zeit ... Wie lange dauerte es, jemanden umzubringen? Unterhält man sich zuerst lang und breit und nennt dem Opfer den Grund oder sticht man einfach mit dem Messer zu? Aber er konnte nicht wissen, dass die Messer dort lagen. Niemand außer ihr und vielleicht Nicholas – falls Digby mit ihm über den Verkauf der Messer gesprochen hatte – hatte gewusst, dass die Messer dort lagen.

Es war also unwahrscheinlich, dass jemand – von Nicholas einmal abgesehen – mit der festen Absicht in jenes Zimmer gekommen war, Digby umzubringen – zumindest nicht mit einem Messer. Es war also aller Wahrscheinlichkeit nach kein vorsätzlicher Mord.

Hatte es einen Streit gegeben? Hatte Digby jemanden so wütend gemacht, dass er oder sie die nächstbeste Waffe ergriffen und ihn angegriffen hatte? Darina dachte an Digbys große Gestalt. Wäre jemand von zum Beispiel Miss Makepeaces Körpergröße imstande jemanden, der so viel größer war als sie, mit einem Messer zu erstechen? Dann fiel ihr Gray ein, der nur wenige Zentimeter kleiner war als Digby. Er war zwar nicht annähernd so schwer, aber sehnig und recht kräftig. Auch Nicholas war großgewachsen.

Was sie zu dem Mitbegründer der Gesellschaft brachte. Er hatte nie verhehlt, dass er Digby wegen seines Erfolges und der Art, wie er die Leitung der Gesellschaft an sich riss, grollte. Und er hatte offenbar etwas mit dem Vorsitzenden besprechen wollen. War er schließlich doch hinunter ins Zimmer der Haushälterin gegangen? Auch wenn er nur vorgehabt hatte, ein kurzes Gespräch über irgendein organisatorisches Detail im Hinblick auf dieses Wochenende zu führen – die Unterhaltung konnte sich ganz leicht zum Streit entwickelt haben, zum Beispiel über die gestiegene Publicity und die Tatsache, dass Digby wohl alle Entscheidungen allein traf.

Während sie das Badewasser ablaufen ließ, bemerkte Darina erstaunt, dass sie den Mord wie ein technisches Problem anging. Ihre Gedanken hatten sich völlig von ihren persönlichen Gefühlen für Digby gelöst. Aber war das ein Problem für sie? Darina dachte darüber nach und kam zu dem Schluss, dass das durchaus der Fall sein konnte. Nicht nur, dass die Polizei ihr die Rolle der Hauptverdächtigen zugedacht hatte – nein, sie empfand auch Loyalität Digby gegenüber.

Trotz allem, was zwischen ihnen vorgefallen war – er war doch immerhin ihr Vetter und hatte ihr einmal viel bedeutet. Und er hatte ein Recht darauf gehabt, zu leben. Aber was konnte sie tun? Einen Mörder zu finden war schließlich Sache der Polizei.

Darina zog sich ein dunkelblaues Strickkleid an, das ihre Knie wie Seide umspielte. Als sie sich an Lindas Minirock erinnerte, bedauerte sie, dass es nicht kürzer war, denn ihre Beine waren mit das Hübscheste an ihr. Sie bürstete die langen blonden Haare und band sie mit einem marineblauen Band zusammen, das zu ihrem Kleid passte. Dann legte sie einen Hauch Augen-Make-up und rosa Lippenstift auf, griff nach ihrem Kittel und schaute sich noch einmal prüfend im Spiegel an. Aber es war nicht ihr eigenes Spiegelbild, das sie ansah, sondern Digby, und hinter ihm stand Sarahs Schatten.

Wenn Sarah an ihrer Stelle wäre, würde sie mit allen Kräften versuchen, Digbys Mörder zu finden. Wie weit war die Polizei denn bis jetzt gekommen? Nicht sehr weit, wenn man sich auf sie als wahrscheinliche Mörderin konzentrierte. Und die Polizei hatte Digby nicht so gut gekannt wie sie. Seine Schwächen, die in anderen Menschen Gefühle auslösen konnten, die durchaus stark genug waren, um zu einem Mord zu führen, waren der Polizei unbekannt. Und was schadete es, wenn sie etwas mehr über die anderen Beteiligten herausfand? Mit dem befriedigenden Gefühl der Entschlossenheit verließ Darina ihr Zimmer und ging nach unten.

In der Bar befand sich nur eine Person. In einem Sessel neben der Tür, wie immer ihr Notizbuch in der Hand, saß Miss Makepeace. Aber sie machte keine Anstalten, ihre Notizen durchzusehen – das Buch war noch nicht einmal aufgeschlagen –, sondern sie starrte aus dem Fenster. Was immer sie auch sehen mochte – Darina war sicher, dass sie nicht den Anblick der Hecke genoss, die in allen Farben des Herbstes schillerte.

»Guten Abend, Miss Makepeace. Hätten Sie gern ein Glas Wein?«

»Ach, Miss Lisle, ich war meilenweit weg. Wie nett von Ihnen, ja, ich hätte gern ein Glas Weißwein. Meine Schwester und ich haben früher immer eins vor dem Abendessen getrunken. Wir haben ihn selbst gemacht.«

Darina goss zwei Gläser trockenen Weißwein ein und machte in einem Heft zwei Striche. Während des Wochenendes wurde die Bar auf Ehrenwort geführt, und die Teilnehmer des Symposiums durften sich ihre Drinks selbst nehmen. Ein Angestellter der Abtei räumte auf und schrieb die Rechnungen für die Entnahmen aus der Bar.

Darina nahm die Gläser und setzte sich in den Sessel neben Miss Makepeace.

Kurze, plumpe Finger ergriffen das Glas, und die Augen hinter den dicken Brillengläsern waren sehr dunkel.

»Ich habe gehört, dass Sie die Polizei zweimal verhört hat«, sagte Miss Makepeace plötzlich, ihre innere Anspannung ließ ihren breiten Dialekt noch stärker zutage treten. »Würden Sie mir erzählen, wie ein solches Gespräch abläuft?«

»Sie bitten einen nur darum, genau zu berichten, was gestern Abend geschehen ist«, erwiderte Darina und musterte die Frau, die ihr gegenübersaß. Sie saß aufrecht und mit gestrafften Schultern da, sodass sich das Kleid, das sie auch schon gestern Abend getragen hatte, etwas spannte. Das runde Gesicht war wettergegerbt, und ein Geflecht aus Falten lag um jedes Auge. Darina stellte sich vor, wie Miss Makepeace die Augen vor der Sonne und dem Wind zusammenkniff. Nun blickten diese Augen besorgt drein.

»Und was ist, wenn man sich nicht genau sicher ist, was passiert ist?«

Darina horchte ganz tief in ihrem Inneren auf.

»Wie meinen Sie das, Miss Makepeace?«

»Es geht um diese Sache mit dem Hund.«

Darina entspannte sich wieder. »Das war eine ganz schön verwirrende Geschichte, nicht wahr? Ich hatte gar nicht bemerkt, dass Sie uns gesehen haben. Ich dachte, sie hätten geschlafen.«

»Ich war auf dem Weg ins Bad. Ich konnte nicht einschlafen. Ich habe zwar Schlaftabletten dabei, aber danach fühle ich mich am nächsten Morgen immer so komisch, und ich wollte für die Referate heute hellwach sein. Aber dann habe ich mich entschlossen, doch eine halbe zu nehmen und wollte etwas Wasser holen. Vom Treppengeländer aus konnte ich sehen, was auf dem unteren Treppenabsatz vor sich ging. Ich weiß, ich hätte eigentlich hinuntergehen müssen, aber ich wollte mich nicht einmischen. Ich hatte mit meinen eigenen Problemen genug zu tun und wusste ja nicht, dass es so wichtig werden würde. Andererseits könnte es natürlich sowieso unbedeutend sein. Nun ja, der HERR wird über meine Schwäche richten, denn das war es – Schwäche.«

Darina warf ihr einen flüchtigen Blick zu, aber Miss Makepeace schien es ganz ernst zu meinen. »Würden Sie mir denn erzählen, was Sie gesehen haben? Vielleicht könnte ich Ihnen dabei helfen, es ins richtige Licht zu rücken?«

Miss Makepeace öffnete den Mund, schloss ihn aber dann gleich wieder. Die braunen Augen blickten in Darinas graue. Dann seufzte sie und schüttelte den Kopf. »Es ist wahrscheinlich überhaupt nicht wichtig. Und falls es das doch ist, sollte ich es nur der Polizei erzählen, glaube ich.«

Es war ärgerlich, aber sie wollte offensichtlich nichts mehr sagen, und Darina wollte auch keinen Druck auf sie ausüben, denn sie schien ihr besorgt genug zu sein.

»Nun, Sie müssen nur Schritt für Schritt berichten, was Sie gesehen haben. Beantworten Sie nur die Fragen, die die Polizei Ihnen stellen wird, dann brauchen Sie sich keine Sorgen zu machen.« Darina hoffte, dass man sie sanft verhören würde. Sie dachte, dass mit Miss Makepeace alles gut gehen würde, wenn der junge Sergeant sie befragen würde. Da hörte sie seine Stimme schon auf dem Flur.

»Mr. Childe, der Inspektor wäre Ihnen sehr dankbar, wenn Sie sich ein wenig mit uns unterhalten würden, bitte.«

Dann war Nicholas wohl fertig. Und jetzt würde ein weiterer Unschuldiger zur Schlachtbank geführt. Sie konnten doch unmöglich auch bei Charles ein Motiv ausgegraben haben, aufgrund dessen er ihren Vetter getötet haben könnte, oder?

Das erinnerte sie an etwas. Obwohl es ziemlich unwahrscheinlich war, dass Miss Makepeace eine Mörderin war, hatte sich am gestrigen Abend ja gezeigt, dass sie durchaus Grund hatte, Digby zu hassen.

»Ich muss Ihnen etwas beichten, Miss Makepeace. Leider habe ich unabsichtlich Ihr Gespräch mit Digby Cary nach dem Dinner gestern Abend belauscht.«

Die kräftigen Finger krallten sich in die Lehne des Sessels. »Ich dachte mir schon, dass Sie etwas gehört haben, weil ich Sie hinter dem Wandschirm hervorkommen sah, aber ich konnte nicht bleiben – ich war zu erregt.«

»Hat Digby wirklich sein Buch auf der Grundlage Ihrer Arbeit geschrieben?«

Die bebrillten Augen funkelten sie an. »Daran gibt es gar keinen Zweifel, Miss Lisle. Es ist alles da, all meine Fakten, Details und Querverweise. Er hat bloß alles überarbeitet, hat sämtliche Gedanken in einen größeren Zusammenhang eingebunden und Schlüsse gezogen, auf die ich nie gekommen wäre. Sein Hintergrundwissen ist – war – viel größer als meines, und er besaß ein größeres Abstraktionsvermögen. Sein Buch ist geistreich und eine amüsante Lektüre. Aber die grundlegenden Fakten stammen von mir.«

Miss Makepeace war eine sehr nüchterne Frau, die die Grenzen ihrer eigenen Fähigkeiten kannte und akzeptierte, wenn sie vielleicht auch nicht gerade glücklich darüber war.

Darina musterte sie skeptisch. »Was hat Sie bewogen, ein so zeitraubendes Unternehmen in Angriff zu nehmen?«

Sie entspannte sich etwas. »Sie haben jedes Recht, das zu fragen, meine Liebe, denn es hört sich ziemlich unwahrscheinlich an, nicht wahr? Ich glaube, meine Eltern wären ziemlich schockiert gewesen. Sie hielten nichts von großer Bildung für Mädchen. Sie waren Gutsbesitzer, und meine Familie ist bereits seit über dreihundert Jahren auf einem Bauernhof in Somerset ansässig. Es hat ihnen fast das Herz gebrochen, dass es nur meine Schwester und mich gab und keinen Sohn und Erben. Der Hof ist nicht sehr groß – ein paar Kühe, ein paar Ziegen und Hühner und ein wenig Ackerland. Mary und ich versprachen, den Hof weiterzuführen. Ich wäre gern weiter zur Schule gegangen, denn ich brachte nur sehr gute Noten nach Hause, aber meine Eltern hielten das für sinnlos, wenn ich weiter auf dem Hof arbeiten wollte. Also ging ich von der Schule ab.

Und ich genoss das Leben auf dem Gut. Harte Arbeit hat uns nie gestört, wir waren beide kräftig. Als zuerst meine Mutter und ein Jahr später mein Vater starb, fanden wir jemanden, der uns half. Wir hatten beide ein gutes Leben.«

»Hat keine von Ihnen je geheiratet?«

Ein kleines Zwinkern tauchte in Miss Makepeaces Augen auf. »Wir brauchten auf diesem hübschen kleinen Hof keine Verehrer. Und irgendwie haben weder Mary noch ich einen Mann zum Verlieben gefunden. Wissen Sie, wir lasen gern und schätzten gute Gespräche. Abends pflegten wir über bestimmte Fragen aus unseren Büchern zu diskutieren, und irgendwie schien keiner der Männer da hineinzupassen. Deren Gespräche beschränkten sich auf Einläufe für Kühe und Mittel gegen Euterentzündung. Für sich genommen sind das alles sehr wichtige Themen, aber einen geistigen Anreiz bieten sie keineswegs.

Aber Sie haben mich ja gefragt, wie ich zu meinem Forschungsgebiet gekommen bin. Nun ja, wir bekamen einen neuen Pfarrer, und er gründete eine Gesprächsgruppe, die sich einmal wöchentlich mit religiösen Fragen beschäftigte. Das habe ich sehr genossen, es war hochinteressant. Dann schlug er mir vor, dass ich mich doch bei der neuen Fernuniversität einschreiben sollte. Ich wollte Mary dazu überreden, sich ebenfalls einzuschreiben, aber sie zog es vor, das zu lesen, wozu sie Lust hatte. Der Gedanke, Aufsätze schreiben zu müssen und diese dann einzuschicken gefiel ihr gar nicht. Außerdem wollte sie keine Prüfungen ablegen müssen. Aber mir gefiel es.« Die sanfte Stimme klang verträumt, und die nüchterne Miss Makepeace glühte wie ein verliebtes, junges Mädchen.

»Ich wollte mich ursprünglich auf Literatur spezialisieren, aber bald stellte sich heraus, dass Geschichte mich mehr faszinierte. Um ehrlich zu sein, dieses Zergliedern von Büchern, das wir im Grundkurs machen mussten, hat mir die Literatur ganz schön verleidet. Also belegte ich Geschichte, bis ich meine Abschlussprüfung in Geschichtswissenschaft ablegte.« Aus ihrer Stimme klang unverhohlener Stolz. »Danach wollte ich auf eigene Faust ein Forschungsprojekt in Angriff nehmen und sprach mit meinem Tutor darüber. Er fragte mich, was mich wirklich interessierte, und ich erzählte ihm vom Kochbuch meiner Familie. Wir besitzen nämlich ein sehr hübsches, handgeschriebenes Rezeptbuch, das im achtzehnten Jahrhundert als Mitgift der Braut eines Makepeace in den Familienbesitz gelangte – sie muss eine richtig gute Partie gewesen sein. Ich dachte, es wäre nett, mehr über die Zubereitung und die Art des Essens in diesen alten Rezepten herauszufinden. Und sie mit Rezepten aus anderen Jahrhunderten zu vergleichen. Obgleich man früher ganz anders kochte als heute, gibt es doch viele Parallelen.

Also fing ich damit an, und Kuchen und Torten gewannen immer mehr die Oberhand. Das Backen war ein ideales Feld, um sowohl die Entwicklung der technischen Errungenschaften als auch die Entwicklung von Koch- und Backgerätschaften und Rezepten zu erforschen.«

»Ist es nicht möglich, dass Digby den gleichen Forschungsvorgaben wie Sie folgte und die gleichen Quellen benutzte?«

»Ach, Miss Lisle, glauben Sie, daran hätte ich nicht auch schon gedacht? Als ich das Buch zum ersten Mal las, war ich hin- und hergerissen. Ein Teil in mir wusste, was er getan haben musste, aber eine andere Stimme sagte mir genau das, was sie gerade gefragt haben. Also habe ich mir das Buch sorgfältig angesehen, und viele Kleinigkeiten verrieten mir, dass er meine Arbeit als Grundlage benutzt haben musste. Da gibt es zum Beispiel ein Rezept für eine Mandeltorte. Nun ja, es gibt im siebzehnten und achtzehnten Jahrhundert Unmengen von Rezepten für Mandeltorten. Er hätte jedes nehmen können. Aber das, das er einfügte, entstammt Wort für Wort dem Kochbuch, das ich benutzte – meinem Familienerbstück. In dieser Form habe ich es nämlich sonst in keiner Quelle gefunden. Aber ich hatte die Quelle nicht angegeben, und Mr. Cary hat wohl geglaubt, dass es aus irgendeiner veröffentlichten Quelle stammte.

Dann gibt es da noch einen Bericht über das Mahlen von Mehl. Er beschreibt die Mühle aus dem achtzehnten Jahrhundert, die mit einem Leinenschlauch ausgestattet war, genauso exakt wie ich, behauptet aber, dass sie englischen Ursprungs sei. Das stimmt nicht – sie stammt aus Deutschland. Als meine Schwester und ich Ferien im Schwarzwald machten, habe ich solch ein Gerät dort gesehen. Ich habe nur versäumt, das in meinem Manuskript klarzustellen, denn diese Information wurde erst in letzter Minute hinzugefügt.« Miss Makepeaces Stimme klang, als ob sie sich davor fürchtete, dass man an ihre Gelehrsamkeit etwas auszusetzen haben könnte.

»Haben Sie wirklich keine Kopie davon behalten?«

»Es war schon schlimm genug, dieses Exemplar zu tippen. Ich kam mit dem Kohlepapier nicht zurecht. Es ist eine alte Schreibmaschine, die ich auf einem Flohmarkt erstanden habe, und ich tippe nicht besonders schnell. Das Manuskript war in einem miserablen Zustand. Wenn Mr. Cary es für gut befunden hätte, dann hätte ich meine wenigen Ersparnisse darauf verwandt, es von einem professionellen Schreibbüro abtippen zu lassen.« Ihre Lippen wurden schmal und blass. »Es kam mir nie in den Sinn, dass es nötig sein könnte, eine Kopie zu machen. Bei der Post ist mir noch nie etwas verlorengegangen, und ich hielt Mr. Cary für einen ehrenwerten Mann.« Darina zuckte bei dem Ton in ihrer Stimme zusammen. »Ich war ihm so dankbar, weil er mir angeboten hatte, mein Werk zu begutachten. Ich hatte so viele Jahre daran gearbeitet und ein Stadium erreicht, in dem ich wirklich die Beurteilung eines Fachmanns brauchte.«

»Aber warum um alles in der Welt haben Sie nicht versucht, Verbindung mit ihm aufzunehmen, als Sie nichts hörten?«

»Zuerst war ich so erleichtert, dass es nicht mit dem Vermerk zurückkam, dass es schlecht war. Wissen Sie, ich habe eigentlich erwartet, dass ich das Manuskript jeden Moment im Briefkasten vorfinden würde, zusammen mit einem höflichen kleinen Brief, der mich ermutigte, auch weiterhin hübsch fleißig zu sein. Mir war klar, was ein solcher Kommentar zu bedeuten gehabt hätte.« Tiefe Verachtung sprach aus ihrer Stimme. »Dann wurde Mary krank. Sie hatte immer Übergewicht und Ärger mit ihrem Magen gehabt. Der Arzt behauptete, dass sie Wasser drin hätte, komisch, nicht wahr? Was kann Wasser schon schaden? Aber man hielt eine Operation für notwendig, und sie musste nach einer strengen Diät leben. Das war wirklich schwer für die Arme. Ich war so damit beschäftigt, sie bei der Stange zu halten, Diätgerichte zu kochen, die Farm zu führen und sie aufzumuntern, dass ich das Buch ganz vergaß.« Miss Makepeaces Gesicht verzog sich schmerzlich. »Als man mir nach der Operation sagte, dass sie sich nie wieder erholen würde, konnte ich es nicht glauben. Wir standen uns so nahe, dass ich immer davon ausgegangen war, dass ich es merken würde, wenn sie schwer krank war. Es war ein großer Schock.«

Darina stand auf und füllte die Gläser erneut. Sie brachte sie zurück an den Tisch, und Miss Makepeace trank einen kleinen Schluck. Als sie dann sprach, klang ihre Stimme wieder völlig sachlich.

»Dann ging mir auf, dass das ganze Anwesen in einem schlimmen Zustand war. Seit Jahren hatten wir keine Reparaturen am Haus mehr durchführen können, und plötzlich schien alles auseinanderzufallen. Das Dach war das reinste Sieb. Die Fensterrahmen waren so morsch, dass ich kaum ein Fenster öffnen konnte, und es gab ein kleines Feuer wegen defekter

Stromleitungen. Es musste alles erneuert werden. Aber wir hatten kein Geld. Der Hof war bereits mit Hypotheken belastet, und wenn Mary nicht eine kleine Lebensversicherung gehabt hätte, hätte ich nicht gewusst, wovon ich ihre Beerdigung hätte bezahlen sollen. Ich sprach mit unserem Pfarrer darüber. Er hat zwar von finanziellen Dingen keine Ahnung, aber er brachte mich mit einem seiner Gemeindemitglieder zusammen, der mir sehr geholfen hat. Er sagte mir, dass der einzige Ausweg darin bestünde, alles zu verkaufen. Zuerst wollte ich nichts davon hören: Das Gut, das meine Familie seit dreihundert Jahren bewohnt hatte, sollte ich verkaufen? Ich behauptete, dass sie mir nie vergeben würden. Schließlich rechneten wir zusammen aus, dass ich durch den Verkauf eines Großteils des Ackerlandes – trotz des schlechten Preises, den man heutzutage für Land erzielt – in der Lage wäre, die notwendigen Reparaturen am Haus durchführen zu lassen. Außerdem würde mir zusätzlich noch eine kleine Rente bleiben. Ich konnte eine Ziege, ein paar Schafe und Hühner behalten und mein eigenes Gemüse ziehen. Ich würde beinahe ein Selbstversorger sein. Aber ich wäre nicht in der Lage, ins Ausland zu reisen oder überhaupt viel herumzufahren, und ich hatte mich doch so an meine kleinen Reisen gewöhnt, die mich in Bibliotheken und Archive geführt hatten und bei denen ich alte Manuskripte und seltene Kochbücher ausgegraben hatte. Mary hatte meine häufige Abwesenheit stets mit Gleichmut ertragen. Sie behauptete, dass es viel besser sei, Geld für die Reisen statt für die dumme Farbe auszugeben. Sie war diejenige, die auf dem Urlaub im Schwarzwald bestand, als wir einmal unerwartet in den Genuss von Subventionen kamen.« Miss Makepeace wischte sich die Augen. »Dann erinnerte ich mich an mein Buch, und ich dachte, dass Mr. Cary mir sicher sagen könnte, ob ein Verleger Interesse haben könnte, falls er es inzwischen gelesen hatte. Aber ehe ich ihm schreiben konnte, fand ich sein Buch in unserer Buchhandlung. Es war« – Miss Makepeace rang um das richtige Wort – »ein Schock.« Das Wort war zwar zu schwach, aber ihr Ton verriet, welche einschneidende Erfahrung das gewesen sein musste.

Sie trank ihr zweites Glas Wein aus, saß dann einfach da und starrte auf den Teppich. Schließlich blickte sie auf, und Darina war erschüttert von dem tiefen Schmerz, der in den hinter dicken Brillengläsern verborgenen Augen stand. »Ich kann ihm diese Tat nicht vergeben, Miss Lisle, mein Herz ist voller abscheulicher Gedanken. Ich bin sogar froh«, das flüsterte sie, »dass er tot ist.«

»Das ist nur natürlich ...«, setzte Darina an, aber Miss Makepeace schien sie gar nicht zu hören.

»Die Rache kann nicht mein sein, sie ist des Herrn! Ich will vergelten, spricht der Herr. Das geht mir durch den Kopf, seit ich heute Morgen die Neuigkeit gehört habe. Einen Augenblick lang fühlte ich mich verantwortlich dafür – fast so, als hätte ich den Tod auf ihn herabbeschworen.«

Darina fehlten die Worte. Sie legte ihre Hand auf die raue, braungebrannte Hand von Miss Makepeace und drückte sie kurz. Dann kam ihr eine Idee. »Haben Sie daran gedacht, dass man wegen des Buches etwas unternehmen könnte?«

Miss Makepeaces Blick wurde langsam wieder klarer. »Was meinen Sie damit?«

»Wenn Sie sämtliche Beweise notieren, die Ihre Anschuldigung untermauern – wie zum Beispiel die Sache mit dem Rezept der Mandeltorte und der Mühle – und alle Notizen zusammensuchen, die Sie noch haben, dann könnte man es Digbys Verlegern vortragen.« Miss Makepeace öffnete den Mund und schloss ihn wieder. Ihre Augen begannen zu leuchten. »Glauben Sie das wirklich?« Sie seufzte tief und sagte dann: »Glauben Sie, dass mein Manuskript immer noch in seinem Haus sein könnte?«

Auf diesen Gedanken war Darina gar nicht gekommen. Hätte Digby einen Beweis, der ihn so belastete, wohl behalten? Warum nicht, wenn er glaubte, dass niemand jemals danach suchen würde. Das Manuskript enthielt wahrscheinlich Anmerkungen, die er vielleicht in Zukunft brauchen konnte.

»Und wie geht es den Damen heute Abend?«, unterbrach Nicholas ihr Gespräch. Er war zusammen mit Linda in die Bar gekommen. Sie sahen ebenso entspannt aus wie geschmeidige Katzen, die gerade ein fröhliches Spiel hinter sich gebracht haben. Linda hatte sich umgezogen und trug jetzt ein sehr kurzes, rotschwarzes Seidenkleid, das perfekt zu ihrem eleganten Erscheinungsbild passte. Dazu hatte sie einen schwarzgoldenen Schal angelegt, und als Darina Lindas fast nackten Rücken erblickte, dachte sie sich, dass sie den wahrscheinlich auch brauchte, denn die

Zentralheizung der Abtei war noch nicht an, und im Refektorium war es empfindlich kühl.

Nicholas trug den gleichen Anzug wie gestern Abend, jedoch diesmal mit einem rosa Hemd und dunkler Krawatte. Ohne Linda nach ihren Wünschen zu fragen, goss er zwei Gläser Whisky ein, fügte Wasser hinzu, trug danach die Weinflasche herüber und goss Darinas und Miss Makepeaces Gläser wieder voll.

»Wie ist Ihr Verhör gelaufen?«, fragte Darina.

Er verkrampfte sich etwas. »Sie haben mich immer wieder gefragt, warum ich zu Digby wollte. Als ich ihnen sagte, dass es um Einzelheiten des heutigen Tagesprogramms ging, haben sie mir offenbar nicht geglaubt. Immer wieder haben sie gefragt, ob ich noch bei ihm gewesen wäre, nachdem ich gestern Abend die Bar verlassen hatte. Sie fragten, ob wir uns nicht wegen der Gesellschaft gestritten hätten. Sie haben einfach nicht lockergelassen. Jeder könnte jetzt glauben, dass ich den Mord begangen hätte.«

»Und? Haben Sie's getan?« Unbemerkt hatte Gray die Bar betreten. Auch er hatte sich umgezogen, und sein normalerweise wirrer Schopf war so glatt, als hätte er lange unter der Dusche gestanden. Er stand gelassen im Türrahmen und sah Nicholas ruhig an.

»Also, mein lieber Junge«, plusterte sich Nicholas auf, »welches Motiv hätte ich wohl gehabt, um den armen Digby umzubringen? «

Gray ging hinüber zur Bar und goss sich einen Whisky Soda ein. »Eifersucht, Professor. Er hat Ihre Autorität in Frage gestellt, das konnten Sie doch noch nie ertragen, nicht wahr?«

Darina beobachtete gespannt, wie Nicholas dermaßen erblasste, dass seine Nase ganz spitz wurde. Er holte Luft um etwas zu sagen, entschied sich dann dagegen, nur, um dann doch etwas von sich zu geben: »Ich weiß nicht, worüber Sie sprechen, Wyndham. Digby und ich haben stets eng zusammengearbeitet.«

»Ich wollte Sie sowieso schon immer fragen, wie Digby und Sie eigentlich zusammengekommen sind.« Endlich einmal bewies Linda Takt, und Darina hätte sie dafür schlagen können. Wie konnte ihr gutentwickelter Instinkt für eine gute Story sie ausgerechnet jetzt verlassen? Wie weit war ihr Verhältnis zu Nicholas bereits gediehen?

Nicholas drehte Gray den Rücken zu, ließ sich in einen Sessel neben der Produzentin fallen und ergriff die Gelegenheit, das Thema zu wechseln. »Ich hatte ein paar mittelalterliche Abtritte entdeckt, und wir hatten vor, den Inhalt zu untersuchen. Eine der überregionalen Zeitungen bekam Wind von der Story und hat sie ausgeschlachtet. »Fäkalien der Geschichte«, »Historische Hinterlassenschaft« – Sie können sich diese Überschriften ausmalen. Daher war es wohltuend, als Digby Cary kam, ernsthaftes Interesse an den Ergebnissen zeigte und durchaus zu schätzen wusste, was ein solcher Fund bedeuten konnte.«

»Meinen Sie damit etwa«, fragte Darina, deren Interesse trotz ihres Bedürfnisses, Grays interessante Bemerkung von vorhin weiterzuverfolgen geweckt war, »dass Sie durch einen solchen Fund wirklich herausfinden können, was die Menschen damals gegessen haben?«

»Genau.« Nicholas strahlte sie an. »Unsere Untersuchungen warfen ein neues Licht auf das Essverhalten der Menschen des vierzehnten Jahrhunderts. Digby fand das ungeheuer aufregend. Wir hatten ein paar fruchtbare Treffen, und dann lud ich ihn zum Essen ein. Ich habe schon immer großes Interesse an der Geschichte des Essens gehabt und immer alte Rezepte ausprobiert, ohne allerdings viel vom Kochen zu verstehen. Ich glaube«, Nicholas lachte leise, »der alte Digby war sehr erstaunt, ein Originalrezept von John Knott aus seinem 1726 erschienenen Handbuch des Kochens vorgesetzt zu bekommen. Natürlich musste er die Einladung erwidern. Er ist mit seinem Ragout dann gleich aufs Ganze gegangen. Man hätte eine ganze Armee damit füttern können. Es bestand aus Rindfleisch, Rinderzunge, Bologneser Wurst, Hammelfleisch, Schweinefleisch, Wildbret und Speck. Dazu kam noch ein anderer Topf mit einem kleinen Truthahn, einem Fasan, einem Kapaun, einer Ente, einem Rebhuhn und, wenn mich nicht alles täuscht, sogar einer Wachtel darin.« Nicholas Augen leuchteten. Wenigstens einmal schien er durch den Genuss des Essens seinen Neid auf Digby vergessen zu haben.

»Dann gab es noch einen dritten Topf mit Artischockenböden, Kastanien, Blumenkohl und Brokkoli, alles in Weißwein und Fleischbrühe gedünstet. Er nahm mich mit in die Küche, wo ich zusah, wie er alles anrichtete und mit hartgekochten Eidottern, Pistazien, geschnittener roter Bete und Zitronenscheiben garnierte und schließlich zerlassene Butter über alles goss.«

Es herrschte andächtige Stille, als Nicholas seine Beschreibung beendete, Linda war leicht grün im Gesicht.

»Es schmeckte wundervoll, und wir haben den ganzen Nachmittag daran gegessen.«

»Ein ähnliches Gericht gibt es morgen zum Mittagessen«, versprach Darina.

Nicholas verzog verdrießlich das Gesicht. »Zweifellos wollte Digby damit einen Bezug zum Gründungstag der Gesellschaft herstellen. So etwas kommt bei den Medien ja immer gut an!« Er drückte entschuldigend Lindas Hand. »Denn genauso fing es an. Einer von uns kochte alle paar Monate ein historisches Mahl und lud zusätzlich noch ein paar Gäste ein. Meine Freunde waren größtenteils Akademiker und Digbys kamen aus dem Bereich der Gastronomie. Sie schienen gut miteinander auszukommen, und der Gedanke, eine Gesellschaft zu gründen, kam zwangsläufig.« Er schenkte Linda ein strahlendes Lächeln, was sogar sein Streifenhörnchengesicht anziehend machte.

Heute ist er viel selbstbewusster als gestern, schoss es Darina durch den Kopf. Kam das durch den Erfolg, den er offensichtlich bei Linda hatte oder kam es daher, dass er nicht mehr im Schatten Digbys stand?

»Was für ein netter Anblick!« Rita betrat die Bar, eingehüllt in eine Wolke aus geblümtem Chiffon. »Ich bin so froh, dass Sie sich auch alle umgezogen haben. Ich hatte mich schon gefragt, ob das nicht etwas pietätlos aussähe, aber dann dachte ich mir, dass Digby es gerngehabt hätte, wenn wir gut aussehen.« Ihr kupferfarbenes Haar stand wie eine feuersprühende Aureole um ihren Kopf.

Gray schwenkte einladend die Whiskyflasche. Sie nickte dankbar. »Danke, das wäre herrlich. Ein Tag, an dem man nichts tut, ist ermüdend. Das dauernde Warten ist riesig anstrengend. Weiß jemand, wie lange das noch so weitergehen soll?«

»Bis sie den Mörder finden, vermute ich.« Gray brachte ihr ihren Drink und setzte sich in den Sessel neben sie.

»Ich nehme an, bis morgen früh haben sie uns alle verhört, und dann können wir heimfahren«, meinte Nicholas.

»Sie glauben also, dass man den Mörder ganz leicht findet, nicht?«

Nicholas lief wegen des höhnischen Untertons in Grays Stimme rot an. »Sie werden natürlich noch mehr überprüfen müssen, denn ich glaube nicht, dass sie ihre Ermittlungen so schnell abwickeln können – heißt es so? Sie müssen ja auch noch mit anderen Leuten sprechen.«

»Sie geben sich also nicht der Illusion hin, dass keiner von uns der Mörder ist?«, fragte Gray spöttisch.

»Einer von uns der Mörder? Du lieber Gott, was ist denn mit den anderen Teilnehmern des Symposiums?« Ritas Gesicht wirkte trotz der kunstvoll aufgetragenen Schminke angespannt – dunkle Ringe lagen unter den meergrünen Augen, und die Blässe ihrer Haut ließ ihre Sommersprossen nur noch umso heftiger zutage treten.

»Warum glauben Sie wohl hat man Sie so einfach vom Gelände gejagt?« Gray stand auf, ging hinüber zum Kamin, drehte sich um und sah sie an. »Denken Sie doch mal nach! Der Mörder muss gewusst haben, wo Digby Cary sich gestern Abend aufhielt. Als Darina gestern die Botschaft ausrichtete, waren nur wir und Charles Childe in der Bar. Ergo hat einer von uns ihn umgebracht.«

»Aber wäre es denn nicht auch möglich, dass jemand zufällig in jenem Zimmer auf ihn gestoßen ist?« beharrte Rita.

»Die Chance, dass ein Symposiumsteilnehmer durch das Refektorium hinunter in die Küche geht, dann durch den Flur wandert und das Zimmer der Haushälterin ausfindig macht, nur um vielleicht Digby aufzutreiben, ist so gering wie die Aussicht, dass Bracken irgendwann einmal den ersten Platz in einem Gehorsamkeitswettbewerb belegt. Nein, wenn jemand zu Digby gewollt hätte, hätte er oder sie als erstes in der Bar nachgesehen und dann Nicholas gefragt. Sind Sie gestern Abend gefragt worden, wo er sich aufhält, Professor?« Gray betonte den Titel so ironisch, dass Nicholas ruckartig den Kopf hob. Dann schüttelte er ihn.

»Nein, niemand hat gefragt.«

»Aber sicher hätte doch niemand, der Digby finden wollte, um ihn umzubringen, so offensichtlich nach ihm gesucht. Genauso gut hätte man gleich eine Anzeige aufgeben können«, protestierte Rita.

»Wenn es ein vorsätzlicher Mord gewesen wäre, würde ich Ihnen zustimmen. Aber glauben Sie nicht, dass es viel eher nach einer Affekthandlung aussieht?« Er wandte sich an Darina. »Sie sagten, dass in diesem Zimmer ein Sortiment Küchenmesser auslag, nicht wahr?« Sie nickte. »Und wo lagen sie?«

»Auf einem Tisch mitten im Zimmer.«

Gray wandte sich wieder an alle. »Also – ganz leicht, sich eins zu nehmen. Der Mörder hat vielleicht gar keinen Mord im Sinn gehabt, bis Digby ihn oder sie dazu trieb. Blind vor Wut, griff er oder sie nach einem Messer und erstach ihn.« Er machte eine so wilde Handbewegung, dass Rita tiefer in ihren Sessel kroch. Ihr Gesicht wurde noch blasser. Linda zuckte zusammen. Nur Miss Makepeace wahrte die Haltung, mit der sie allem, was gesagt wurde, gelauscht hatte, seit Nicholas die Bar betrat.

Darina sah eine Gelegenheit, um eine der Fragen anzubringen, die sie beschäftigten. »Nicholas, hat Digby vorher bekanntgegeben, dass er vorhatte, die Messer zu verkaufen?«

»Soweit ich weiß nicht. Und ich weiß nie etwas«, fügte er bitter hinzu. »Digby hat sich nicht dazu herabgelassen, mir etwas zu sagen. Wenn er erwähnt hätte, dass er vorhatte, hier ein Geschäft zu eröffnen, hätte ich ja gleich ein paar von meinen Büchern mitbringen können. Wir haben weiß Gott alle Geld nötig.«

Es herrschte betretenes Schweigen. Im Moment wäre im Vergleich zu dieser Versammlung ein Trappistenmönch als geschwätzig erschienen.

Darina schaute auf ihre Uhr. »Es wird Zeit, dass ich einmal nach dem Essen schaue«, sagte sie so gutgelaunt wie möglich. »Ich glaube, Charles Childe wird im

Augenblick verhört. Sollen wir auf ihn warten? Und soll ich den Inspektor fragen, ob er und der Sergeant mit uns essen wollen?«

Nicholas dachte einen Augenblick nach und seufzte dann »Ich nehme an, wir sollten zumindest fragen«, antwortete er widerwillig, »obwohl ich nicht glaube, dass das zu einer fröhlichen Stimmung beiträgt. Aber nur, wenn das Verhör von Mr. Childe beendet ist. Ich glaube nicht, dass wir noch länger warten sollten.«

Aber genau in diesem Augenblick stürmte Charles Childe in die Bar.

»Sie werden nie erraten, was dieses Schwein getan hat!« Die Worte wurden in die Luft geschossen wie Schrotkugeln. Er ging geradewegs an die Bar, goss sich einen großen Gin ein, fügte einen Spritzer Bitterlikör hinzu und trank einen tiefen Schluck. Als er sich umdrehte und in die fragenden Gesichter der anderen blickte, veränderte er sich spürbar. Die Erregung ebbte ab, der Schauspieler übernahm das Ruder, er lehnte sich an die Bar und begann seine Vorstellung.

»Digby Cary», sagte er und war sorgsam darauf bedacht, seinen offensichtlichen Zorn zu zügeln, »hielt es für angemessen, mein Restaurant zu kreuzigen.«

»Ihr Restaurant zu kreuzigen?«, wiederholte Rita. »Wie?«

»Diese kleinkarierten Polizisten haben seine letzte Restaurantkolumne gefunden. Wissen Sie noch, wieviel Angst ich hatte, dass Digby gestorben sein könnte, ehe er mein Restaurant in den Himmel heben konnte? Ich hätte mir besser gewünscht, dass er gestorben wäre, bevor er diese Kolumne schrieb!« Er warf den Kopf zurück und trank noch einen Schluck.

»Was steht denn drin?«, fragte Linda gespannt.

»Nur, dass es kein protzigeres Restaurant in ganz London gäbe, dass bei der Zubereitung der Mahlzeiten die grundlegenden Regeln des Kochens außer Acht gelassen worden seien und dass der Geschmack dem Effekt geopfert würde. Dass mein Essen das Recht haben sollte, mich wegen der Verbrechen, die ich an ihm verübte, zu verklagen. Ach, es war noch viel mehr, an das ich mich jetzt nicht mehr erinnern kann. Es ist wahrscheinlich ein Glück, dass ich es nicht kann.« Er stellte sein Glas ab und strich sich mit der zitternden Hand das blonde Haar aus dem gequälten Gesicht.

»Wird die Kolumne veröffentlicht werden?«, fragte Linda neugierig.

Charles griff wieder nach seinem Drink und trank noch einen tiefen Schluck. »Die Polizei hat nur den Durchschlag gefunden. Mit dem gestrigen Datum versehen. Die Hunderttausend-Mark-Frage, Liebste, die, bei der man den Safariurlaub und das Kuscheltier gewinnt, lautet: Wo ist das Original?«

»Falls es das ist, was er gestern Abend geschrieben hat«, warf Darina ein, »so habe ich gesehen, wie er es vor dem Abendessen zusammenlegte. Er sagte mir, dass es heute Morgen in die Post müsste.«

»Könnte er es gestern Abend noch abgeschickt haben? Und wenn das so ist, könnte es posthum veröffentlicht werden?« Charles blickte besorgt drein. Ohne eine Antwort abzuwarten, fuhr er fort: »Die Tatsache, dass ich nichts von diesem lächerlichen Artikel wusste, hat die Polizei vollkommen ignoriert. Man schien sogar zu glauben, dass mir das ein Motiv für den Mord gab! Als ich ihnen dann sagte, ich sei gestern Abend hinuntergegangen, um Digby zu fragen, ob er es geschafft hätte, mein Restaurant gut zu bewerten und ihn bei einem kleinen Streit mit einer Frau, die einen höchst charmanten irischen Akzent hatte, vorfand, entschloss man sich, Sie zu befragen, Rita, Darling. Seien Sie doch so nett und gehen jetzt zu Ihnen hinunter, damit die jetzt mit Ihnen ein nettes, kleines Gespräch führen können.«

Kapitel 14

Alle Augen richteten sich auf Rita. Sie sackte mit schneeweißem Gesicht in sich zusammen. Einen Augenblick lang sah sie aus, als wollte sie die Geschichte leugnen. Doch dann holte sie tief Luft. »Aber sicher doch. Sie sind ein richtiger kleiner Schatz, Charles. Meinen Sie, man wird mich verhaften?«

»Wir möchten uns nur ein wenig mit Ihnen unterhalten, Miss Moore. Wenn ich Sie bitten dürfte ...«, Sergeant Pigram stand ruhig auf der Schwelle und musterte jeden einzelnen voller Interesse.

Darina nutzte die Gelegenheit. »Wie lange wird das dauern, Sergeant? Wir würden nämlich gerne bald essen, und wir haben uns gefragt, ob der Inspektor und Sie uns Gesellschaft leisten würden?«

Dieses gastfreundliche Angebot schien ihn zu verblüffen. »Das wird Inspektor Grant entscheiden müssen.« Er trat zur Seite, um Darina hinauszulassen und schob danach auch Rita hinaus.

Inspektor Grant zeigte sich nicht empfänglich für die Verlockungen eines Abendessens. »Wir versuchen, die Verhöre bis morgen Nachmittag zu beenden«, sagte er und bedeutete der nervösen Rita, sich auf einen Stuhl, der auf der anderen Seite des Schreibtisches stand, zu setzen. »Es tut mir leid, Sie werden ohne Miss Moore anfangen müssen. Wir werden sie nicht länger aufhalten als nötig.« Er verzog seine Lippen zu einer Grimasse, die man mit etwas gutem Willen als Lächeln bezeichnen konnte. »Trotzdem würden wir einen Teller mit Resten nicht ablehnen, wenn das Verhör beendet ist – scheinbar waren wir zu beschäftigt, um ans Mittagessen zu denken.«

Beim Abendessen war niemand besonders fröhlich. Charles Childe ritt weiter auf Digbys Restaurantkritik herum. »Sie war boshaft und ungerechtfertigt. Mein Essen ist köstlich, das sagt jeder. Er hat das nur gemacht, weil er auf meinen Erfolg in der TV-Reihe neidisch war. Er war wohl davon ausgegangen, dass ihm die Hauptrolle zugedacht war und er aus mir einen Narren machen konnte. Aber ich habe den Spieß beinahe herumgedreht. Ich weiß, dass er es war, der dafür gesorgt hat, dass man mir meine regelmäßige Kolumne über gutes Essen wegnahm.«

»Wo soll die denn veröffentlicht worden sein?«, fragte Linda skeptisch.

Charles blickte auf seinen Teller, stocherte mit der Gabel in den Austern und der Hühnerleber und nannte eine populäre Tageszeitung. »Als die zweite Staffel der Fernsehserie anfing, habe ich ein paar Wochen lang eine Art Essenstagebuch dort geschrieben. Anfangs sagte man mir, die Kolumne würde regelmäßig erscheinen, aber sie wurde zusammen mit der Fernsehserie eingestellt, und jemand erzählte mir, dass Digby mit dem Verleger gesprochen hätte.« Er zog einen Schmollmund und schien keine Einzelheiten ausplaudern zu wollen.

»Wenn Ihre Kolumne gut gewesen wäre, hätte Digby sie nie einstellen lassen können«, schaltete sich Linda ruhig ein.

Charles sah aus, als würde er im nächsten Moment in Tränen ausbrechen.

»Was für ein fürchterliches Wochenende für Sie«, schaltete sich Darina rasch ein. »Zuerst werden Sie von einem Hund gebissen und müssen Ihren Arm in der Schlinge tragen, und dann erfahren Sie auch noch, dass Digby eine schlechte Kritik über Ihr Restaurant geschrieben hat.«

»Das Schlimmste haben Sie gar nicht erwähnt«, klagte Charles. »Mein Jackett, mein schönes Jean-Paul-Gaultier-Jackett. Es ist völlig ruiniert, meine Liebe, und keine Reinigung wird jemals diese ganzen Blutflecken herausbekommen.«

Charles linke Hand war immer noch in der Schlinge. Der Verband ließ nur die obere Hälfte der Finger frei und bedeckte ansonsten die ganze Hand. Darina sah sie an. »Wie lange wird es dauern, ehe Sie damit wieder kochen können?«, fragte sie. »Und wer vertritt Sie an diesem Wochenende in der Küche?«

»Ich habe einen Koch, der eigentlich öfter am Herd steht als ich. Ich werde so oft vorne im Lokal gebraucht.« Charles' Gesicht hellte sich auf, als er von seinem Restaurant erzählte. »Der Koch ist ein lieber Freund von früher. Nachdem die Fernsehserie angelaufen war, schrieb er mir einen Brief, in dem er mir berichtete, dass er eine Zeit lang in einem Restaurant gearbeitet habe und mir vorschlug, gemeinsam mit ihm eines zu eröffnen. Und dann starb meine Tante und vererbte mir ein kleines Häuschen; es lag zwar in der hintersten Ecke von Tooting, aber seltsamerweise sind die Leute heutzutage verrückt nach hübschen, kleinen Häusern in Tooting. Der Verkauf brachte eine Menge Geld, und Shane schlug mir vor, dem Finanzamt ein Schnippchen zu schlagen und für das Geld ein Restaurant in Wandsworth zu erwerben. Es ist heutzutage so schwierig, einen Kredit für die Umbau- und Austattungskosten zu bekommen, meine Lieben – Sie würden nicht glauben, wie gemein manche dieser Bankmenschen sind.

Aber schließlich lernten wir einen sehr netten Kerl kennen, muy simpatico, inzwischen ist er ein lieber Freund und kommt ständig ins Restaurant. Natürlich umsorgen wir ihn gut, das ist schließlich unsere Pflicht, nicht wahr?«, plapperte Charles. Niemand wollte ihm zuhören, aber keiner konnte seinen Redefluss stoppen. Schließlich unterbrach nur das Verlangen zu essen sein Geschwafel.

»Hochinteressant«, nutzte Nicholas geistesgegenwärtig die Pause. »Darina, meine Liebe, würden Sie uns ein wenig über die Gerichte erzählen, die Sie heute Abend für uns gekocht haben?«

Darina versuchte, ein paar interessante Bemerkungen zu machen, aber es war schließlich Miss Makepeace, die ein neues Gesprächsthema anschnitt.

»Am gespanntesten war ich auf das Referat, das Mr. Cary für uns halten wollte«, erzählte sie. »Wie lautete doch noch der Titel? ›Die Öffentlichkeit gegen den privaten Koch im siebzehnten und achtzehnten Jahrhundert – wer hat den englischen Geschmack in Wahrheit überliefert?‹ Wissen Sie, Professor, welcher Art der Inhalt war?«

Nicholas rümpfte etwas die Nase, so, wie man es tut, wenn Nahrungsmittel nicht mehr ganz frisch sind. »Ach ja, Digby war der Meinung, man könnte den wahren englischen Geschmack nur in privaten Rezeptsammlungen finden. Wie in denen von Kenelm Digby, Rebecca Price und Elizabeth Raper – und nicht in den richtigen Kochbüchern von Köchen wie Robert May, Charles Carter oder Patrick Lamb.«

»Ein interessanter Gedanke«, antwortete Miss Makepeace und verputzte ihre Austern.

»Digbys Theorie besagte, dass in offiziellen Kochbüchern nur Gerichte verzeichnet waren, die auf Büffets ausgestellt werden sollten. Die Mahlzeiten spiegelten den Status und nicht den persönlichen Geschmack des Verbrauchers wieder, wohingegen die privaten Rezeptsammlungen diejenigen Gerichte enthielten, die die Engländer – besonders der Landadel – tatsächlich gern zu sich nahmen. Er war der Ansicht, dass Gesellschaften, die im achtzehnten Jahrhundert außerhalb des Hofes stattfanden, nicht dem Diktat der Mode unterworfen waren. Erst im neunzehnten Jahrhundert habe sich ein gewisser Snobismus durchgesetzt, der, wie er glaubte, letztlich den Niedergang der englischen Küche begründet habe. Sein Referat sollte das ausführlich beleuchten und Vergleiche zwischen verschiedenen Kochbüchern und Rezeptsammlungen ziehen.«

»Ich nehme an, dass Ihnen diese Theorie nicht ganz geheuer war«, warf Gray mit boshaftem Lächeln ein.

Nicholas runzelte die Stirn. »Ich habe mit Digby darüber diskutiert. Auffällige Protzerei mit Gerichten hatte immer mit Reichtum zu tun, und seit Urzeiten wurden Gesellschaften dazu benutzt, um den eigenen Status zu demonstrieren. Ich halte den Gedanken, dass der Landedelmann des achtzehnten Jahrhunderts jeden Einfluss dieser Art ignorierte, für ein wenig naiv. In Pepys' Tagebuch zum Beispiel zeigt sich sein Vergnügen daran, seinen wachsenden Reichtum durch verschwenderische Gastlichkeit zu demonstrieren, und es gibt noch viele weitere Beispiele dieser Art, die man anführen könnte! Andererseits«, fügte er nachdenklich hinzu, »war Pfarrer Woodeforde jemand, dem gutes Essen über alles ging.«

»Aber Sie können doch nicht einfach einen Stadtmenschen mit einem Landpfarrer vergleichen«, protestierte Darina.

Doch Nicholas blieb unbeirrt. »Sir Kenelm Digby war ein hochgebildeter Kosmopolit, und er war der Herausgeber jener privaten Rezeptsammlungen, die sich im Besitz unseres Vorsitzenden befanden. Aber es ist gefährlich, Theorien aufzustellen, wenn man nur auf so wenige Beispiele zurückgreifen kann. Ich würde noch mehr Beweise brauchen, als Digby uns wahrscheinlich bieten wollte, ehe ich mir eine Meinung bilde.«

»Wollen wohl auf Nummer sicher gehen, was, Professor?«, bemerkte Gray jovial.

»Ich habe keine Scheu davor, in wissenschaftlichen Zeitschriften nach Beendigung meiner Forschungsarbeit Theorien zu veröffentlichen, die dann von meinen Kollegen begutachtet werden. Mein akademischer Standpunkt ist recht angesehen«, Nicholas Stimme war spitz wie eine Nadel, und Grays gute Laune verflog. Unter seinem Bart wurde er rot, starrte den Professor an und sagte keinen Ton mehr.

»Ich frage mich, ob zukünftige Generationen unsere Essgewohnheiten wohl durch das Studium von Feinschmeckerillustrierten begutachten werden?«, brach Linda das unbehagliche Schweigen. »Keine dieser Zeitschriften beschäftigt sich mit vegetarischem Essen, obwohl diese Strömung immer mehr Zulauf findet.« Sie blickte auf die Tomaten mit Basilikum, die Darina für sie gerichtet hatte.

»Sicherlich richten sich diese Zeitschriften nach dem aktuellen Trend und bringen keine Rezepte für Gerichte, die die Durchschnittshausfrau ihrer Familie vorsetzen will«, stellte die Köchin fest. »Man müsste dann wohl Zeitschriften dazunehmen, die einen größeren Leserkreis haben. Ich glaube, im Grunde wollte Digby darauf hinaus.« Sie stand auf, um die Teller abzuräumen und den nächsten Gang aufzutragen.

Als sie die Teller mit dem dampfenden Essen hereinbrachte, überlegte sie, dass Digbys Geist wirklich besser ins achtzehnte als in zwanzigste Jahrhundert gepasst hatte. Die starken Gewürze, der Sinn für neue

Zutaten und die Freude sowohl an Qualität als auch an Quantität hätten seinem Wesen voll entsprochen.

Sie stellte Gerichte aus Huhn und Tauben auf den Tisch und reichte Linda eine Zucchini-Timbale. Die Produzentin nahm sie kommentarlos entgegen.

Charles hingegen hatte keinerlei Vorbehalte dieser Art.

»Sie sind eine phantastische Köchin, das muss ich schon sagen«, murmelte er mit vollem Mund. »Es ist eine so wundervolle Idee, den Vogel halb geschmort und halb gegrillt zu servieren. Und ein herrliches Aroma. Wie erreicht man das?«

»Das Huhn wird zusammen mit verschiedenen Gewürzen in Wein und Essig mariniert. Das Rezept stammt von Charles Carter«, erklärte Darina. Charles sah sie verständnislos an. »Er war Chefkoch bei verschiedenen Adeligen und hat 1730 ein hervorragendes Kochbuch veröffentlicht.«

»Kann man diese alten Rezepte so einfach nachkochen?«

Darina lächelte. »So einfach ist das nicht. Es sind nur wenige Mengenangaben vorgegeben, und die Methode ist nur skizzenhaft dargestellt. Manchmal muss man ganz schön herumexperimentieren, ehe man ein befriedigendes Gericht zustande bringt. Und manche der Zutaten sind nur schwer zu bekommen. Ich hatte zum Beispiel ziemliche Mühe, die Hahnenkämme aufzutreiben.«

»Die was?«

»Was glauben Sie denn, was diese kleinen roten Dinger sind?« Es war bezeichnend, dass bis jetzt niemand danach gefragt hatte. Alle waren zu sehr mit anderen Problemen beschäftigt.

Charles führte den kleinen Kamm zum Mund. »Knorpelig!«, kommentierte er kauend.

»Das ist eine alte Delikatesse, die erst kürzlich von den Franzosen wiederentdeckt wurde. Probieren Sie doch mal eine Taube im Salatmantel – auch ein Rezept von Carter. Eigentlich stammt die gesamte Mahlzeit aus seinem Buch.« Sie legte ihm einen der kleinen Vögel auf den Teller, reichte das Gericht weiter und löste für ihn die Brust vom Knochen.

Charles kaute begeistert. »Kann man dieses Buch noch kaufen?«

Darina nickte. »Ein Verlag hat kürzlich eine Faksimile-Edition herausgebracht.«

»Ich muss ein paar dieser alten Rezepte einfach in meinem Restaurant ausprobieren. Ich bin sicher, dass das ein Erfolg wird und die Presse anlockt. Aber der Gedanke, dass ich mit Rezepten herumexperimentieren soll, ist mir ja doch nicht ganz geheuer.«

»So schwierig ist es nun auch wieder nicht. Behalten Sie nur immer die Grundprinzipien des Kochens im Hinterkopf, und verlassen Sie sich ansonsten auf Ihr eigenes Urteil. Zum Beispiel der Möhrenpudding, der als nächstes kommt. Das Originalrezept schreibt zehn Eidotter plus dem Eiweiß von fünf Eiern und ein halbes Pint Sahne vor. Wenn Sie das mit den heutigen Eiern ausprobieren, bekommen Sie einen viel zu festen Teig. Früher waren die Eier viel kleiner als heute, und auch ein Pint war damals weniger – wie heutzutage in Amerika, da enthält das Pint nicht 0,6 Liter, sondern nur etwa einen halben Liter. Man kann ganz leicht erkennen, dass das Rezept auf der Grundmischung für eine Eiercreme basiert. Nun, Sie kennen ja sicher die Standardmengen für eine Eiercreme.« Charles sah sie nur ratlos an. »Drei große Eidotter und ein halbes Pint Sahne oder zwei ganze Eier und zwei Eidotter, wenn Sie eine festere Creme brauchen.«

Charles Childes Geplapper war glücklicherweise verstummt, und er blickte sie fasziniert an. »Das wusste ich gar nicht«, sagte er.

»Das Eiweiß macht die Masse fester, die Eidotter cremiger. Ist ja auch egal – das gibt Ihnen auf jeden Fall das richtige Verhältnis für Eier und Sahne vor. Dann geben Sie Madeira statt Sherry hinein – die Menge ist nicht genau angegeben, also liegt es bei Ihnen. Genauso verhält es sich mit den Biskuitkrümeln, dem Zucker und den kandierten Früchten. Ganz nach Ihrem persönlichen Geschmack.«

Charles sah beunruhigt aus. »Vielleicht sollten wir Sie als Beraterin engagieren.« Er warf ihr einen schlauen Blick zu. »Ich meine, Ihr Essen ist so wunderbar. Dieses Festmahl, das Sie gestern Abend für uns gekocht haben. Das gewürzte Rindfleisch könnte ein Standardgericht werden, es kann als Vorspeise serviert werden oder auch kalt zum Lunch. Und diese in Butter gedünsteten Orangen waren nicht nur dekorativ, sie haben auch noch himmlisch geschmeckt. Und ein Händchen für Backwaren haben Sie auch – einfach sensationell! Dieses komplizierte Muster auf der großen Torte war ausgesprochen hübsch, und was diese Pastete mit dem Geflügel anging – also, die war überirdisch. Können Sie mir die Rezepte geben, oder verlangen Sie für so etwas Geld? Im Moment sind wir ein wenig knapp, aber ich muss sie haben, ganz gleich, was es kostet.«

Charles plapperte weiter. Darina glaubte, dass der Wein, den er nach seinem Gin so großzügig genossen hatte, ihm zu Kopf gestiegen war. Oder vielleicht war es die Erleichterung darüber, dass er zumindest im Augenblick den Polizeiverhören entkommen war. Sie erinnerte sich nur zu gut, wie nervtötend ihr Verhör gewesen war. Sie fragte sich, wie es Rita im Moment wohl erging.

Da war Darina nicht die einzige. Linda blickte auf ihre Armbanduhr. »Rita ist schon ziemlich lange weg«, sagte sie, und ihre Stimme hatte einen zufriedenen Unterton.

»Ist die Länge eines Verhörs ein Maßstab für die Schuld?«, fragte Gray. »Wie lange waren Sie dort drin, Professor?«, seine Stimme klang herausfordernd.

»Etwa fünfzig Minuten«, entgegnete Nicholas knapp und ließ offen, ob man nun darauf stolz sein oder sich Sorgen machen sollte. »Und Sie?«, kehrte er den Spieß um.

»Zirka eine Stunde«, Gray versuchte, seiner Stimme einen gleichmütigen Klang zu geben. »Sie haben mich über die Einzelheiten des gestrigen Abends so ausgequetscht, dass ich schon glaubte, sie würden Bracken hereinholen, um meine Aussage zu bestätigen. Als sie mich schließlich gehen ließen, geschah das nur mit der tröstlichen Versicherung, dass sie mich vielleicht noch einmal sprechen wollten.«

»Es ist eine so nervenzerrüttende Situation. Wie sie dasitzen und einen mit Fragen bombardieren – seit den ersten Folgen meiner Fernsehserie habe ich so etwas nicht mehr erlebt. Diesen Drink habe ich gebraucht, das kann ich Ihnen flüstern.« Charles schien sich von dem Schock über Digbys Kritik an seinem Restaurant erholt zu haben und genoss jetzt das Dramatische an der Situation.

Miss Makepeace sah beinahe krank aus. Sie schob den halbgeleerten Teller beiseite, schloss ihr Notizbuch und trank etwas Wein.

Darina stand auf und begann abzuräumen. Die Spannung am Tisch war fast greifbar.

Die Puddings lockerten die Atmosphäre etwas auf.

»Wenn das Symposium weitergegangen wäre, hätte es mehr Gerichte gegeben«, erklärte Nicholas, »und wir hätten das Süße mit dem Herzhaften gemischt wie gestern Abend. Es ist ziemlich anachronistisch, es so getrennt aufzutragen.«

»Eine Menüfolge à la Russe«, sagte Miss Makepeace unerwartet.

»So wurde es genannt, als diese Art des Servierens Mitte des neunzehnten Jahrhunderts eingeführt wurde.« Sie bekam wieder ein wenig Farbe, als sie sich für dieses Thema erwärmte. »In Russland und Skandinavien war es Sitte, jedes Gericht einzeln zu servieren, anstatt alles zusammen auf den Tisch zu stellen. Diese Praxis wurde auch bei uns allmählich bekannt. Gegen Ende des neunzehnten Jahrhunderts hatte sie sich aufgrund der steigenden Förmlichkeit der Einladungen völlig durchgesetzt.« Sie kostete den Möhrenpudding und wandte sich dann an Darina. »Verzeihen Sie mir, Miss Lisle, aber ich glaube, Sie haben insgesamt zu viel Zucker hineingetan. Bei Gerichten wie diesem hier wurde Zucker eher als Gewürz eingesetzt und nicht zum Süßen genommen. Es handelt sich nicht um die Art von Desserts, wie wir sie kennen.«

Nicholas nutzte die Gelegenheit, das Interesse der Tischgesellschaft am Essen wieder neu zu beleben, aber das Gespräch wollte nicht recht in Gang kommen, und man stand rasch vom Tisch auf, um den Kaffee in der Bar zu trinken.

Nachdem sie mit Frances alles wegen des Kaffees besprochen hatte, widmete sich Darina dem Geschirr auf dem Tisch. Gerade, als sie die unberührten Schälchen mit Himbeercreme auf ein Tablett stellte, kam Rita herein. Sie war blass aber gefasst.

»Darina, meine Liebe, gibt es noch ein Brötchen zu essen für eine erschöpfte Verdächtige?«

»Setzen Sie sich, und trinken Sie einen Schluck Wein. Ich schiebe Ihre Attlets nur rasch in den Ofen.«

Ein paar Minuten später servierte sie Rita die Spieße und trug Frances auf, dem Inspektor und dem Sergeant etwas zu essen zu bringen. Sie war froh, dass die übrigen Polizisten offenbar die Abtei verlassen hatten.

»Haben Sie Zeit, sich zu mir zu setzen?«, fragte Rita. »Ich hasse es, allein zu essen, weil ich es so oft tun muss.«

»Ich bringe nur noch die letzten schmutzigen Teller hinaus, damit man sie in der Küche abwaschen kann, und danach komme ich gern zu Ihnen.«

Darina trug ein Tablett voller Geschirr in die Küche und kam mit Ritas Huhn und Tauben zurück.

»Diese Austern waren gut. Wie sagten Sie noch nennt sich das Gericht?«

»Attlets.«

»Und woher stammt diese Bezeichnung?«

Darina nahm auf dem Stuhl gegenüber der Irin Platz und goss sich und ihr Wein ein. »Ich habe entdeckt, dass man sich im Französischen umschauen muss, wenn man in alten Rezepten die Bedeutung eines Wortes nicht genau kennt. Larousse verwendet die Bezeichnung Attlets für Silberspieße.« Rita nahm sich eine große Portion Huhn. Darina ließ sie ein paar Minuten essen und fragte dann vorsichtig: »Haben Digby und Sie sich gestern Abend wirklich gestritten?«

Rita schnitt eine Grimasse. »Nach meiner Unterredung mit dem Inspektor kann ich es nicht leugnen. Als Nicholas es gestern Abend durchaus nicht eilig zu haben schien, mit dem großen Mann zu sprechen, hielt ich es für eine ideale Gelegenheit, ihn um Mithilfe bei meiner Forschungsarbeit zu bitten. Also ging ich hinunter, und es wäre durchaus keine Übertreibung zu behaupten, dass er nicht gerade wohlwollend gelaunt war. Ein Wort gab das andere, und wir zankten uns wie Hund und Katze. Aber schließlich einigten wir uns, und es schien wenig Zweck zu haben, das heute Morgen zu erwähnen – schließlich war er heil und gesund, als ich ging. Ich hatte nicht gemerkt, dass dieser kleine Schwule an der Tür gelauscht hatte.«

»Aber Sie könnten die letzte gewesen sein, die ihn lebendig gesehen hat«, schloss Darina, »außer ...« Sie verstummte.

Rita nickte. »Außer dem Mörder natürlich. Falls ich nicht die Mörderin bin, heißt das. Es war dumm von mir, das ist mir jetzt klar. Ich hätte gleich sagen sollen, dass ich bei ihm war.«

»Nachdem ich die Bar verlassen hatte – wieviel Zeit war verstrichen, als Sie hinuntergingen?«

»Gray verkündete, dass er sein umnachtetes Biest hinausführen würde. Ich ging nach oben und packte die Notizen für mein neues Buch zusammen, für den Fall, dass Digby darüber sprechen wollte. Gray verschwand gerade durch die Vordertür, als ich wieder hinunterkam, und von dort ging ich schnurstracks zu Digbys Büro.«

»Wie lange waren Sie bei Digby?«

Rita stöhnte. »Genau dasselbe hat mich die Polizei gefragt. Ich habe nicht auf die Uhr geschaut, weil ich so aufgebracht war. Es hätten mehrere Stunden vergehen können, ohne dass ich es gemerkt hätte. Aber nach dem, was wir beide gesagt haben – und bestimmte Sätze haben sich förmlich in mein Hirn eingebrannt –, kann es nicht länger als zwölf Minuten gedauert haben. Das kann sehr lang sein.«

»Über was haben Sie gestritten?«

Ehe Rita ihr antworten konnte, kam Linda adrett wie immer ins Refektorium. Sie ging zu dem Stuhl, auf dem sie gesessen hatte. »Habe ich meinen Schal hier vergessen?«

»Ah, Miss Linda Stainmore!« Gift lauerte in Ritas charmanter Stimme mit dem irischen Akzent. »Gehen Sie nicht«, fügte sie hinzu, als die Produzentin den hauchdünnen Stoff aufhob und den Raum verlassen wollte, »ich möchte Sie noch etwas fragen.«

Linda zuckte mit den Achseln und blieb am Ende der Tafel stehen wie ein exotisches Insekt, das einen Augenblick innehält, ehe es zu einer interessanteren Pflanze weiterfliegt.

Rita wies auf den Stuhl neben Darina. »Setzen Sie sich lieber hin, es wird einige Zeit dauern.«

Linda musterte sie, zuckte dann ihre schmalen Schultern und nahm Platz.

Rita bestrich sich ein Stück Brötchen mit Butter, aß es und sah sie dann an. »Wie lange ist es her, dass Digby mit Ihnen Schluss gemacht hat?«

Linda erstarrte und wurde rot. »Wie bitte?«, fragte sie schließlich.

»Meine Liebe, Sie brauchen nicht die beleidigte Unschuld zu spielen. Ich war Ihre Vorgängerin. Ich weiß genau, wann es sich bei den Proben für seine neue Fernsehshow eigentlich um etwas interessanteres handelte. Und dann habe ich Sie in einem Restaurant gesehen. Es war nicht sehr klug von Digby, eine so dunkle Ecke für Sie beide zu wählen – das war viel zu offensichtlich.«

»Ich glaube, ich sollte nachsehen, wie weit man in der Küche ist.« Darina stand auf. Ihre gute Erziehung siegte über ihr Verlangen zu bleiben und zuzusehen, wie sich dieser vielversprechende Anfang weiterentwickeln würde.

Rita winkte ungeduldig ab. »Sie bleiben da. Ich hätte lieber eine Zeugin dabei, um späteren Missverständnissen vorzubeugen. Also, Miss Stainmore, entspannen Sie sich, und erzählen Sie uns die Wahrheit.«

Linda saß gespannt wie eine Feder da. »Wenn man mit einem Mann zu Abend isst, heißt das noch lange nicht, dass man auch mit ihm schläft. Wenn das der Fall wäre, würde halb London wegen Ehebruchs verklagt.«

Rita seufzte. »Ich habe nie erwartet, dass Digby seine Frau verlässt, aber ich war so närrisch zu glauben, dass er keine andere hatte. Was für Geschichten mir der Mann erzählt hat ...! Eine frigide Frau, die er nicht verletzen wollte, und außerdem hätte sie ja das Geld. Aber ich wäre die einzige Frau, die er wirklich lieben würde, die einzige Frau, mit der er seine tiefsten Gedanken teilen könnte ... und ich glaubte ihm. Es war schön, solange ich mit meinem Mann, dem armen Kerl, verheiratet war, aber dann ließen wir uns scheiden, und Digby fühlte sich bedroht.« Rita schob ihren Teller beiseite und griff nach einer Himbeercreme. »Ich wusste, dass es eine andere gab, und ich brauchte keine große Spürnase, um herauszufinden, dass Sie diejenige waren.«

Während Rita sprach, sackte Linda immer mehr in sich zusammen. Ihr Selbstvertrauen schrumpfte. Die Tünche blätterte ab. Ihr Gesicht wirkte plötzlich wie das eines Clowns. Ihr Kleid sah protzig aus. Verschwunden war der gelackte Profi. Auf dem Stuhl saß jetzt eine recht gewöhnlich aussehende, junge Frau in einem Haute-Couture-Kleid, das nicht zu ihr passte.

»Ich wiederhole meine Frage: Wie lange dauerte es, ehe Digby zu einer Neuen weiterwanderte?«

Linda versuchte, sich zusammenzureißen. »Ich glaube nicht, dass Sie das etwas angeht.«

»Und was lassen Sie so eifrig von Ihren geliebten kleinen Fernsehkameras aufnehmen? Eine Morduntersuchung! Und ich bin die Hauptverdächtige, also geht es mich sehr wohl etwas an.

Ich werde Ihnen sagen, was ich glaube: Sie kamen mit dem Vorsatz her, Digby wieder einzufangen. Glauben Sie etwa, ich hätte nicht die Blicke bemerkt, die Sie ihm zugeworfen haben und dazu der Flirt mit dem armen Professor? Auch ich habe das mal versucht, denn Digby hatte immer den Instinkt eines Straßenkaters – er ließ einen wie eine verdorbene Sardine fallen, wenn ein besserer Fisch vor seiner Nase auftauchte, aber wenn jemand anderes versuchte, einen aufzugabeln, war er sofort wieder zur Stelle und zeigte die Krallen. Aber auch das nur eine Zeit lang, und das war bei uns beiden schon lange vorbei.«

Linda starrte Rita an. Sie war ganz fasziniert, wie ein kleines Tier, das auf einer dunklen Straße sitzt und gebannt in die näherkommenden Scheinwerfer blickt.

»Wollten Sie es wirklich nicht noch einmal bei ihm versuchen? Sind Sie nicht hinunter in das Büro gegangen, nachdem ich ihn verlassen hatte? Und hat er sie nicht stärker verletzt als je zuvor? Schließlich gab es da noch diese charmante Schauspielerin, die er wie ein Huhn aufs Grillen vorbereitete und die er mit seinen Schmeicheleien einwickelte, bis sie bereit war. Er hatte für Ihre Annäherungsversuche so wenig Zeit übrig wie für meine Bitten um Hilfe. Sie waren furchtbar aufgebracht. Und wütend. Hatten Sie denn nicht die besten Jahre Ihres Lebens für diesen Mann geopfert? Und hatte er Sie nicht dort getroffen, wo es am meisten wehtut? Und war da nicht ein nettes scharfes Messer zur Hand?«

»Nein!«, schrie Linda die Irin an.

Rita lehnte sich zurück und betrachtete die zitternde, junge Frau mit zufriedenem Gesicht. »Nein?«, fragte sie sanft.

»Nein«, wiederholte Linda etwas leiser. Sie riss sich gewaltsam zusammen. »Okay, Sie hatten recht, was Digby angeht. Ich glaubte, er würde mich lieben. Zuerst waren es nur Proben, private Proben.« Rita warf ihr einen verächtlichen Blick zu. »Wirklich. Ich hatte ihm angeboten, sein Verhalten vor der Kamera zu verbessern, und das tat ich. Diese Serie machte Digby erst wirklich zum Fernsehstar. Aber wir verliebten uns. Und auch damit hatten Sie recht – ich glaubte wirklich, dass er es ernst meinte. Ich hatte auch gar keine Zeit für eine lockere Affäre. Wenn man in der Fernsehwelt vorankommen will, ist totale Hingabe erforderlich.

»Ich hatte es nie besonders leicht«, Lindas Hand zitterte, als sie nach einem Glas griff und sich Wein eingoss, »ich bin auf die harte Tour nach oben gekommen, ohne Studienabschluss. Ich habe als Praktikantin angefangen. Und wir bildeten ein großartiges Team. Ich hatte alle möglichen Ideen für Programmserien und Videos mit Digby, wir hätten zusammen Karriere machen können.« Sie schwieg. »Als man mir eine Beförderung nach Bristol anbot, sagte ich Digby, ich würde sie ablehnen, frei arbeiten und zusammen mit ihm meine Ideen entwickeln.« Linda sah Darina gequält an. »Da sagte er mir, es wäre alles zu Ende. Es gäbe zwar keine andere, aber es erschiene ihm mir gegenüber unfair, unsere Affäre weiterzuführen, wenn er doch seine Frau nie verlassen würde. Natürlich versicherte ich ihm, dass es mir egal wäre, wenn ich ihn nie heiraten könnte, aber dann teilte er mir mit, dass er einen Exklusivvertrag mit einer Produktionsfirma über mehrere Kochvideos abgeschlossen hätte. Damit war das also auch gelaufen. Selbst zu diesem Zeitpunkt schaffte er es noch, mir glaubhaft zu versichern, dass er das nur für mich getan hätte – ich sollte auf keine Weise an ihn gebunden sein.

Mir blieb nur übrig, den Job in Bristol anzunehmen.« Sie verstummte. Weder Rita noch Darina sagten ein Wort.

»Das war dann wirklich das Ende. Aber immer, wenn Digby nach Bristol kam, rief er mich an, und wir gingen zusammen essen – um der alten Zeit willen, pflegte er zu sagen.« Linda verzog schmerzlich die Lippen. »Dann starb seine Frau. Ich dachte, er würde herunterkommen oder zumindest anrufen, aber bis vor wenigen Wochen, als er mich wegen dieses Wochenendes anrief, hörte ich nichts von ihm. Ich habe mich so gefreut, ich glaubte, er wollte wieder mit mir zusammenkommen. Ich überredete meinen Chef, nicht bloß einen Beitrag von ein paar Minuten zu drehen, sondern ein Feature von einer halben Stunde zu machen. Als ich herkam, merkte ich, dass Digby überhaupt nichts mehr von mir wollte. Er wollte mich einfach nur benutzen. Genau wie früher.«

Einen Augenblick lang glaubte Darina, dass Linda in Tränen ausbrechen würde. Das Kleid gab jetzt eine Schulter frei, und ihr Lippenstift war verschmiert, denn sie hatte nach Beendigung ihres Berichts mit der Hand darübergewischt. Aber Linda blinzelte, richtete sich auf und blickte Rita direkt in die Augen.

»Und Sie hatten Recht mit Ihrer Vermutung, aus welchem Grund ich mich anfänglich sehr stark auf Nicholas konzentriert habe. Ich dachte, ich könnte Digby vielleicht eifersüchtig machen. Aber inzwischen mag ich Nicholas wirklich. Er ist wundervoll. Er besitzt Verstand, ist gebildet und will sich wirklich mit mir unterhalten!« Kindliche Verwunderung sprach aus ihrem Gesicht, und sie erzählte das voll scheuer Würde. Darina war gerührt.

Rita seufzte. »Sie wollen also damit sagen, dass Sie einfach die Tatsache, dass Digby Sie nur als Zwischenspiel benutzte, akzeptieren und stattdessen Ihre Aufmerksamkeit unserem Akademiker zugewandt haben. Und Sie dachten nicht einen Augenblick daran, Ihren ganzen Charme einzusetzen, um Digby zurückzugewinnen?«

Linda wurde rot. »Vielleicht habe ich mal dran gedacht, aber ich hatte ja keine Gelegenheit dazu.« In ihren Augen standen Tränen.

»Nun ja, ich hoffe, dass Sie der Polizei gegenüber einen überzeugenderen Bericht liefern können«, erklärte Rita zweifelnd. Sie wirkte müde, die zarte Haut war zerknittert wie Papier, die Falten um ihren Mund waren noch tiefer, und Darina wurde klar, dass sie weit über Vierzig sein müsste.

Linda stand auf und hüllte sich achtlos in den Schal. »Es kümmert mich nicht, was Sie denken, sondern nur, was geschehen ist. Jetzt gehe ich zurück in die Bar«, verkündete sie trotzig und verließ den Raum.

Rita wandte sich an Darina. »Glauben Sie das?«

»Denken Sie wirklich, dass sie die Mörderin sein könnte?«

»Ich weiß nur zu gut, wie mordlustig ihre Gefühle Digby gegenüber hätten sein können – also warum nicht? Als ich ihn verließ, war er noch am Leben.«

»Warum wollte Digby nur ungern mit Ihnen über Ihr Vorhaben sprechen? Das klingt so gar nicht nach ihm, er versuchte immer gut Freund mit ...« Darina hielt einen Moment inne, weil sie nicht wusste, wie sie sich ausdrücken sollte.

»Mit seinen abgelegten Geliebten zu bleiben, meinen Sie?«, ergänzte Rita säuerlich. »Nun ja, da gab es einen unglücklichen Vorfall bei einer Nachmittagssendung fürs Fernsehen, die wir kurz nach unserer Trennung zusammen machten. Ich muss allerdings hinzufügen, dass es sich nicht um eine von Lindas Produktionen handelte. Sie wurde in einem Studio im Norden gedreht. Wir wollten Rezepte mit Eiern vorführen. Es war eine dieser zehnminütigen Kurzsendungen – live und vor Publikum. Und er ließ vor laufender Kamera mein Soufflé fallen. So ein Soufflé haben Sie noch nie gesehen – es war wunderbar hoch aufgegangen. Er sollte es noch nicht einmal anfassen, aber er musste es aus dem Ofen nehmen. Er hatte sich sehr über meinen großen Anteil an der Sendung aufgeregt. Aber war es meine Schuld, dass dem Produzenten meine Ideen besser gefielen als seine? Ich schwöre, dass er es absichtlich fallengelassen hat. In einem Moment war mein Soufflé höher als das Empire State Building, und im nächsten lag es auf dem Boden des Studios!

Ach, und wie zerknirscht er aussah! Er bückte sich sogar, um die Überreste aufzulesen. Und da brach alles aus mir heraus, was er mir angetan hatte. Ich griff nach einer Kupferschüssel voller Eier und stülpte sie über seinen Kopf. Die Schweinerei war göttlich! Er benahm sich plötzlich ganz würdevoll, und ich wirkte dadurch natürlich wie ein Fischweib. Das war das letzte Mal, dass mich jemand für eine Fernsehsendung engagiert hat. Haben Sie nie davon gehört?«

Darina schüttelte den Kopf. »Das muss passiert sein, als ich für ein paar Monate im Ausland war. Das ist sicher nicht eine der Geschichten, mit denen Digby geprahlt hat. Schade, dass sie mir entgangen ist! Ich hätte ihn so gerne mit Ei im Gesicht gesehen.«

Rita kicherte. »Es war ein Anblick, der mich in den darauffolgenden Monaten ungemein tröstete. Ich habe es auf Video und kann es Ihnen gerne mal zeigen.« Ihr Lachen perlte wie Champagnerbläschen.

»Für mich war das das Ende einer ziemlich vielversprechenden Karriere. Na ja, sie war schon jahrelang bergab gegangen. Meine Fernsehserie kam zu früh, noch bevor man Sendungen übers Kochen zur Hauptsendezeit ausstrahlte. Und meine Bücher trafen nicht den Geschmack der Sache. Um Ihnen die Wahrheit zu sagen: Nachdem meine Ehe den Bach heruntergegangen war, hatte ich oft Probleme, alles zu bezahlen. Ich hatte geglaubt, diese Sendung mit Digby könnte mir einen neuen Anfang bescheren. Stattdessen scheint sie das Ende gewesen zu sein.

Und Sie machen sich keinen Begriff davon, wie es einen kaputtmacht, wenn man dauernd zurückgewiesen wird. Noch schlimmer ist es, wenn man Freunden, die einen fragen, was man gerade so macht, nichts Positives erzählen kann. Ist Ihnen eigentlich klar, dass die eigene Identität von dem, was man erreicht hat, abhängt? Wenn man nichts tut, ist man ein Nichts. Und das war alles Digbys Schuld.« Sie stützte die Arme auf den Tisch, legte das Kinn in die Hände und blickte an die Wand. Dann richteten sich ihre Augen wieder auf Darina.

»Endlich habe ich einen Verleger für ein Buch gefunden. Ich habe über die Küche in irischen Landhäusern geschrieben und eine Mischung aus alten und neuen Rezepten zusammengestellt. Er ist sehr begeistert davon und hat den Vorschlag gemacht, dass ich das gleiche für die englischen Landhäuser machen soll. Deshalb habe ich mich für dieses Wochenende angemeldet. Um mich zu informieren, und weil ich glaubte, Digby könnte mir ein paar Kontakte vermitteln, oder dass ich ihn dazu überreden könnte, mir um der alten Zeit willen eine Einleitung zu schreiben. Sein Name auf dem Cover hätte die Verkaufszahlen enorm steigen lassen.

Aber als ich gestern Abend bei ihm anklopfte, merkte ich bald, dass er die Geschichte mit den Eiern nicht vergessen hatte. Im Vergleich zu dem, was er mir angetan hatte, war das wirklich nur eine Winzigkeit! Und genau das habe ich ihm auch gesagt. Wie haben wir uns angebrüllt!« Ritas Stimme klang außerordentlich zufrieden. »Ich sagte ihm, er sei selbstsüchtig, würde Menschen benutzen, sie aussaugen und sie dann, ohne einen Gedanken an sie zu verschwenden, wegwerfen. Und da wurde er plötzlich völlig anders. Er entschuldigte sich, meinte, dass er sich benommen hätte wie ein Scheißkerl und versprach mir, alles zu tun, was in seiner Macht stünde, um mir zu helfen. Ach, was hatte dieser Mann für einen Charme! Es war das erste Mal, dass er sich bei mir entschuldigt hatte. Ich war drauf und dran, alles zu vergeben und zu vergessen ...« Ein wehmütiges Lächeln erhellte ihr Gesicht, doch dann wurde es wieder hart. Als ich heute Morgen erfuhr, dass er ermordet worden war, war das ein ziemlicher Schock.«

Das Wort »Mord« hing in der Luft und vergiftete die Atmosphäre wie ein Virus. Darina stand auf. »Sind Sie mit dem Essen fertig? Ich muss die Reste noch in die Küche bringen.«

»Natürlich. Ich helfe Ihnen.« Rita stand auf, und zusammen räumten sie den Tisch ab.

Kapitel 15

Als Darina und Rita in die Bar kamen, war Miss Makepeace in eine angeregte Diskussion mit Nicholas vertieft. Sie unterhielten sich über die Authentizität der Rezepte in Anne Hughes Bericht über ihr Leben als Farmersfrau gegen Ende des achtzehnten Jahrhunderts. Linda saß – wieder adrett wie stets – neben ihnen und blickte Nicholas, den neuen Mann in ihrem Leben, unverwandt an.

Gray saß etwas abseits in einem Sessel. Er las. Neben ihm befand sich ein Stapel Bücher, und auf einem kleinen Tisch lag ein aufgeschlagenes Notizbuch. Er hielt einen Bleistift in der Hand, und ab und zu notierte er sich etwas oder unterstrich eine Passage.

Charles irrte ziellos durchs Zimmer, schaute sich die Bilder an der Wand an, griff nach einer Zeitung, überflog die erste Seite, warf sie wieder hin und blieb schließlich an der Bar stehen. Seine Hand klopfte einen Marsch auf die Theke.

»Endlich! Wir haben schon gehört, dass unsere hellhäutige, irische Maid noch auf freiem Fuß ist. Kommen Sie, und trinken Sie einen Brandy mit mir. Ich gehe Ihnen mit gutem Beispiel voran. Wir feiern, dass Digbys Artikel über mein Restaurant nicht gedruckt worden ist, ja?« Er sprach die Worte sehr sorgfältig aus.

»Oh«, staunte Darina, »dann haben Sie wohl herausgefunden, dass der Artikel nicht abgeschickt wurde?«

Charles goss Cognac in zwei Gläser. »Eigentlich nicht, aber ich glaube jetzt, da er tot ist, kann man ihn einfach nicht mehr drucken, oder?«

Darina hielt es für wahrscheinlicher, dass er jetzt gerade gedruckt werden würde, sagte aber nichts, nahm dankend ihr Glas entgegen und sah zu, wie er mit der Flasche herumging und entgegen der halbherzigen Proteste jedes Glas neu füllte. Sie nippte an dem hervorragenden Brandy und dachte darüber nach, dass man vorsichtig sein musste, sonst waren hinterher alle ebenso betrunken wie Charles.

Rita gesellte sich zu Nicholas und Miss Makepeace und bewies eine Sachkenntnis, die ebenso groß war wie die der beiden. Darina nahm in einem Sessel an der Seite Platz und betrachtete die Irin eingehend. Wie seltsam es war, dass sowohl Linda als auch Rita Digbys Geliebte gewesen sein sollten. Zwei so unterschiedliche Frauen, aber keine von beiden schien es gekümmert zu haben, dass Digby verheiratet war. Nur ihre eigenen Gefühle hatten für sie gezählt.

Konnte eine der beiden Frauen Digby umgebracht haben? Ritas Geschichte war sehr überzeugend gewesen. Doch wenn sie vor der Fernsehkamera so erfolgreich gewesen war, dann besaß sie auch schauspielerisches Talent. Und zweifellos hatte sie dort reaktionsschnell sein müssen und sicher auch gelernt, sich zu verstellen, um Katastrophen von Zeit zu Zeit zu vertuschen – Katastrophen, die nicht so an den Lebensnerv gingen wie die, die Digby verursacht hatte. Es war nur allzu wahrscheinlich, dass er das Soufflé absichtlich fallengelassen hatte. Wenn man ihm seine Wünsche nicht erfüllte, konnte er sehr boshaft sein.

Wie grausam von ihm. Kein Wunder, dass Rita so übel reagiert hatte. Sie hatten sich beide zum Narren gemacht. Aber es war Rita gewesen, die auf lange Sicht darunter gelitten hatte. Hatte sie endlich an Digby Rache nehmen können? Hatte er sich ihr im Zimmer der Haushälterin genähert und in ihr die Demütigung, die sie bei ihrem letzten Zusammentreffen erlebt hatte, wieder wachgerufen? Darina hatte plötzlich das Bild ihres Vetters vor Augen, wenn er einen seiner Wutausbrüche hatte. Er konnte dann durchaus angsteinflößend sein. Hatte Rita nach dem Messer gegriffen, um sich zu verteidigen und ihn dann vielleicht erstochen?

Nein, dachte Darina. Sie konnte sich vorstellen, dass Rita in einer Mischung aus Angst und Wut zustieß, sogar, dass sie Digby dabei umbrachte. Aber Darina hielt sie nicht für fähig, Digby tot oder sterbend zurückzulassen, danach Charles' Hand zu verbinden, seelenruhig die Aufmerksamkeit auf Digbys Abwesenheit zu lenken und auch noch Sympathie für Nicholas zu äußern. Das verlangte eine Kaltblütigkeit, die die Irin ihrer Meinung nach nicht besaß.

Mit Linda war das schon etwas anderes. Sie konnte sich vorstellen, dass sie verbittert und frustriert nach dem Messer griff, ihm den Todesstoß versetzte und danach völlig gelassen das Zimmer verließ. Wie sehr hatte sie Digbys Benehmen ihr gegenüber erbittert?

Darina stellte die Frage, wer Digby getötet hatte, zurück und widmete sich dem Wie. Wenn das Messer im Affekt ergriffen worden war, dann musste der Täter doch direkt neben dem Tisch gestanden haben, oder? War der Mörder auf ihn zugegangen? War es nicht wahrscheinlicher, dass Digby auf den Täter zugegangen war? In diesem Fall wäre der Körper neben dem Tisch niedergesunken. Darina versuchte sich daran zu erinnern, wo die Leiche gelegen hatte, als sie sie heute Morgen gefunden hatte, konnte sich aber nicht mehr genau daran erinnern. Das musste sie unbedingt nachprüfen. Wenn die Leiche am Tisch gelegen hatte, war Mord wahrscheinlicher als Notwehr. Und was würde das beweisen? Dass der Täter wahrscheinlich einer der Männer war?

Nicholas aufgebrachte Stimme riss sie aus ihren Gedanken. »Sie wissen nicht, was Sie da sagen, Miss Makepeace.«

Darina blickte auf. Der Professor und Miss Makepeace saßen sich wie kämpfende Truthähne gegenüber. Beide waren vor Erregung rot im Gesicht, und die Haarsträhnen, die Nicholas so sorgfältig über seine Glatze gekämmt hatte, waren außer Form geraten.

Miss Makepeace holte tief Luft, sah aus, als wollte sie etwas sagen, schien aber für einen Augenblick die

Sprache verloren zu haben. Sie holte noch einmal Luft und sagte dann ruhig und betont: »Ich weiß genau, worüber ich rede. Digby Cary hat mein Buch gestohlen, und ich kann es beweisen. Fragen Sie doch Miss Lisle.«

Alles blickte auf Darina.

»Nun«, wollte Nicholas wissen, »was haben Sie zu dieser lächerlichen Behauptung zu sagen?«

»Nach dem, was ich von Miss Makepeace weiß, kann ihr Anspruch meiner Meinung nach bewiesen werden. Es besteht auch die Möglichkeit, dass ihr Originalmanuskript in Digbys Haus gefunden wird.« Sie gab den anderen eine kurze Inhaltsangabe von Miss Makepeaces Buch und den Übereinstimmungen bei Digby.

Die Ohren des Professors röteten sich, und er blies die Wangen auf. Es sah so aus, als würde sein Gesicht im nächsten Augenblick explodieren. Dann sagte er: »Das werde ich nicht zulassen. Der Skandal würde das Ende der Gesellschaft bedeuten. Digby hat bereits genug Schaden angerichtet, als er noch lebte, er wird der Gesellschaft ganz sicher nicht aus dem Grab den Todesstoß versetzen.«

Es herrschte betretenes Schweigen.

»Aber was wird aus Miss Makepeace?«, fragte Darina.

»Was ist mit ihr?« Er sprach so, als wäre sie überhaupt nicht anwesend. Sein Blick schweifte überallhin – nur nicht auf sie. »Wie kann sie es wagen, den Vorsitzenden des Plagiats zu beschuldigen?«

»Nicholas«, Rita beugte sich vor, »haben Sie sich nicht überlegt, dass ihre Behauptung durchaus stimmen könnte? Als ich das Buch letzte Woche las, war mein erster Gedanke: Wo zum Teufel hat er die Zeit hergenommen, um diese ganze Forschungsarbeit zu leisten? Ich meine – können Sie sich Digby vorstellen, wie er sich hinsetzt, jeden einzelnen Namen und den exakten Gebrauch für all die verschiedenen Arten mittelalterlicher Torten notiert? Dariolen, Flans, Torten, Urnen – nichts wurde ausgelassen.«

»Urnen?« Charles schauderte zierlich zusammen. Er lehnte immer noch an der Bar, aber sein ganzer Körper war gespannt wie eine Violinsaite und bebte von der Erregung, die im Raum schwang.

»Das war nur die Bezeichnung für ein Behältnis«, erklärte Rita ihm ungeduldig, »damals schwang in diesem Begriff noch kein makabrer Unterton mit.«

»Digby liegt jetzt in seinem letzten Behältnis.« Charles kicherte heiser.

»Eine tiefe Urne«, murmelte Miss Makepeace. Als alle sich ihr zuwandten, fügte sie hinzu: »Das stand früher in jedem Rezept: Man nehme eine tiefe Urne.«

Nicholas beachtete sie gar nicht. »Ich zweifle nicht daran, dass Digby mittels seiner Erziehung und Gelehrsamkeit durchaus in der Lage war, dieses Buch zu schreiben – ganz gleich, was er sonst noch zu tun hatte.«

»Ach, kommen Sie«, protestierte Rita, »Sie wissen doch so gut, wenn nicht sogar besser, als alle anderen hier, dass Digbys Gelehrsamkeit« – das Wort triefte nur so vor Ironie – »nur sehr oberflächlich war. Der Mann hat doch nie etwas ausgewertet. Er saugte Fakten und Stimmungen in sich auf wie ein Schwamm, und dann pickte er sich mit unbeirrbarem Instinkt das Bunteste heraus – genau wie die Verkäuferinnen in den fünfziger Jahren – und machte daraus eine gute Story.« Sie sah Nicholas herausfordernd an.

Er stand auf und wandte sich an Miss Makepeace. »Miss Lisle und Miss Moore haben Sie ja anscheinend überzeugt, aber ich werde Digbys Autorenschaft an dem Buch jedermann gegenüber bezeugen. Meiner Meinung nach ist Ihr Manuskript in der Post verlorengegangen. Es war sehr unbedacht von Ihnen, keine Kopie behalten zu haben, und ich muss Sie bitten, diese grundlosen Anschuldigungen zu unterlassen, sonst werden Sie die Konsequenzen tragen müssen. Wenn Sie wieder nüchtern sind, kommen Sie ja vielleicht wieder zur Vernunft.« Auf Nicholas' Stirn pochte eine purpurrote Ader. Er richtete einen flammenden Blick auf die Gestalt, die hoch aufgerichtet in ihrem Sessel saß und mit braungebrannten Händen die Armlehnen umklammerte. Dann drehte er sich um und verließ den Raum.

Aber als er sich der Tür näherte, rief Gray ihm nach: »Übereilen Sie nichts, Professor. Es wäre höchst unglücklich, wenn es zu einer Wiederholung des Falles Jameson käme.«

Nicholas fuhr mit verzerrtem Gesicht herum. Er blieb stehen, bemühte sich, zu sprechen, gab es dann auf und stürzte aus dem Zimmer.

Linda sprang auf und folgte ihm.

Miss Makepeace sank mit kreideweißem Gesicht zurück in ihren Sessel.

»Ist alles in Ordnung?« Darina kniete neben ihr nieder und griff nach der wettergegerbten Hand. Sie war eiskalt.

»Trinken Sie einen Schluck!« Charles hielt ihr ein weiteres Glas Brandy unter die Nase.

Miss Makepeace keuchte, blickte auf den Brandy und stieß in dann abrupt weg. Der Alkohol spritzte über Charles' gesunde Hand.

»Ich habe genug getrunken«, verkündete sie, »mehr als genug.« Sie lallte etwas. »Aber ich weiß, wo ich stehe. Ich werde weiter für meine Rechte kämpfen. Wenn der Professor glaubt, er könnte mich einschüchtern, dann irrt er sich.« Einen Moment lang schien sich ihr ganzer Körper zu verkrampfen, und sie schloss einen Augenblick lang die Augen. Als sie sie wieder aufschlug, sah sie Darina an. »Wäre es möglich, heiße Milch zu bekommen?«, flüsterte sie.

Darina nickte. »Natürlich, Miss Makepeace. Warum gehen Sie nicht hinauf und nehmen eine Ihrer Schlaftabletten? Ich bringe Ihnen die Milch so schnell es geht.«

Die ältere Frau legte eine Hand auf ihre Stirn. »Ich glaube, das werde ich tun. In meinem Kopf scheint ein Stierkampf stattzufinden.« Sie stand auf und ging in Richtung Tür. Dabei stolperte sie fast über einen kleinen Hocker.

Charles streckte die Hand aus, um sie zu stützen. Sie schlug sie genauso weg wie das Glas Brandy. »Rühren Sie mich nicht an, Sie unnatürliche Karikatur eines Mannes! Ich brauche keine Hilfe!« Würdevoll klemmte sie ihre Tasche unter den Arm und verließ gelassen den Raum.

»Ich glaube kaum, dass sie eine Schlaftablette braucht. Miss Landei sollte lieber die Finger vom Saufen lassen.«

Charles' Stimme klang unbeschwert und gemein, sein Gesicht war weiß und ausdruckslos. Er sah auf das Glas, das er auf den Tisch neben ihrem Sessel gestellt hatte, hob es hoch und trank es aus. Dann stellte er es wieder hin und verließ die Bar.

»Gut!«, rief Rita. Ihre grünen Augen funkelten. »Ich glaube, ich sorge besser dafür, dass sie sicher nach oben kommt.«

Darina war jetzt allein mit Gray. »Was meinten Sie mit dem Fall Jameson?«

Er sah sie unbehaglich an. »Das war vielleicht ein bisschen unfair von mir. Es gab nie einen Beweis, aber Nicholas erschien mir so selbstgerecht, und Miss Makepeace war so wehrlos.« Er kritzelte in seinem Notizbuch herum. Darina wartete.

Er erzählte: »Es geschah, während ich an meiner Doktorarbeit saß. Im archäologischen Institut gab es einen großen Streit über die Methodologie. Nicholas stand auf der einen Seite und ein neuer Mann mit brillantem, ständig wachsendem Ruf auf der anderen. Wissen Sie Bescheid über akademische Streitigkeiten und Rivalitäten? Also, das lässt politische Streitigkeiten wie einen sauberen Sport für Gentlemen aussehen! Die ganze Uni schien darin verwickelt zu sein, und aus gut informierten Kreisen wurde verlautbart, dass Jameson Nicholas überlegen sei und kurz davor stand, einen Schatten auf die bis jetzt so makellose Karriere des Professors zu werfen. Dann verschwand Jameson plötzlich und überließ Nicholas das Feld. Langsam sickerte durch, dass man ihn gebeten hatte zu gehen, nachdem dem College anonyme Briefe zugegangen waren, in denen er des sexuellen Missbrauchs von Kindern beschuldigt wurde.«

»Und Sie glauben Nicholas hätte die Beschuldigungen gegen ihn vorgebracht?«

Gray nickte.

»Zu Recht?«

»Soweit ich es herausfinden konnte, wahrscheinlich nicht. Jameson reichte eine Klage wegen unrechtmäßiger Kündigung ein, es gab eine Menge Gerüchte, aber ich glaube, selbst die Polizei ist der Sache nie auf den Grund gekommen. Der Fall wurde schließlich zu den Akten gelegt, und ein paar Monate später wurde Jameson tot aufgefunden. Er starb an einer Überdosis. Es gab keinen Abschiedsbrief, und so wurde der Totenschein auf Tod durch Unfall ausgestellt. Aber er hatte keinen neuen Job mehr gefunden, und das ganze College triefte vor Mitgefühl. Nicholas benahm sich, als hätte Jameson nur Selbstmord begangen, um ihn in Verlegenheit zu bringen. Eine Zeitlang stand er auf etwas wackligen Füßen, aber es gab keinen Beweis, und nach ein paar anderen akademischen Skandalen wuchs schließlich Gras über die Sache.« Grays Stimme war ruhig und gelassen, aber sein Bleistift durchbohrte das Papier, als er komplizierte Muster in sein Notizbuch malte. Schließlich brach die Spitze ab.

Er stand auf und ging an die Bar. »Darf ich Ihnen noch einen Drink anbieten?«

Darina schüttelte den Kopf. »Danke, aber ich muss gehen und Miss Makepeace ihre heiße Milch machen. Ich werde versuchen, etwas Honig dafür aufzutreiben, denn ich glaube, sie könnte ein wenig Fürsorge und Beruhigung brauchen.«

Er goss sich einen großen Brandy ein. »Also diesen Giftwurm Childe hat sie ganz ordentlich abblitzen lassen.«

»Ich dachte, er würde sie schlagen. Wie halten Sie es nur in einem Zimmer mit ihm aus?«

»Nur unter Schwierigkeiten. Wenn ich so darüber nachdenke, ist es auch gar nicht mehr nötig – im Anbau stehen viele Betten leer. Ich glaube, ich ziehe dorthin und nehme Bracken mit.« Er schüttete den Drink hinunter, und sie verließen zusammen die Bar.

Als sie in die Halle traten, blieb Gray stehen. »Ich glaube, ich werde noch einmal kurz mit der Polizei sprechen«, verkündete er und klopfte an die Tür des Verhörzimmers. Darina sah ihn überrascht an, verließ aber schnell die Halle, als sich die Tür öffnete.

Kapitel 16

In der Küche stellte Darina einen kleinen Topf mit Milch auf den Herd und machte sich dann auf die Suche nach Honig. Hinten in einem der Küchenschränke fand sie ein Glas aus Deutschland. Das deutsche Wort Tannenhonig stand auf dem Etikett, und darüber war ein Bienenstock abgebildet. Es konnte keinen Zweifel darüber geben, dass es sich um Honig handelte, aber Darina kannte die Bedeutung des Wortes Tannen nicht. Sie gab ein paar Löffel davon in einen Becher und fügte die fast kochende Milch hinzu. Dann rührte sie darin, um die klebrige, dunkle Masse aufzulösen. Sie leckte den Löffel ab. Was auch immer das für ein Honig sein mochte – er schmeckte leicht nach Harz. Sie konnte nicht genau sagen, ob ihr dieser Geschmack gefiel oder nicht. Darina stellte noch einen Teller mit Plätzchen auf das Tablett.

Als sie durch die Halle ging, öffnete sich die Tür des Verhörzimmers und Sergeant Pigram erschien.

»Miss Lisle, hätten Sie wohl bitte einen Moment Zeit für uns?«, fragte er freundlich.

Darina erklärte ihm, wohin sie wollte und fragte, ob die Frage, worum es sich auch handeln mochte, nicht warten könnte, bis sie ihre Milch abgeliefert hätte. Doch er nahm ihr das Tablett aus den Händen, stellte es auf einen Tisch und schob sie sanft in das Zimmer. »Sie können es ihr hinterher bringen«, sagte er.

Beide Schreibtische lagen voller Papiere. Es waren Berichte, Digbys Akten und Notizen jeder Art. Sowohl der Inspektor als auch der Sergeant sahen müde aus.

»Mr. Wyndham hat uns von einem Vorfall berichtet, der uns seiner Meinung nach interessieren könnte«, sagte Grant so präzise wie stets, während er ihr bedeutete, sich zu setzen. Seine Erscheinung war immer noch untadelig, während Sergeant Pigram seine Krawatte gelockert und den obersten Knopf seines Hemdes geöffnet hatte.

Darina nahm niedergeschlagen Platz. Was hatte Gray den beiden erzählt?

»Ich gehe davon aus, dass Sie mehr über die Sache mit Miss Makepeace und das Buch des Verstorbenen wissen als jeder andere. Würden Sie uns bitte genau darüber berichten?«

Darina sah ihn überrascht an. Warum hatte Gray es für nötig geheilten, die Polizei zu informieren? Glaubte er wirklich, Miss Makepeace könnte die Mörderin sein? Oder versuchte er, sie auf Nicholas aufmerksam zu machen und darauf, wie eifersüchtig er auf Digby gewesen war?

Darina riss sich zusammen und gab in einem präzisen Bericht den Inhalt des Gespräches, das sie gestern Abend mitangehört hatte, und ihrer Unterhaltung mit

Miss Makepeace am heutigen Abend wieder. Nachdem sie geendet hatte, setzte sich der Inspektor hin und musterte sie lange. Dann sagte er: »Sie wissen wohl, dass Sie sich schuldig gemacht haben, nicht wahr? Sie haben Beweismaterial zurückgehalten, das entscheidend zur Aufklärung eines Mordfalles beitragen könnte.«

Etwas langsam erklärte Darina ihm, dass sie es nicht für wichtig gehalten habe.

Grant seufzte erschöpft. »Vielleicht sollten Sie mir das Urteil darüber überlassen, ob etwas wichtig ist oder nicht.«

»Wenn ich es Ihnen erzählt hätte, hätten Sie doch nur gedacht, ich würde versuchen, den Verdacht von mir abzulenken, nicht wahr?«, fuhr Darina trotzig fort. Hatte Gray etwa genau das versucht?

Der Inspektor warf ihr einen kühlen Blick zu. »Überlassen Sie es doch besser uns, sich ein Urteil über das Beweismaterial zu bilden.« Er schien noch etwas sagen zu wollen, besann sich dann aber anders. »Gut, Sie können gehen«, schloss er barsch.

Darina konnte auf dem Weg zur Tür seinen Blick im Rücken spüren. Als sie die Tür öffnete, rief er sie zurück. »Noch eins – wir haben weitere Informationen über den Besitz des Verstorbenen erhalten.«

»Ich weiß über den Treuhandfonds Bescheid«, erwiderte sie knapp.

»Ach wirklich? Wissen Sie auch, dass das Haus in Chelsea nicht dazugehört? Das werden Sie erben. Und ist Ihnen klar, dass es wahrscheinlich eine dreiviertel Million Pfund wert ist?« Er blickte sie forschend an.

Darina war plötzlich sehr müde. Die Ereignisse heute waren, vorsichtig formuliert, ziemlich beunruhigend gewesen, und sie war sehr, sehr früh aufgestanden. Was es bedeuten würde, wenn sie Digbys Haus erbte, wurde ihr gar nicht richtig klar. »Wenn das alles ist ...«, sagte sie und verließ den Raum. Keiner der beiden hielt sie auf.

Darina hob den Becher Milch hoch. Er war fast kalt. Seufzend ging sie in die Küche zurück, schüttete die Milch zurück in den Topf, erwärmte sie, füllte sie in den Becher und brachte sie nach oben.

Miss Makepeace hatte ein altmodisches Nachthemd über ihren massiven Körper gezogen und saß aufrecht im Bett. Sie wirkte zwar müde, war aber trotzdem noch hellwach. Sie hatte die Brille abgenommen, und ohne sie sahen ihre Augen nackt und verletzlich aus.

Sie griff nach dem Becher. »Wie lieb von Ihnen. Mary brachte mir oft heiße Milch. Sie hat mich immer beruhigt.« Sie nahm eine Tablette aus einer Flasche auf dem Nachttisch, steckte sie in den Mund und schluckte sie ohne Wasser hinunter. »Es fällt mir schwer zu glauben, dass sie tot ist. Bevor sie starb, habe ich nie Tabletten genommen. Ich hielt nichts davon. Aber ich schlief überhaupt nicht mehr, und der Arzt meinte, das wäre nicht gut.« Sie trank einen Schluck Milch. »Die Milch hat einen komischen Geschmack. Was ist drin?«

Darina erzählte ihr von dem deutschen Honig.

»Ach, die Tanne ist ein typisch deutscher Nadelbaum. Der Honig wird aus den Tannen gewonnen.«

Natürlich, dachte Darina, Tannenbaum!

»Während unseres Urlaubs im Schwarzwald haben wir auf den Märkten Verkaufsstände damit gesehen«, fuhr Miss Makepeace fort. Sie war in ihr Kissen gesunken und wirkte entspannter. »Es war der erste und einzige Urlaub, den Mary und ich je zusammen gemacht haben. Wir waren so glücklich! Wenn wir das Geld zusammengekriegt hätten, wären wir dieses Jahr wieder ins Ausland gereist. Die Wege des Herrn sind manchmal nur schwer zu verstehen.« Sie strich mit einer gebräunten Hand das Laken glatt.

»Ist es nicht auch etwas wert, dass Sie zumindest einen Urlaub gemeinsam verbracht haben, an den Sie gern zurückdenken?«, fragte Darina zaghaft.

Die braunen Augen musterten sie. »So habe ich es noch nie gesehen. Ich werde darüber nachdenken, während ich versuche, Schlaf zu finden. Vielleicht hilft mir das ja, meine Gedanken von diesem vermaledeiten Buch loszureißen.« Ihr Blick wurde schärfer und schien Darina förmlich zu durchbohren. »Wenn Sie den Professor heute noch einmal sehen, können Sie ihm ausrichten, dass ich für meine Rechte kämpfen werde. Er soll nicht glauben, dass er mich einschüchtern kann.«

»Bravo!«, spendete Darina ihr Beifall.

Miss Makepeace hielt ihr den Becher hin. »Danke, meine Liebe. Ich habe zwar ausgetrunken, bin aber froh, dass ich nichts von diesem Honig gekauft habe. Aber es war sehr lieb von Ihnen, dass Sie mir die Milch gebracht haben«, fügte sie hastig hinzu.

»Kann ich Ihnen noch etwas bringen?«

»Nein danke, jetzt werde ich wohl zur Ruhe kommen.«

Als Darina in den ersten Stock herunterkam, lief Linda mit rotem Gesicht auf sie zu. »Haben Sie Nicholas gesehen?«, rief sie. »O Gott!«, brach es aus ihr heraus, als Darina den Kopf schüttelte. »Ich kann ihn nirgendwo finden. Er ist hinausgegangen, nachdem er die Bar verlassen hatte. Er wollte nicht auf mich warten, und ich habe ihn in der Dunkelheit verloren. Das ist nur die Schuld dieser verdammten Frau. Gerade, als es so gut mit uns lief!«, klagte sie, und Tränen stiegen in ihre ohnehin schon verschwollenen Augen. Ehe Darina noch etwas sagen konnte, drehte sie sich um, rannte in ihr Zimmer und knallte die Tür hinter sich zu.

Darina seufzte und setzte ihren Weg nach unten fort.

In der Küche stellte sie den Becher in die Geschirrspülmaschine, wusch den Topf ab und überprüfte die Vorbereitungen für morgen früh. Als sie sich gerade fragte, für wieviel Polizisten sie morgen wohl würde kochen müssen, klopfte es an die Tür, und der große Sergeant trat ein. In den Händen trug er ein Tablett mit schmutzigem Geschirr.

»Für heute haben wir Schluss gemacht«, sagte er und stellte das Tablett auf den Tisch. Dann nahm er die schmutzigen Teller und brachte sie zur Spüle. »Ich dachte, es wäre Ihnen eine Hilfe, wenn ich das hier herunterbringe.«

»Das war sehr nett von Ihnen. Nein, nicht hierher, das gehört in den Geschirrspüler.« Darina öffnete die

Tür des Geräts, nahm ihm die Teller aus den Händen und begann sie einzuräumen.

»Als ich das Personal sah, das Ihnen hier zur Verfügung steht, dachte ich, dass Sie solch ein Gerät hier wahrscheinlich gar nicht stehen haben«, meinte er und reichte ihr die Gläser.

»Das Dumme ist, dass die Maschine so lange läuft. Es ist keiner dieser Geschirrspüler, wie sie in der Gastronomie eingesetzt werden.« Darina klappte die Tür zu. »Kann ich Ihnen etwas anbieten? Kaffee? Tee?«

»Oder heiße Milch?«, grinste er sie an. »Gerne, ein Kaffee wäre mir höchst willkommen.« Er nahm am Tisch Platz und sah ihr zu, wie sie die Herdabdeckung abnahm und den Kessel aufsetzte. Er lehnte sich zurück, verschränkte die Hände hinter dem Kopf und fühlte sich scheinbar genauso wohl, als säße er in seiner eigenen Küche.

Darina fragte ihn, ob der Inspektor wohl auch einen Kaffee wollte, als sie die Bohnen herausnahm und in die Mühle füllte. Einen kurzen Augenblick musste sie daran denken, wie Nicholas sich heute Morgen über den Lärm beim Kaffeemahlen beschwert hatte.

Doch dann fing der Sergeant an zu sprechen, und die Erinnerung verblasste. »Nein, er ist schon hinüber in den Anbau gegangen und hat es mir überlassen, hier abzuschließen ... Ich bin in dem Zimmer von Digby Cary untergebracht. Die Spurensicherung hat es heute Nachmittag bereits wieder freigegeben. Wenn es also heute Nacht irgendwelchen Ärger gibt, werde ich derjenige sein, dessen Schlaf gestört wird.«

Wie freundlich er jetzt aussah, da er die offizielle, einschüchternde Miene abgestreift hatte, die er während des Verhörs zusammen mit dem Inspektor an den Tag gelegt hatte. »Ärger?« Sie mahlte die Bohnen und schüttete dann den gemahlenen Kaffee in eine Cafetiere.

»Och, Angriffe von Hunden, grobe Kritik von Professoren – so etwas in der Art.«

Zu ihrer eigenen Überraschung musste sie lachen. Als das Wasser kochte, nahm sie den Kessel vom Herd, wartete einen Augenblick und goss dann das heiße Wasser auf den Kaffee, setzte den Deckel mit dem Druckkolben auf und brachte die Kanne zusammen mit zwei Bechern hinüber zum Tisch. Sie ließ die Cafetiere kurz stehen, drückte dann den Kolben herunter und goss den Kaffee in den Becher. Milch, Zucker oder Plätzchen lehnte der Sergeant ab.

»Mein Kindermädchen hat mir immer verboten, zwischen den Mahlzeiten zu essen.«

Darina musterte seine schlanke Gestalt. »Sie müssen sich doch wohl keine Sorgen um ihr Gewicht machen, oder?«

»Man sagt, aus jedem Pfund, das man vor seinem fünfunddreißigsten Geburtstag zulegt, werden fünf, wenn man fünfzig ist«, erwiderte er salbungsvoll. Als Darina sich ein weiteres Lächeln abrang, betrachtete er sie genauer. »Sie müssen vollkommen fertig sein. Dieser Tag muss die Hölle für Sie gewesen sein.« Seine Stimme war voller Mitgefühl.

»Och, eine Leiche zu finden, Mittagessen für zirka sechzig Leute zu kochen und Hauptverdächtige in einem Mordfall zu werden gehört ständig zu meinem Job«, entgegnete sie fröhlich.

»Wir müssen die Zeugenaussagen überprüfen«, antwortete er sanft. »Übrigens – auf dem Messer war wirklich ein Fingerabdruck von Ihnen. Auf der Klinge kurz vor dem Heft. Der Griff war natürlich abgewischt worden.«

»Das mit den Aussagen verstehe ich schon, aber was ist mit den Menschen? Muss der Charakter jedes einzelnen in Ihre Beurteilung nicht auch mit einfließen?«

Er blickte auf seine Tasse hinunter. »Das ist der springende Punkt. Verbrechen werden schließlich von Menschen begangen. Menschen mit Komplexen, Sehnsüchten, Ängsten. Menschen, die durch ihre Erziehung, durch gewisse Umstände konditioniert wurden. Aber Menschen ändern manchmal durch eine Bedrohung oder einen bestimmten Vorfall ihr normales Verhalten. Unter Stress können sie völlig abnorm reagieren. Während wir also versuchen, die Beteiligten zu verstehen, müssen wir uns doch zunächst vornehmlich auf die Aussagen der einzelnen konzentrieren. Und am Ende zählen vor Gericht nur die Fakten. Bei der Ergründung des Motivs ist der Charakter allerdings sehr wichtig. Was einen Menschen zum Mörder werden lässt, kann bei einem anderen völlig uninteressant sein.«

Darina saß nachdenklich da, und er beobachtete sie.

»Dann versuchen Sie also, das zu beweisen, was Ihnen die Verdächtigen über sich selbst verraten«, sagte sie.

»So ungefähr. Wir machen uns ein Bild von dem Opfer, von seinem Charakter, seinen Lebensumständen. Oft ist Geld die Ursache für ein Verbrechen, deshalb überprüfen wir zunächst, wer vom Tod des Opfers profitiert und ob der- oder diejenige vielleicht Geld braucht. Eifersucht ist ebenfalls ein starkes Motiv, Rache auch ...« Er hielt inne.

»Reden Sie weiter«, drängte Darina.

»Zugleich«, fuhr er fort und legte die Hände um den Becher, als ob sie kalt wären, »schauen wir uns alle Beweise und die Aussagen ganz genau an und versuchen, zwischen den Zeilen zu lesen. Manchmal verrät der Zeuge unbewusst Dinge, die er eigentlich gar nicht erzählen will.«

»Was zum Beispiel?«

Er dachte einen Moment nach und lächelte sie dann an. »Sie haben uns heute Abend gesagt, dass Sie von Lady Sarahs Treuhandfonds wussten. Wir konnten daraus schließen, dass Sie sich mit Mr. Wyndham unterhalten haben mussten, denn er war der einzige, der es Ihnen erzählt haben konnte.«

»Aber das wussten Sie doch«, widersprach Darina. »Sie haben uns doch gesehen, als wir vom See kamen.«

»Aber nehmen Sie einmal an, ich hätte Sie nicht gesehen«, sagte er, »und nehmen wir weiter an, Sie hätten behauptet, den ganzen Nachmittag in der Küche Kartoffeln geschält zu haben.«

»Wenn das der Fall gewesen wäre, hätte ich Ihnen bestimmt nicht erzählt, dass ich über den Treuhandfonds Bescheid weiß«, meinte Darina zweifelnd.

»Ja, Sie besitzen vielleicht genug Weitsicht, um die Folgen einer solchen Aussage zu erkennen. Das ist nicht bei jedem der Fall, und manchmal sind die Leute einfach zu sehr mit anderen Überlegungen beschäftigt, um genau zu merken, was sie da für eine Katze aus dem Sack lassen.« Er sah wieder in seinen Kaffeebecher und fügte leise hinzu: »Ihre Aussage hat uns auch noch etwas anderes über Sie und Mr. Wyndham verraten.«

»Zum Beispiel?«

»Dass Sie sich innerhalb kürzester Zeit angefreundet haben, dass er jemand war, mit dem Sie reden konnten und dass Sie ihm gegenüber eine gewisse Loyalität empfinden, wenn es darum geht, seine Handlungen oder seine Beziehung zu anderen Mitgliedern der Gesellschaft zu beschreiben.«

Darina saß da und ließ die Bedeutung dessen, was dieser Polizist gerade gesagt hatte, auf sich wirken. Ihre Müdigkeit war vergessen. Ihr wurde bewusst, dass man die unterschwelligen Spannungen und Strömungen, die in der Gruppe der Verdächtigen herrschten, auch in einem ganz anderen Licht sehen konnte. Sie begann, die Aussagen und das Verhalten eines jeden mit den Augen der Polizei zu betrachten und erkannte, dass dadurch nicht nur der Charakter und die Motive der Anwesenden beleuchtet wurden, sondern dass zum Beispiel auch Betrugsmanöver durchaus erhellend sein konnten. Sie ließ den Tag Revue passieren und konnte förmlich sehen, dass manche Ereignisse im Licht und manche im Schatten lagen, was bestimmte Handlungen in den Vordergrund rückte und andere nebensächlich machte. Große Stücke der Landmasse begannen zu treiben und gerieten in Bewegung wie einst die prähistorischen Landmassen. Dabei wurden alte Muster zerstört und neue geschaffen.

»Mir ist es wichtig, dass der Mörder meines Vetters gefasst wird«, sagte sie.

Er nickte nur und akzeptierte die Logik hinter ihrem scheinbaren Trugschluss. »Ich weiß. Für uns ist es auch wichtig.«

Sie sah ihn offen an. »Glauben Sie, dass ich es gewesen sein könnte?«

Er hielt ruhig ihrem Blick stand. »Nein.«

»Und der Inspektor?«

Er lächelte verlegen und machte eine entschuldigende Handbewegung. »Sagen wir mal, es ist eine Möglichkeit, die er nicht ausschließen darf. Er kann sich nicht den Luxus erlauben, Menschen zu glauben.«

»An was glaubt er dann?«

»An Fakten. Aber das gilt auch unter umgekehrtem Vorzeichen. Er ist erst dann davon überzeugt, dass jemand ein Mörder ist, wenn er die Beweise hat, um das zu begründen.«

»Also hat er noch nicht vor, mich zu verhaften?«

Der Sergeant schüttelte den Kopf. »Wenn wir keine schlagenderen Beweise als die bisherigen in die Hand bekommen – nein.«

Sie saß da und musterte ihn, denn bis jetzt beschränkte sich ihr Eindruck von ihm auf seine Größe und seine dunklen, lockigen Haare. Sie sah ein schmales, intelligentes Gesicht mit breitem Mund. Ein

Mundwinkel war nach unten gezogen. Er hatte eine Hakennase und graue Augen. Sie funkelten silbrig und waren voller kleiner, dunkler Flecken. Sie sahen sie spöttisch an, hielten aber ihrem prüfenden Blick stand. Seine langen Finger lagen weiterhin um die jetzt leere Kaffeetasse.

»Warum sind Sie Polizist geworden?«, fragte Darina plötzlich, um sich darüber klar zu werden, warum er ihrer Meinung nach gar nicht wie einer aussah.

»Ich habe das unpassende Bedürfnis, mich in Dinge einzumischen, die mich nichts angehen«, erwiderte er leichthin.

»Wirklich?«

Er hielt ihrem Blick weiterhin stand, und plötzlich veränderte sich sein Gesichtsausdruck. »Sie wollen es wirklich wissen, nicht wahr?«

Sie nickte.

»Als ich aus Oxford kam, ging ich ins Außenministerium. Es lief alles darauf hinaus, dass ich einmal »unser Mann« in Paris, Moskau oder Peking werden würde. Aber nachdem ich ein paar Jahre lang in kleineren Botschaften Bleistifte gespitzt hatte, wollte ich an einen Ort, an dem mehr los war. Also stürzte ich mich ins Geschäftsleben und genoss für eine Weile den Druck, die Freude und das Geld. Dann begann ich langsam, mich zu fragen, was ich da eigentlich machte und was passieren würde, wenn ich vierzig wäre – ausgebrannt und entweder Millionär oder bankrott. Als ich anfing, darüber nachzudenken, wurde mir klar, dass ich die Menschen liebe, dass mich meine Sorge um mitmenschliche Beziehungen in das Außenministerium geführt hatte und nur Gier und Eitelkeit mir in den Weg gekommen waren. Mein Vater kennt den Chief Constable unseres Landkreises. Ich habe mit ihm ein langes Gespräch über das Leben bei der Polizei geführt und bin schließlich eingetreten.«

Jetzt begriff Darina, warum er so gar nicht ihrer Vorstellung von einem Polizisten entsprach. »Haben sich Ihre Erwartungen erfüllt?«

Er grinste, sein momentaner Ernst war verschwunden. »Zeitweise schon. Besonders, seit ich Detective Sergeant bei Inspektor Grant geworden bin. Er ist in vieler Hinsicht ein bösartiger Mensch – pflegt mich Bill zu rufen und ist der Meinung, er müsste es seinem Stab so schwer wie möglich machen, aber sein Verstand ist scharf wie ein Rasiermesser. Nichts entgeht ihm. In den drei Monaten, die ich mit ihm arbeite, habe ich mehr gelernt als in meiner übrigen Zeit bei der Polizei.«

Darina bot ihm noch etwas Kaffee an, und während er ihr seinen Becher hinhielt, damit sie ihn wieder füllte, meinte er: »Wir können Sie in unserem Team gut gebrauchen, denn Sie haben die Fähigkeit, Leute zum Reden zu bringen. Das ist in unserem Job von unschätzbarem Wert.«

Das erinnerte Darina an etwas. »Darf man das Zimmer der Haushälterin schon wieder betreten?«

»Wollen Sie da etwas holen?«

»Eigentlich nicht, ich habe mich nur etwas gefragt, das ist alles.« Darina hatte das Gefühl, sie könnte einem Detective Sergeant der Polizei wohl kaum sagen, dass sie die Lage eines Mordopfers überprüfen wollte.

Er musterte sie. »Sie wollen auf etwas Bestimmtes hinaus, das kann ich sehen. Soweit ich weiß, wird man morgen früh darin fertig sein.«

Was zu der Frage führte, für wieviel Polizisten sie morgen Mittagessen kochen musste.

»Sie müssen uns nicht bekochen«, sagte er sanft. »Nicht, dass wir Ihnen nicht dankbar wären, aber wir werden Entzugserscheinungen bekommen, wenn wir hier abfahren.«

»Werden wir morgen abreisen können?«

»Ach, das liegt nicht an mir, aber es ist mehr als wahrscheinlich.«

»Sie meinen, bis dahin wissen Sie, wer der Mörder ist?«

Er schüttelte bedauernd den Kopf. »Das bezweifle ich. Wir haben zwar die Mordwaffe, und das Wie ist kein Geheimnis. Aber das Warum und Wer sind nicht klar. So viele von Ihnen allen hatten eine Gelegenheit, und immer mehr von Ihnen hatten anscheinend auch ein Motiv, und es gibt verdammt wenig Beweise, die jemand Bestimmtes mit dem Mord in Verbindung bringen.« Er hielt einen Augenblick inne und fügte dann hinzu: »Ich sollte mich eigentlich nicht so mit Ihnen unterhalten. Wenn Grant mich hören könnte, würde er einen Anfall nach dem anderen kriegen.«

»Ich bin die Diskretion in Person«, versicherte Darina ihm feierlich.

»Das glaube ich Ihnen sogar.« Er sah sie an. »Ich möchte Sie bitten, mir gegenüber weniger verschwiegen zu sein.«

»Inwiefern?«

»Wie ich schon sagte, besitzen Sie die Begabung, Menschen zum Reden zu bringen. Ich bin sicher, dass Sie alles Mögliche über die anderen Leute hier herausgefunden haben, das uns enorm helfen könnte.«

Darina starrte ihn an.

»Ich weiß«, fuhr er fort, »Sie glauben, das wäre so etwas wie Petzen – aus der Schule plaudern und so. Deshalb haben Sie uns nichts über Miss Makepeaces Streit mit Digby Cary erzählt. Aber vergessen Sie das – betrachten Sie es lieber als Hilfestellung, um den Mörder Ihres Vetters zu fangen. Sie lassen dadurch einfach nicht zu, dass der Mörder davonkommt. Man kann von Ihnen nicht erwarten, dass Sie wissen, was wichtig und was irrelevant ist, aber wir haben die Ausbildung, um genau das richtig einzuschätzen.«

Er machte ihr klar, dass sie bis jetzt die Polizei auf der einen und sich selbst und die Symposiumsteilnehmer auf der anderen Seite gesehen hatte. Dass sie die Polizisten als Gegner behandelt hatte, denen man nicht mehr sagte als unbedingt nötig. War das deshalb geschehen, weil man sie als Hauptverdächtige angesehen hatte? Ganz sicher standen die Polizisten und sie auf der gleichen Seite. Sie wollten beide entdecken, wer Digby umgebracht hatte.

»So gesehen ist es mir unmöglich, Ihnen das abzuschlagen«, erwiderte Darina langsam. Aber, dachte sie, ich mag dich jetzt nicht mehr ganz so gern.

Sie erzählte ihm von Grays Geldnöten, von seiner Liebe zu Digbys Frau. Sie berichtete ihm von Ritas und Lindas langer Affäre mit Digby. Sie teilte ihm mit, dass Miss Makepeace sich wegen etwas Sorgen machte, das mit der Hundeattacke zusammenhing: wie sehr Nicholas anscheinend Digby seinen Erfolg geneidet hatte und wie überzogen seine Reaktion auf Miss Makepeaces Plagiatsvorwurf gegen Digby gewesen war. Und über den Konflikt über die Methodologie, der mit dem Tod eines anderen Professors geendet hatte.

»Und das wär's«, schloss sie. »Über Charles wissen Sie wahrscheinlich mehr als ich. Von ihm weiß ich nur, dass sein Restaurant wahrscheinlich nicht so erfolgreich ist und dass er ein Hauptverdächtiger wäre, wenn Digby ihm sein Geld hinterlassen hätte. Viel Ahnung vom Kochen scheint er bis auf die Errungenschaften aus dieser Fernsehserie auch nicht zu haben«, fügte sie hinzu.

William Pigram wollte natürlich wissen, um welche Fernsehserie es sich handelte, also erzählte Darina ihm das auch noch. Hinterher fühlte sie sich völlig ausgelaugt. Und sie mochte sich gar nicht. Trotz ihres Verlangens, den Mörder zu überführen, fühlte sie sich – genau wie der Sergeant es vorhergesagt hatte – wie eine Petze – schlimmer noch: wie eine Verräterin. Sie hatte der Polizei Dinge mitgeteilt, die man ihr wahrscheinlich nicht erzählt hätte, wenn sie Polizeibeamtin gewesen wäre. Das machte sie zu einer Spionin.

»Es tut mir leid.« Der Sergeant legte seine Hand auf die ihre. Darina riss ihre Hand zurück. Sie hatte zwar das Gefühl, sich kindisch zu benehmen, konnte aber nicht anders. »Ich weiß, es wird Ihnen nicht helfen, aber Sie haben nur Ihre Pflicht getan – sowohl als Staatsbürgerin als auch Ihrem Vetter gegenüber.«

Darina erwiderte nichts darauf, sondern stand auf, räumte die Kaffeebecher in die Spülmaschine, stellte sie an und prüfte nach, ob der Herd ausgeschaltet war.

William Pigram öffnete die Küchentür, die auf den hinteren Flur hinausging. »Sagten Sie, der Professor sei draußen? Ich werde sehen, ob ich ihn aufspüren kann. Ich wollte vor dem Schlafengehen sowieso noch etwas frische Luft schnappen.«

»Gute Nacht, Sergeant«, sagte Darina abweisend.

»Nennen Sie mich William.« Er hob grüßend die Hand und verschwand durch die Hintertür.

Kapitel 17

Darina ging nach oben. Obwohl sie so müde war, dass sie kaum einen Fuß vor den anderen setzen konnte, arbeitete ihr Verstand immer noch rasch und präzise. Ihr Bericht für den Sergeant hatte bestimmte Verhaltensmuster klarer hervortreten lassen, auch wenn man ihn ihr förmlich abgerungen hatte.

Aber sie war sicher, dass ihr irgendwo eine Einzelheit entging, die von höchster Bedeutung war. Vielleicht irgendein Gesprächsfetzen? Und wenn dem so war, was war es gewesen, und wer hatte es gesagt?

Sie betrat ihr Zimmer und fand nach etwas Suchen ein Blatt Papier und einen Bleistift. Sie brauchte jetzt einen Plan vom Ablauf der Ereignisse. Das konnte man in jedem Krimi, den sie bis jetzt gelesen hatte, nachlesen.

Sie hatte der Polizei erzählt, dass sie Nicholas Digbys Nachricht gegen zehn nach elf ausgerichtet hatte. Das wusste sie so genau, weil sie kurz vorher die Torte in den Ofen geschoben und auf die Uhr gesehen hatte. Da musste Digby noch am Leben gewesen sein, denn sie war ja erst zehn Minuten vorher zusammen mit ihm im Zimmer der Haushälterin gewesen.

Was war danach geschehen? Sie war in die Küche zurückgegangen und hatte mit den Vorbereitungen für den nächsten Tag begonnen. Sie hatte niemanden herunterkommen sehen, aber anscheinend war zumindest Rita über den Flur ins Zimmer der Haushälterin gegangen. Wann?

Die Gesellschaft in der Bar musste sich kurz nach ihrer Rückkehr in die Küche aufgelöst haben. Rita hatte angegeben, dass sie noch nach oben gegangen sei, um ihre Notizen zu holen, ehe sie sich auf die Suche nach Digby gemacht hätte. Also notierte sie: 23.15-23.20 Rita Moore trifft im Zimmer der Haushälterin ein. Ihre Auseinandersetzung mit Digby hatte laut ihrer Aussage zwölf Minuten gedauert. Also fügte sie hinzu: 23.30-23.35 Rita Moore kommt zurück in die Halle, geht die Treppe hoch und zu Bett.

Darina dachte einen Moment nach und schob ein: *23.15 Gray Wyndham holt den Hund aus dem Boilerraum und verlässt mit ihm durch die Vordertür das Haus. Er war Rita offenbar nicht begegnet, also konnte sie das 23.15 für ihre Ankunft im Zimmer der Haushälterin ausstreichen und es bei den 23.20 belassen.*

Was war mit Charles? Er war offenbar irgendwann heruntergekommen und hatte den Streit zwischen Rita und Digby belauscht. Daher konnte man aufschreiben: *23.25-23.30 Charles Childe hält sich im Flur vor dem Zimmer der Haushälterin auf.* Darina hörte auf zu schreiben. Hatte er länger vor der Tür gestanden oder war er gleich wieder nach oben gegangen?

Darina machte daraufhin ein Fragezeichen neben dieser Zeitangabe und schrieb in eine neue Zeile: *23.45 Darina Lisle geht zu Bett.*

Sie hatte die Küche durch die Tür an der Treppe verlassen, ohne jemanden zu sehen, aber das bedeutete nicht, dass niemand hinter der Flurbiegung gestanden hatte oder bei Digby gewesen war.

Zum ersten Mal bedauerte Darina, dass sie nicht zu Digby gegangen und ihm eine gute Nacht gewünscht hatte. Wäre er noch am Leben, wenn sie es getan hätte? Oder war der Mörder gekommen, nachdem sie zu Bett gegangen war?

00.05-00.10, schrieb Darina, *Charles Childe kommt die Treppe herunter und wird von Bracken angegriffen.*

00.10-00.15 Gray Wyndham bringt Bracken zurück in den Boilerraum und verschließt die Tür nicht richtig.

Wann war er in Ritas Badezimmer eingetroffen? Darina kaute ein wenig an ihrem Bleistift und schrieb dann hin: *00.20-00.25 Gray trifft in Ritas Zimmer ein.*

00.45 Gray Wyndham geht nach unten, um den Wagen zu holen.

00.50 Charles wird nach unten gebracht und in Grays Wagen gesetzt.

Darina überlegte. Sie hatte nicht eingetragen, wann Nicholas ins Bett gegangen war oder Miss Makepeace und Linda. Und was war mit Miss Makepeaces Erscheinen am Geländer? War das gewesen, nachdem Darina hinuntergegangen war, oder hatte sie hinuntergeschaut, als Darina noch im Bett lag und sich über den Lärm gewundert hatte? Sie fügte noch ein, dass sich zwischen 23.10 und 23.15 alle zum Schlafen zurückgezogen hatten und auch: *00.08 oder 00.12 Miss Makepeace schaut übers Geländer; 00.10 Darina Lisle geht nach unten.*

Darina saß da und studierte ihren Zeitplan. Die exakten Zeitangaben mochten nur grob geschätzt sein, aber die Zeitabfolge war im Großen und Ganzen wohl richtig. Was sagte ihr das?

In die Lücke, die zwischen 23.45 und der Zeit kurz nach Mitternacht klaffte, malte sie ein paar große Sternchen und drei Fragezeichen. Was war in diesem Zeitraum geschehen? War der Mörder heruntergekommen, nachdem Rita ins Bett gegangen war, hatte Digby getötet und war wieder nach oben gegangen, ehe Charles kurz nach Mitternacht herunterkam? Oder war der Mord danach verübt worden?

Aber dann bliebe noch die Sache mit dem Hund. Wann hatte er sich befreit? War erst einmal einige Zeit vergangen, ehe er gemerkt hatte, dass er sich aus seinem Gefängnis befreien konnte? Hatten ihn Schritte dazu veranlasst, sich einen Weg nach draußen zu suchen? Aber er hätte doch sicher eine Menge Lärm gemacht, wenn es so gewesen wäre, oder?

Sie musste versuchen, sich dem Fall auf andere Weise zu nähern.

Darina nahm sich ein neues Blatt Papier, schrieb die Namen aller Verdächtigen auf, daneben die Gelegenheit, die sie gehabt hatten, um den Mord zu verüben, und das Motiv.

Die Liste sah dann so aus:

Verdächtige(r)	Gelegenheit	Motiv
Gray Wydham	Als er den Hund um 23.15 holte? Sehr wenig Zeit. Als er um 00.10 mit dem Hund zurückkam?	Das Bedürfnis Sarah zu rächen und/oder weil er den Treuhandfonds brauchte
Rita Moore	Während ihres Streits mit Digby	Rache, Frustration, weil sie zurückgewiesen worden war
Nicholas Turvey	Nachdem Rita gegangen war. Oder nachdem Charles & Gray weg waren und Bracken sich noch im Boilerraum befand	Neid
Linda Stainmore	siehe Nicholas Turvey	Eifersucht, Rache, Frustration, weil sie zurückgewiesen worden war
Charles Childe	Nachdem Rita gegangen war. Wenn ja – warum kam er dann wieder nach unten, als Gray und Bracken von	Wollte verhindern, dass Digbys Kolumne erschien, Hass auf Digby. Hasste er Digby?

	ihrem Spaziergang zurückkamen? Hat er etwas Belastendes vergessen? Wenn ja, dann hat die Polizei bis jetzt noch nichts gefunden.	
Miss Makepeace	Nachdem Rita weg war. Oder nachdem Gray & Charles weg waren, falls Bracken etc.	Rache

Darina verglich die beiden Listen. Wie schade, dass man nie herausfinden würde, wie lange Bracken gebraucht hatte, um aus den Boilerraum zu kommen. Vielleicht konnte ihr Gray sagen, wie lange er brauchte, um neue Kunststückchen zu lernen. Falls Gray nicht selbst der Mörder war.

Die unwahrscheinlichste Verdächtige war unzweifelhaft die letzte Person auf der Liste. Wenn das hier jetzt ein Kriminalroman wäre, würde sich vermutlich herausstellen, dass Miss Makepeace die Mörderin wäre. Aber die Zeitfrage war etwas knifflig. Sie hätte immerhin aus dem zweiten Stock hinuntergehen und nach der Tat wieder hinaufgehen müssen. Andererseits war sie nicht in ihrem Zimmer gewesen, als Charles Childe nach unten ging. War sie da gerade von einem Ausflug ins Zimmer der Haushälterin zurückgekommen?

Darina tat diesen lächerlichen Gedanken ab und rieb sich die Augen. Es hatte wenig Zweck, sich heute Abend noch weiter den Kopf zu zermartern. Es würde ihr mehr nutzen, wenn sie jetzt schlafen ging. Sie griff nach ihrem Kulturbeutel und ging ins Bad.

Aber als sie endlich im Bett lag, kehrten ihre Gedanken unwillkürlich zu Miss Makepeace zurück. Was für eine erstaunliche Frau sie doch war! Diese Hingabe, mit der sie sich der Erlangung ihres akademischen Grades gewidmet hatte, und danach hatte sie so viele Jahre damit zugebracht, in mühevoller Kleinarbeit ihre Forschungsergebnisse zusammenzutragen. Wie konnte Digby ihr Vertrauen nur so grausam missbrauchen?

Aber er hatte schließlich auch Darinas Vertrauen missbraucht. Als sie im Bett lag, konnte sie die Erinnerung an jenen Abend, an dem ihr Vertrauen zu ihrem Vetter unwiderruflich zerstört worden war, nicht länger verdrängen.

Es war sechs Monate bevor bei Sarah Krebs diagnostiziert worden war geschehen. Digby war von einer Auslandsreise unerwartet früh heimgekehrt, und Sarah befand sich noch in Dorrington. Er hatte Darina angerufen und ihr vorgeschlagen, dass sie zusammen essen gehen könnten, falls sie Zeit hätte. Es war ein schöner Abend gewesen. Digby war äußerst charmant, und sie hatte seinen Vorschlag, noch einen Drink bei ihm zu Hause zu nehmen, in der Hoffnung angenommen, dass ihr der Abend die ideale Gelegenheit böte, ihn davon zu überzeugen, Sarah in Zukunft mehr Zeit zu widmen und seinen Namen aus den

Klatschkolumnen herauszuhalten. Stattdessen musste sie sich eines Verführungsversuchs erwehren, der ärger war als in ihren schlimmsten Träumen.

Sie hatte auf dem bequemen Sofa im Salon, der so hübsch mit sorgfältig gepflegten Antiquitäten möbliert war, Platz genommen. Dann hatte er die Bar geöffnet und zwei Cognacschwenker aus einer schwarzen Flasche großzügig gefüllt.

»Versuch das einmal und sag mir, was du davon hältst«, hatte er gesagt und sich neben sie gesetzt.

Sie hatte den Schwenker sanft gedreht, damit der Alkohol sich durch die Wärme ihrer Hand erwärmte und sich in dem vertrauten Zimmer entspannt und zufrieden gefühlt. Sie war glücklich, dass dieser Abend mit Digby so harmonisch verlief, etwas, das immer seltener geworden war, nachdem sie beobachtet hatte, welchen Schmerz er Sarah bereitete. Und nachdem sie gesehen hatte, wie die Machtstellung, die er in der Welt der Gastronomie innehatte, seinen Charakter verdarb.

Aber an diesem friedlichen Abend wurde die Atmosphäre durch nichts beeinträchtigt. Sie steckte ihre Nase in das Glas und ließ sich von dem schweren Bouquet berauschen. Dann hob sie überrascht den Kopf. »Das ist kein Brandy, oder?«

Digby sah sie zufrieden an. »Wofür hältst du es denn?«

Sie roch erneut daran, nahm einen kleinen Schluck in den Mund, ließ ihn über die Zunge rollen, damit ihre Geschmacksknospen das ganze Aroma kosten konnten. Schließlich fragte sie unsicher: »Rum?«

»Richtig! Es ist ein zwölf Jahre alter Jahrgangsrum. Soll bald auf den Markt kommen. Gut, nicht wahr?«

Darina trank ihn mit Genuss. Dann wurde ihr das Glas aus der Hand genommen, und Digby stellte es auf einen Tisch hinter dem Sofa. Selbst da hatte sie noch keinen Schimmer davon, was ihr bevorstand – sie ahnte es erst, als er mit einer Hand sanft unter ihre langen blonden Haare fuhr und ihren Nacken liebkoste.

»Darina, Liebling, ich habe so lange darauf gewartet, du bist so wunderschön.« Er zog sie mühelos an sich, und dann pressten sich seine Lippen auf die ihren. Zuerst nur sanft, doch als Darina klarwurde, was mit ihr geschah und sie anfing, sich zu wehren, küsste er sie immer leidenschaftlicher.

Selbst jetzt noch – zwei Jahre später – konnte Darina es nicht über sich bringen, sich an alles, was dann folgte, in allen Einzelheiten zu erinnern. Sie hatte ihre ganze Kraft einsetzen müssen, ihre Kleidung war zerrissen worden, und auf Digbys Wange prangten lange Kratzer. Sogar als ihre Finger in höchster Verzweiflung absichtlich Digbys Wange zerkratzten, hatte sie noch darüber nachgedacht, wie er das wohl Sarah erklären würde. Erst da merkte er, dass er seinen Willen nicht bekommen würde.

»Du bist eine Närrin«, sagte er, als sie vor dem Kamin stand, mit zitternder Hand ihre Bluse zusammenhielt und in der anderen einen Schürhaken hielt, mit dem sie auf ihn losgegangen wäre, wenn er es wieder versucht hätte. »Du empfindest das gleiche wie ich, wir gehören zusammen.«

»Und was ist mit Sarah?«, presste Darina mühsam, aber unmissverständlich heraus.

Digby versuchte, wieder zu Atem zu kommen und richtete seine Kleidung. »Sarah hat nichts mit uns beiden zu tun. Sie versteht, dass ich manches brauche, was sie mir nicht geben kann.«

»Wie schön für dich!«, rief Darina aufgebracht, und obwohl sie am ganzen Leib zitterte, war ihre Stimme scharf. »Du gestattest ihr, dir jeden Komfort zu bieten« – ihr Blick schweifte durch den eleganten Raum – »und suchst dir dann dein Vergnügen anderswo. Ich begreife nicht, warum sie bei dir bleibt. Sie ist zehnmal – nein, hundertmal mehr wert als du.«

Seltsamerweise wurde Digby wütend. »Ich dulde nicht, dass du so über Sarah sprichst!«

»Du ekelst mich an, Digby. Was immer ich jemals für dich empfunden habe, ist heute gestorben. Versuche nie mehr, mir etwas anderes beweisen zu wollen.«

Dann war sie gegangen, hatte in der Halle rasch ihren Mantel vom Haken gerissen und ihre Handtasche vergessen. Sie hatte zu Fuß heimgehen müssen. Selbst wenn es dreimal so weit gewesen wäre – sie hätte es nie über sich bringen können, zurückzugehen und sich Geld für ein Taxi zu holen.

Digby hatte ihr die Tasche am nächsten Morgen bringen lassen. Sie erfuhr nie, wie er die Kratzer erklärt hatte. Eine Zeitlang hatte Darina Ausreden erfunden, wenn Sarah sie um einen Besuch bat. Aber dann hatte Sarah sie geradeheraus gefragt, warum Darina ihr aus dem Weg ging. Da hatte sie die nächste Einladung angenommen, und langsam war wieder so etwas wie Normalität in ihre Beziehung zu Digby eingekehrt.

Als er ihr vorgeschlagen hatte, beim Kochen für das erste Jahressymposium der Gesellschaft zu assistieren, hatte sie nur mit bösen Vorahnungen eingewilligt. Aber er hatte sich makellos benommen. Erst nach Sarahs Tod hatte er wieder einen Annäherungsversuch gemacht, war aber auf unerschütterliche Abwehr gestoßen. Jetzt war auch er tot. Mit einem Tranchiermesser erstochen.

Jetzt spürte Darina nur noch das verzweifelte Verlangen, seinen Mörder aufzuspüren. Es war, als ob dieser Akt der Gewalt die eiternde Wunde, die sein Verrat ihr geschlagen hatte, ausgebrannt hatte.

Darina lag ganz ruhig in ihrem Bett, und ihr wurde endlich bewusst, dass sie sich an jenem Abend vor zwei Jahren zum Teil deshalb so vor ihm geekelt und solchen Abscheu empfunden hatte, weil sie in Wirklichkeit gewollt hatte, dass Digby mit ihr schlief. Sie hatte also nicht nur gegen ihren Vetter, sondern auch gegen ihren eigenen Körper kämpfen müssen.

Dann weinte sie – um den Digby, den sie geliebt hatte, und der unter der Schale der glatten Persönlichkeit versteckt gewesen war. Sie weinte um den charismatischen, jungen Mann mit dem brennenden Ehrgeiz und der Liebe zum Essen, dem es unmöglich gewesen war, auch nur eine der süßen Verlockungen auszuschlagen, die ihm sein großzügiges Leben angeboten hatte.

Mit tränennassem Gesicht fiel sie schließlich in den Schlaf der Erschöpfung.

Kapitel 18

Darinas kleiner Wecker schrillte erst um viertel vor sieben. Diese paar zusätzlichen Minuten Schlaf hatten jedoch nur wenig Auswirkung auf ihre Müdigkeit. Sie lag im Bett, kam langsam zu sich und versuchte, die Energie aufzubringen, ihre warme Höhle zu verlassen.

Regen klatschte gegen die Fensterscheibe, und graues Licht drang durch die Vorhänge. Dort, wo eigentlich Bilder mit Gartenmotiven aus der Vorkriegszeit hingen, konnte man im Moment nur dunkle Quadrate erkennen. Auch von der Lehne eines hohen Stuhles vor dem Schminktisch waren nur die Umrisse zu sehen.

Darina seufzte. Gestern um diese Zeit stand sie kurz vor der Entdeckung von Digbys Leiche, hatte abends zuvor die letzten Augenblicke einer ruhig ablaufenden Konferenz erlebt und nicht geahnt, dass das ganze Wochenende – und damit ihr Leben – völlig durcheinandergeraten würde.

Ohne dass sie es merkte, schwamm aus den Tiefen ihres Unterbewusstseins der Gesprächsfetzen, nach dem ihr erschöpftes Hirn gestern Abend gesucht hatte, an die Oberfläche wie ein Trüffelstück in klarer Brühe. Und ihr wurde bewusst, was damit gemeint ist, wenn man sagt, dass einem »das Blut in den Adern gefriert«. Alle Wärme schien aus ihrem Körper entwichen zu sein, und sie spürte nur noch die eisige Kälte des Todes.

Sie rührte sich nicht und überdachte das Faktum von allen Seiten, wenn es sich wirklich um ein Faktum handelte. Wenn es das bedeutete, was sie annahm, dann hatte sie den Mörder gefunden. Oder doch nicht? Könnte es nicht nur ein weiterer Besuch bei Digby gewesen sein, der verheimlicht worden war? Aber wie viele konnte es davon noch geben, wenn trotzdem noch genug Zeit für den Mörder übrigbleiben sollte? Diese Person musste es gewesen sein.

Andere Gesprächsfetzen aus den Gesprächen des Wochenendes kamen ihr in den Sinn und rundeten das Bild ab. Darina war jetzt davon überzeugt, dass sie den Mörder gefunden hatte.

Langsam stand sie auf, zog sich den Morgenrock an und ging ins Bad. Sie drehte den Hahn auf und ließ heißes Wasser in die Wanne. Dankbar glitt sie in die Wärme hinein und spürte langsam, wie die Eiseskälte ihren Körper verließ. Sie fühlte sich müder als zuvor, war aber ganz ruhig.

Das Problem war jetzt, wie sie weitermachen sollte, wie sie es beweisen sollte. Sie hatte keinen konkreten Beweis, nichts, was sie bei der Polizei angeben konnte. Ihr fiel das Verhör von Sergeant Pigram gestern Nacht ein.

Denn es war ein Verhör gewesen. Wie hatte sie nur glauben können, dass er einfach freundlich sein wollte, als er in ihre Küche kam und einen Kaffee trank? Trotzdem – sie musste zugeben, dass sie seitdem manches klarer sah.

Während sich ihr Körper in dem heißen Wasser entspannte, kam ihr ein anderer Gedanke in den Sinn. William Pigram konnte das, was sie ihm erzählte hatte, nicht einfach so akzeptieren. Er würde es von allen Seiten betrachten müssen, genauso, wie sie gelernt hatte, alles, was sie seit Beginn des Symposiums gehört hatte, unter neuen Gesichtspunkten zu betrachten. Er würde in Erwägung ziehen müssen, dass sie ihn auf eine falsche Fährte gelockt hatte, vielleicht missverstanden hatte, was man ihr erzählt hatte, oder dass ihr Urteilsvermögen durch Vorurteile getrübt worden war. Aus irgendeinem Grund fand sie diesen Gedanken tröstlich.

Widerwillig verließ sie die entspannende Wärme des Bades, trocknete sich ab und zog sich an. Dann ging sie nach unten.

Eigentlich war für das Frühstück am Sonntag Frumenty (ein süßer Brei aus Weizen, Milch und Gewürzen) vorgesehen gewesen, aber durch das gestrige Drama hatte Darina vergessen, den geschroteten Weizen einzuweichen. Deshalb musste der Brei wegfallen. Es waren aber immer noch Kräuteromeletts, Pfannkuchen und scharfe gehackte Nieren vorzubereiten. Während sie den Herd anstellte, fragte sich Darina, ob manche vielleicht nicht lieber gekochte Eier und Brötchen essen würden, verwarf diesen Gedanken aber sofort. Sie waren hergekommen, um historische Gerichte zu essen, und das würden sie auch tun, ganz gleich, wie viele Morde verübt wurden. Sie begann mit ihren Vorbereitungen.

Niemandem schien der Appetit vergangen zu sein. Den warmen Gerichten wurde herzhaft zugesprochen. Nicholas und Linda hatten das Refektorium vereint betreten und schienen wieder miteinander versöhnt zu sein. Sie saßen zusammen an einem Ende des Tisches, den Darina gedeckt hatte, und unterhielten sich glücklich über Pläne für die Gedenksendung für Digby.

Auf Ritas Teller türmte sich das Essen, und sie aß mit sichtlichem Genuss. Charles Childe war da zurückhaltender. Er hatte neben dem Sergeant Platz genommen. Als Darina leere Platten abräumte, konnte sie hören, wie er unentwegt über sein Restaurant sprach. William Pigram lauschte ihm mit scheinbar tiefem Interesse.

Sie trug ihr Tablett in die Küche. Als sie den Fuß der Treppe erreichte, hörte sie aufgeregtes Bellen. Als Darina um die Ecke bog, erblickte sie Gray mit Bracken, gefolgt von dem Inspektor. Der Hund begrüßte sie mit freudigem Gebell und riss in dem begeisterten Bemühen, zu ihr zu gelangen, seinem Herrn fast die Leine aus der Hand.

Darina stellte ihr Tablett auf einem der Schränke im Flur ab und bückte sich, um ihn zu streicheln.

»Sie haben einen Freund fürs Leben gefunden«, sagte Gray. Er sah aus, als hätte er nicht gut geschlafen – seine Augen blickten müde drein, und die Tränensäcke waren noch dicker als gewöhnlich. Er öffnete die Tür des Boilerraums und zerrte den widerstrebenden Hund hinein.

Der Inspektor sah so adrett und ordentlich aus, als hätte er volle acht Stunden in einem erstklassigen Hotel geschlafen. Er grüßte kurz und ging gleich weiter ins Refektorium.

Darina griff nach ihrem Tablett. Da ging die Hintertür wieder auf. Lindas Kamerateam kam herein und fragte nach dem Frühstück.

»Im Refektorium ist ein Tisch für Sie gedeckt, und ich bin gerade dabei, noch etwas zu essen hineinzubringen«, teilte Darina ihnen mit.

Als sie mit einem Nachschlag an Pfannkuchen, Omeletts und Nieren ins Refektorium kam, wurde sie von heiterem Gemurmel empfangen. Die Spannungen des gestrigen Abends schienen sich in Luft aufgelöst zu haben. Doch niemand schien sich mit dem Inspektor zu unterhalten. Er vertilgte gerade Nieren und Kräuteromelett. Dabei machte er keinen Versuch, ein Gespräch mit Rita zu beginnen, die zu seiner Linken saß. Der Platz zu seiner Rechten war unbesetzt.

Darina blickte sich am Tisch um. Miss Makepeace fehlte noch. Gewöhnlich war sie eine der Ersten beim Frühstück – hielt die Wirkung der Schlaftablette immer noch an? Nun ja, es sprach nichts dagegen, dass sie länger schlief, vielleicht hatte sie die zusätzliche Stunde nötig.

Niemand schien sich mit dem Frühstück beeilen zu wollen. Der erste, der aufstand, war der Inspektor. Er warf seinem Sergeant einen Blick zu, und William reagierte sofort auf dieses Zeichen, erhob sich ebenfalls und sah Linda an.

»Miss Stainmore, könnten Sie ein paar Minuten in sagen wir zehn Minuten für uns erübrigen?«

Linda lächelte nervös. Ihr Gesicht hatte die gleiche Farbe wie die falschen Perlen, mit denen der Kragen ihres leuchtendroten Kleides bestickt war. Nicholas tätschelte geistesabwesend ihre Hand. »Es wir schon gutgehen«, versicherte er ihr. Linda sah nicht besonders beruhigt aus.

Darina warf einen Blick in die Teekanne und nahm sie mit in die Küche, um sie neu zu füllen. Als der Wasserkessel kochte, begann sie ein Tablett zu decken. Sie würde Miss Makepeace das Frühstück bringen.

Zirka fünfzehn Minuten später klopfte sie an die Tür von Miss Makepeaces Zimmer. Alles blieb still. Sie klopfte noch einmal, diesmal lauter und rief: »Hier ist Darina Lisle, Miss Makepeace. Ich bringe Ihnen das Frühstück.« Schließlich drückte sie die Klinke herunter und stieß leise die Tür auf.

Die Vorhänge waren ganz zugezogen, und im Zimmer war es dunkel. Sie knipste das Licht an. Miss Makepeace schlief noch. Darina konnte ihr schweres Atmen hören. Sie stellte das Tablett auf die Kommode, auf der nur eine Haarbürste, ein Kamm und eine Flasche Haartöner standen, und zog dann die Vorhänge zurück. Es hatte aufgehört zu regnen. Der Wind hatte die Wolken auseinandergerissen, und die Sonne schien. Es sah aus, als ob es ein schöner Tag würde.

Miss Makepeace rührte sich immer noch nicht. Darina rüttelte sie sanft, fuhr aber zurück, als die schlafende Frau einfach auf den Rücken rollte. Ihr Mund stand offen, die Augen waren geschlossen und lagen seltsam tief in den Höhlen, ihr Atem ging jetzt keuchend. Die Oberlippe bebte, als der Atem unnatürlich stark aus dem Mund herausdrängte.

Darina packte Miss Makepeaces Schulter und schüttelte sie zuerst sanft und dann immer stärker. Der Kopf war schlaff auf das Kopfkissen gesunken, wie der eines toten Kaninchens, das einem wildernden Hund zum Opfer gefallen ist. Sie rief ein paarmal ihren Namen – brüllte ihn fast in das Ohr, das nichts zu hören schien. Sie rieb die wettergegerbten Wangen, wie ihr Vater es immer getan hatte, wenn er sie wecken wollte. Miss Makepeace wachte nicht auf. Im Gegenteil – ihr Schlaf schien immer fester zu werden. Darina spürte, wie Panik in ihr aufstieg. Sie dachte nach, lief schnell aus dem Zimmer und in den Verhörraum. Dabei machte sie sich nicht die Mühe, anzuklopfen. Grant blickte verärgert hoch, William schien besorgt zu sein, und Linda sah sie interessiert an.

»Es geht um Miss Makepeace«, sagte Darina, »wir müssen sofort einen Arzt rufen!« Ihr schwindelte, und sie hielt sich an der Rückenlehne eines Stuhles fest.

Sie nahm gerade noch wahr, dass der Inspektor an ihr vorbei aus dem Zimmer schoss und über die Schulter zurückrief: »Rufen Sie einen Arzt, Bill, und einen Krankenwagen! Niemand verlässt das Zimmer!« Sie sank in den Stuhl und hörte, wie der Sergeant telefonierte.

»Was ist mit Miss Makepeace los?«, fragte Linda völlig beherrscht, ganz die Nachrichtenproduzentin auf der Spur einer Story.

»Ich weiß es nicht.« Darina riss sich zusammen. »Sie scheint bewusstlos zu sein. Ich kann sie nicht wachkriegen.«

»Eine Überdosis Schlaftabletten?«, fragte Linda nüchtern.

Aber dann wurde sie aufgeregt. »Könnte sie Digby ermordet und dann den Entschluss gefasst haben, sich umzubringen?«

»Ich glaube, wir sollten nicht anfangen, darüber zu spekulieren«, meinte William Pigram ruhig, als er den Hörer auflegte.

Linda holte aus ihrer Tasche ein kleines Buch und einen Bleistift und schrieb sich etwas auf.

Der Sergeant griff wieder nach dem Telefon. Als er dem Krankenhaus mitteilte, wo man den Krankenwagen hinschicken sollte, streifte sein Blick Darina. Sie atmete wieder normal, und das Zimmer drehte sich nicht mehr um sie.

Als er den Hörer zum zweiten Mal auflegte, kam der Inspektor wieder herein. »Haben Sie den Arzt gerufen, Bill?«

»Er müsste in ein paar Minuten hier sein, Sir«, entgegnete der Sergeant.

Die Klingel vom Haupttor ertönte.

»Das kann noch nicht der Arzt sein, es müssen die Jungs von der Spurensicherung sein. Bill, machen Sie ihnen auf, und bitten Sie Watson und Stanton hierher.«

Ein großer, schlampig aussehender Mann, den Darina gestern im Zimmer der Haushälterin gesehen hatte, trat zusammen mit dem Sergeant ein. Den beiden folgte ein dünner Mann mit graumeliertem Haar.

»Watson, ich möchte, dass Sie hier bei Miss Stainmore bleiben. Unter keinen Umständen darf sie mit den anderen sprechen oder Anrufe tätigen. Stanton, wenn der Arzt kommt, bringen Sie ihn hoch in den zweiten Stock, dritte Tür rechts – vertun Sie keine Zeit, es geht um Leben und Tod.« Während er seine Anweisungen gab, blieb er ganz sachlich und nüchtern.

»Miss Lisle, Sie kommen mit uns.«

Grant ging aus dem Zimmer und die Treppe hinauf. Er scheint sich mit dem Gebäude mittlerweile sehr vertraut gemacht zu haben, dachte Darina, während sie sich bemühte, ihm zu folgen. Man sah ihm nicht an, dass er sich beeilte, aber er ging die Treppe sehr rasch hinauf.

Als sie in Miss Makepeaces Zimmer kamen, blieb Darina an der Tür stehen und blickte ihm und dem Sergeant nach, als sie zum Bett gingen. Miss Makepeace hatte sich nicht gerührt, und ihr Atem ging noch rasselnder als vorher.

Grant prüfte den Puls und hob ein Augenlid hoch. Er richtete sich auf. »Dieser Krankenwagen sollte langsam mal kommen«, sagte er.

Er sah sich im Zimmer um, und sein Blick fiel schließlich auf den Nachttisch. Darauf stand eine kleine Flasche, deren Deckel abgeschraubt war. Er kippte sie mit einem Bleistift aus der Innentasche seines Jacketts um. »Zwei sind noch drin«, sagte er und studierte das Etikett.

Einen Augenblick lang blieb er ruhig stehen, dann wandte er sich an Darina. »Wieviel hat sie gestern Abend getrunken?«

»Zwei, nein, drei Gläser Wein, vielleicht etwas mehr. Ich weiß nicht genau, wieviel sie beim Abendessen getrunken hat, und hinterher einen Brandy.«

»Wie ging es ihr, als Sie ihr gestern Abend die Milch hinaufbrachten?«, fragte William Pigram.

Grant fuhr auf. »Wie bitte?«

Sein Sergeant erklärte ihm, wobei sie Darina gestern unterbrochen hatten. Grant bat sie, den Vorfall in allen Einzelheiten zu beschreiben.

Sie hatte ihren Bericht noch nicht beendet, als Stanton den Arzt hereinführte. Er ging sofort zum Bett, stellte seine Tasche auf den Boden und hob wie zuvor Grant eins von Miss Makepeaces Augenlidern in die Höhe.

»Bringen Sie Miss Lisle zurück ins Verhörzimmer, Stanton, und kommen Sie danach hierher zurück«, befahl Grant.

Miss Makepeaces rasselnder Atem verfolgte sie noch auf der Treppe. Darina versuchte sich einzureden, dass das ein gutes Zeichen war.

Linda hatte aufgehört, sich Notizen zu machen und war rasend vor Ungeduld. Watson saß regungslos auf einem Stuhl an der Wand und bewachte sie.

Darina setzte sich ebenfalls und tat, was sie konnte, um Lindas aufgeregte Fragen abzuwürgen. Sie weigerte sich, eine plausible Erklärung für Miss Makepeaces gegenwärtigen Zustand abzugeben und weigerte sich, darüber zu spekulieren, ob sie die tödliche Dosis Schlaftabletten absichtlich genommen hatte. Aber in dem unbehaglichen Schweigen, das folgte, versuchte sie sich verzweifelt daran zu erinnern, wie Miss Makepeace am gestrigen Abend die Tablette aus der Flasche genommen hatte. Wie viele waren darin gewesen? Waren es mehr als ein oder zwei? Aber das hatte keinen Zweck – sie wusste lediglich, dass Miss Makepeace nur eine Tablette genommen hatte, während sie, Darina, sich im Zimmer aufgehalten hatte.

Ein Krankenwagen fuhr am Fenster vorbei und blieb vor der Haustür stehen. Linda stand auf und ging zum Fenster. Darina folgte ihr und blieb hinter ihr stehen.

Zwei Sanitäter mit einer Trage stiegen aus und wurden eilig hereingewinkt. Ein paar Minuten später wurde die Trage vorsichtig in den Krankenwagen geladen. Darauf lag eine überraschend kleine Gestalt unter einer roten Decke. Ehe die Trage ihrem Blick entschwand, konnte Darina nur noch ein weißes Gesicht sehen. Die Türen wurden geschlossen, und der Wagen raste, eine dramatische Staubwolke aufwirbelnd, unter Sirenengeheul davon.

Stanton kam wieder herein und führte sie nach oben.

Grant und Pigram standen neben dem jetzt leeren Bett. Das Bettzeug lag in einem Haufen davor. Der Arzt überprüfte gerade das Etikett der Pillenflasche auf dem Nachttisch.

»Wie geht es ihr?«, fragte Darina.

»Ihr Leben hängt an einem seidenen Faden«, erwiderte der Arzt. »Entschuldigen Sie mich, Inspektor, aber ich mache mich besser auf den Weg ins Krankenhaus. Sieht aus wie eine Überdosis Schlaftabletten, aber wenn diese Flasche hier das enthält, was draufsteht, dann hätte sie eine erstaunlich große Menge nehmen müssen, denn diese Tabletten sind sehr mild. Natürlich spielt der Alkohol, den sie gestern Abend getrunken hat, eine Rolle, er könnte die Wirkung der Tabletten verstärkt haben. Sobald es mir möglich ist, lasse ich Sie wissen, wie es um sie steht.« Er schloss seinen Koffer und verließ das Zimmer.

Grant wandte sich Darina zu. »Beenden Sie Ihren Bericht vom gestrigen Abend.«

Nachdem sie stotternd den Rest der Geschichte erzählt hatte, widmete er seine Aufmerksamkeit wieder der Pillenflasche auf dem Nachttisch. »Und das sind die Pillen, die sie genommen hat?«

»Pille«, verbesserte Darina, »ich habe sie nur eine Tablette nehmen sehen.«

Er blickte sie forschend an. »Wie war ihre Stimmung?«

»Schwer zu sagen, denn sie hatte mehr getrunken, als sie es meiner Meinung nach sonst tat. Sie vermisste ihre Schwester, die vor ein paar Monaten gestorben ist, und ich glaube, die beiden standen sich sehr nahe. Aber sie war fest entschlossen, die Urheberschaft an ihrem Buch zu beweisen.«

»Hm, nachdem Sie gegangen sind, könnte eine Depression sie gepackt haben – besonders nach diesem ganzen Alkohol – und sie könnte dann noch mehr geschluckt haben. Aber warum hat sie zwei Tabletten in der Flasche gelassen? Warum hat sie nicht alle genommen? Und es steht noch nicht einmal ein Glas Wasser hier.«

»Vielleicht ist sie ins Bad gegangen?«, meinte William Pigram.

»Die eine, die sie in meiner Anwesenheit genommen hat, hat sie ohne Wasser geschluckt«, sagte Darina.

Grant sah sich noch einmal im Zimmer um. »Ist etwas seit gestern Abend hier verändert worden?«, fragte er.

Sie sah sich um. Durch das unordentliche Bettzeug sah das Zimmer aus, als hätten Vandalen darin gewütet, aber sonst konnte sie keine Veränderung entdecken, was sie dem Inspektor auch mitteilte.

»Gut.« – Grant sah sich noch ein letztes Mal um – »Gehen wir wieder nach unten. Im Moment habe ich keine Fragen mehr an Sie, Miss Lisle, aber bleiben Sie in Reichweite.«

»Ich muss das Mittagessen kochen.«

Der Inspektor seufzte. »Alle Beteiligten an diesem Fall widmen dem Essen viel zu viel Aufmerksamkeit.« Er warf dem Sergeant einen scharfen Blick zu, der diesen aber keineswegs zu stören schien. Sie gingen – Pigram voran – die Treppe hinunter.

Im Refektorium waren die Symposiumsteilnehmer ganz von dem neuen Drama erfüllt. Darina wurde ein Empfang zuteil wie Paul Revere bei den amerikanischen Revolutionären, nur dass sie lange nichts so Dramatisches kundtun konnte.

»... und das ist alles, was ich weiß«, endete sie schließlich.

»Nun ja, es sieht so aus, als würde sie schließlich doch keinen Aufruhr in Ihrer kostbaren Gesellschaft verursachen.« Charles sah Nicholas boshaft an.

Der starrte nur blicklos auf den Tisch. »Was meinen Sie damit?«

»Digbys Buch! Wenn sie es nicht überlebt, kann sie nicht mehr behaupten, dass es ihres ist!«

»Ich hoffe, sie kommt durch«, sagte Darina barsch und ging hinunter in die Küche.

Rita folgte ihr. »Wie stehen ihre Chancen?«, fragte sie, als sie Darina im Flur einholte.

»Das weiß Gott allein, ihr Puls war sehr schwach, aber sie ist in jeder Beziehung eine starke Frau.«

Darina öffnete die Küchentür. Rita machte sich auf den Rückweg und prallte gegen Nicholas, der gerade mit einem Tablett voll schmutzigen Geschirrs aufgetaucht war. Er gab einen Warnruf von sich, sie fing das Tablett auf, und gemeinsam gelang es ihnen, das klirrende Porzellan festzuhalten.

Aber dabei hatte Rita ihre Handtasche fallenlassen. Sie schlidderte über die Fliesen, und der ganze Inhalt ergoss sich auf den Boden. Darina kam ihnen zu Hilfe, nahm ihnen das Tablett ab und brachte es auf dem Küchentisch in Sicherheit.

Als sie wieder in den Flur kam, sammelten Nicholas und Rita gerade die unzähligen Sachen ein, die die irische Autorin offensichtlich für unerlässlich hielt: ein paar Lippenstifte, Kompaktpuder, zwei Notizbücher, ein Spiegel, drei Kugelschreiber, eine kleine Flasche Tabasco, eine leere Pillenflasche, eine Brieftasche, ein Portemonnaie, ein Behältnis für Kreditkarten, ein Schweizer Taschenmesser, einen Bleistiftspitzer, Briefmarken, ihren Führerschein und ein kleines Stofftier.

»Was für einen Müll ich mit mir herumtrage«, lachte Rita, während sie alles wieder in die Tasche räumte, »es ist höchste Zeit, dass ich sie mal wieder aufräume.« Sie stopfte die letzten Sachen hinein, dankte ihnen und ging wieder ins Refektorium.

Nicholas blieb mit Darina zurück. Er folgte ihr in die Küche und stand wie ein verlegener Storch daneben, als sie begann, die Spülmaschine einzuräumen. Schließlich sagte sie: »Was ist los, Nicholas?«

»Ach, um Missverständnissen vorzubeugen, wollte ich Ihnen nur sagen, dass ich mir große Sorgen um Miss Makepeace mache.«

Darina starrte ihn an. »Sie wollen mir also klarmachen, dass Sie sich wirklich Sorgen um sie machen und nicht hoffen, dass sie stirbt, um nicht mit der möglicherweise unangenehmen Geschichte um Digbys Buch konfrontiert zu werden. Warum sollte ich so etwas überhaupt denken?«

Er wurde rot. »Ich glaube, niemandem von Ihnen ist klar, welchen Schaden ein solcher Skandal in der Gesellschaft anrichten kann.«

Darina war mit ihrer Geduld am Ende. »Haben Sie nie daran gedacht, Nicholas, dass es der Gesellschaft sehr gut tun könnte, wenn Sie sie unterstützen oder es zumindest einmal ernsthaft nachprüfen würden? Und jetzt entschuldigen Sie mich wohl, ich muss das Mittagessen vorbereiten. Frances kann jeden Moment kommen, und ich möchte dieses Geschirr aus dem Weg haben, bevor sie eintrifft.«

Sie klapperte laut mit dem Geschirr und drehte dem sprachlosen Professor ostentativ den Rücken zu. Als sie sich wieder umdrehte, war er fort.

Kapitel 19

Während Darina arbeitete, war sie mit ihren Gedanken halb bei Miss Makepeace, die gerade mit dem Tode rang. Die zweite Hälfte ihrer Gedanken befasste sich damit, dass ihr Zusammenbruch unter sehr merkwürdigen Umständen erfolgt war.

Inspektor Grant hatte sich anfangs sehr mit dem Inhalt der Pillenflasche und der Möglichkeit einer Überdosis befasst. Aber ansonsten schien ihn Miss Makepeaces Zustand nicht so sehr zu berühren wie Darina.

Nach dem, was der Arzt gesagt hatte, hätten die Pillen keine ernsthaften Nachwirkungen haben dürfen – selbst, wenn Miss Makepeace noch mehr genommen haben sollte, nachdem sie gegangen war ... Und wenn sie sich entschlossen hätte, ihrem Leben ein Ende zu setzen und ihrer Schwester nachzufolgen, dann begriff Darina nicht, wieso sie noch ein paar Tabletten in der Flasche gelassen hatte. Aber sie konnte sich auch nicht vorstellen, dass sie ihren Kampf für die Anerkennung ihres Buches einfach so aufgab. Darina hätte nie vermutet, dass sie an Selbstmord dachte.

Was gab es dann noch für Möglichkeiten? Herzinfarkt? Darina hatte keine Erfahrung mit Herzinfarkten, aber die Opfer eines solchen Anfalls sahen sicher nicht so friedlich aus wie Miss Makepeace heute Morgen. Außerdem – hätte der Arzt nicht etwas festgestellt, wenn das die Ursache für ihren Zustand gewesen wäre?

Die Wirkung des Alkohols in Verbindung mit der Tablette oder den Tabletten? Wie hatte der Arzt noch gesagt: Das könnte die Wirkung der Tabletten verstärkt haben?

Was hatte Miss Makepeace gestern Abend getrunken? Ein paar Gläser Wein und einen Brandy. Reichte das aus, um eine ansonsten gesunde Frau in Verbindung mit ein oder zwei Schlaftabletten ins Koma sinken zu lassen? Besonders, wenn sie daran gewöhnt war, jeden Abend selbstgemachten Wein zu trinken?

Während Darina alle Möglichkeiten überdachte, rückte langsam das Bild der heißen Milch mit Honig, die allein in der Halle stand, während sie von der Polizei befragt wurde, in den Mittelpunkt.

Anfangs schob sie diese Möglichkeit weit von sich, aber schließlich zwang sie sich widerwillig, darüber nachzudenken und die entsprechenden Schlüsse zu ziehen.

Jeder in der Bar hatte gewusst, dass sie Miss Makepeace die Milch bringen wollte. Jeder hatte gewusst, dass Miss Makepeace vorhatte, eine Schlaftablette zu nehmen. Und während Darina bei der Polizei war, hatte jeder der anderen genug Gelegenheit gehabt, etwas in die Milch zu schütten.

Dann fiel ihr ein, dass keiner damit hatte rechnen können, es im wahrsten Sinne des Wortes auf dem Tablett präsentiert zu bekommen. Hatte es vielleicht jemand da stehen sehen und einfach die Gelegenheit genutzt? Hatten alle ein Alibi?

Rita hatte anscheinend nur überprüft, ob es Miss Makepeace gut ging und war dann in ihr Zimmer gegangen. Hatte sie sich nicht verdächtig schnell nach der älteren Dame verabschiedet?

Nicholas war, wie er behauptete, im Park spazieren gegangen, nachdem er Linda abgeschüttelt hatte wie eine Fluse, die man von einem Dinnerjacket bürstet. Und sie war in ihr Zimmer gestürmt. War sie dort geblieben?

Gray war in den Anbau gegangen, um sich zusammen mit seinem Hund dort ein Zimmer zu suchen und hatte Charles allein in dem gemeinsamen Zimmer zurückgelassen. Wieder war nicht zu beweisen, ob einer von ihnen in die Halle zurückgekommen war. Jeder von ihnen hätte etwas in die Milch schütten können.

Und aus welchem Grund sollte einer von ihnen das Bedürfnis haben, Miss Makepeace auszuschalten? Hatte es etwas mit dem Mord an Digby zu tun und der Tatsache, dass sie heute Morgen von der Polizei verhört werden sollte? Oder war es darauf zurückzuführen, dass sie bekanntgegeben hatte, um ihr Urheberrecht an dem Buch über Feingebäck kämpfen zu wollen?

Nur ein Mensch war wirklich daran interessiert, dass sie das nicht erreichte. Nicholas. Darina erinnerte sich an die Geschichte, die Gray ihr von dem armen Jameson und seiner Überdosis erzählt hatte. Charles Childe hatte recht gehabt, als er sagte, dass Miss Makepeaces Tod für Nicholas eine Erleichterung wäre. Konnte er den Entschluss gefasst haben, dafür zu sorgen, dass kein Skandal an seiner kostbaren Gesellschaft hängenblieb?

Oder hatte Digbys Mörder erkannt, dass sie gefährliche Beweise in der Hand hatte? Wenn das so war, musste das etwas sein, was sie gesehen hatte, als sie sich über die Geländerbrüstung gebeugt hatte. Oder hatte sie eine Einzelheit, die Darina einfach so hingenommen hatte, anders interpretiert? Warum, ach warum hatte sie Miss Makepeace nicht gründlicher ausgefragt, ihr Vertrauen gewonnen und genau herausgefunden, was ihr Sorgen machte? Es war ja gut und schön, anzunehmen, dass die Polizei die Beweislage schon klären würde und dass es nicht zu ihren Aufgaben gehörte, überall herumzuschnüffeln, aber dann kam so etwas dabei heraus wie jetzt!

Wann hatte Miss Makepeace über die Geländerbrüstung geblickt? Bevor oder nachdem Darina hinuntergegangen war?

Darina sah die Szene wieder vor sich – der wildgewordene Hund, Charles, der sich auf die unterste Stufe sinken ließ und aus dessen Hand Blut auf das polierte Holz tropfte, Gray, der den Hund in den Boilerraum brachte und danach das Eintreffen der anderen. Nicholas in seiner Strickjacke, der ihr ein Taschentuch in die Hand drückte, Rita in ihrem schönen roten Morgenrock aus Seide, der mit dem goldenen Drachen bestickt war. Und eine Linda, die nirgendwo zu sehen war.

Genau das hatte sie mit eigenen Augen gesehen. Aber was war geschehen, bevor sie auf der Bildfläche erschienen war? Charles war nach unten gekommen, Gray war mit Bracken, der nicht angeleint war, durch die Vordertür gekommen, und der Hund hatte Charles sofort angegriffen. Und das war's dann.

Darina kratzte die Reste eines Kräuteromeletts und der scharfen Nieren von einer Servierplatte herunter und grübelte. Sie fügte das winzige Beweisstück, das ihr heute Morgen in den Sinn gekommen war, in die Szene auf der Treppe ein. Dann passte plötzlich alles zusammen. Sie konnte beinahe vor sich sehen, was geschehen war.

Doch die Frage, was sie jetzt tun sollte, blieb. Darina hatte immer noch keinen Beweis, aber hatte sie genug in der Hand, um damit zur Polizei zu gehen, besonders, da Miss Makepeace in diesem Zustand war?

Sie stand eine Weile einfach nur da, ließ die Hände ins Spülwasser hängen und betrachtete das Problem von allen Seiten. Sie sammelte ihre Ideen in ihrem Kopf wie Nüsse in einer Käseroulade. Als Frances ein paar Minuten später die Küche betrat, rollte Darina gerade den Teig aus.

»Achten Sie nicht auf mich«, sagte die Köchin, als Frances sie fragte, was sie da machte, »kümmern Sie sich um das Ragout, ich bin hiermit gleich fertig.«

Frances machte ein großes Huhn kochfertig und putzte dann verschiedene Gemüsesorten. Gleich nachdem Darina ihren Kuchen fertiggestellt hatte, stellte sie einen großen Topf Fleischbrühe auf den Herd und gab das Gemüse, Gewürze und Kräuter hinein. Während die Flüssigkeit heiß wurde, umwickelte sie die Rinderlende mit einer Schnur. Eine kleine Lammkeule, eine große Knoblauchwurst und eine halbe Rehkeule wurden ebenfalls angebunden, sodass man sie an ihrer Schnur herausziehen konnte.

Als die Suppe anfing zu kochen, kamen das Lamm und das Wildbret in den Topf. Als die Flüssigkeit wieder aufkochte, legte Darina den Deckel auf den Topf und stellte ihn in den Backofen des Herdes.

Sie gab Frances Anweisungen, wie sie den Kaffee servieren sollte und verließ dann die Küche durch die dem Boilerraum gegenüberliegende Tür und klopfte an die Tür des Zimmers der Haushälterin. Ein Polizist öffnete ihr.

»Sind Sie noch lange hier?« Sie reckte den Hals, um einen Blick auf die Kreidestriche auf dem Fußboden werfen zu können.

»Wir sind gerade fertig geworden«, entgegnete er fröhlich. »Wir packen hier nur noch zusammen und schauen uns dann in anderen Teilen des Hauses um.« Er trat zur Seite und bat sie herein.

Darina schaute sich im Zimmer um. Die Schreibmaschine stand wieder an der Wand, und Digbys Akten und Papiere waren weg. Die Bücher und die Messer waren mit grauem Pulver bedeckt und lagen durcheinander neben der Maschine. Alles wies eine Unmenge von Fingerabdrücken auf, sogar die Sachen auf der Kommode hatte man bestäubt. Der Polizist bemerkte Darinas überraschten Blick. »Wir können es uns nicht leisten, dass irgendetwas unserer Aufmerksamkeit entgeht«, erklärte er und nahm etwas vom Tisch. »Das haben wir auf dem Boden gefunden. Wir vermuten, dass es aus der Gewürzkiste dort drüben stammt.« Er wies auf die Kommode.

Darina schaute auf die Muskatnuss, die auf seiner Handfläche lag. Es schien eine Ewigkeit her zu sein, seit Digby sie so erschreckt hatte, dass sie die Kiste fallenließ. Es war in einem anderen Leben gewesen. Die junge Frau, die den verstreuten Inhalt der Kiste eingesammelt hatte, war eine ganz andere gewesen als die, die jetzt auf die harte, getrocknete braune Nuss starrte. »Dachten Sie etwa, dass es sich um einen ähnlichen Fall wie bei David und Goliath handelte?«, spottete sie. »Es tut mir leid, Sie enttäuschen zu müssen, ich habe die Kiste Freitagabend fallengelassen, und diese Nuss muss meiner Aufmerksamkeit bei Einsammeln entgangen sein.«

Darina konnte jetzt die Kreidelinien erkennen, die die Lage der Leiche markierten. Sie überlegte, wie sich die Stellung des Körpers in Relation zum Schreibtisch verhielt. Gar nicht so weit weg. Aber nicht nah genug dafür, dass der Mörder ein Messer vom Tisch in der Mitte gepackt und Digby hätte umbringen können, ohne auf ihn zuzugehen. Aber es war weit genug vom Tisch entfernt, um zu vermuten, dass Digby aufgestanden war und gestanden hatte, als man ihn erstach.

Sie dachte wieder an Digbys Größe und wo das Messer in seine Brust eingedrungen war.

»Suchen Sie hier etwas, Miss?«, fragte der Polizist und sah sie neugierig an.

Sie merkte, dass sie seit ein paar Minuten schweigend mit der Muskatnuss in der Hand dastand. Ihr war noch nicht einmal aufgefallen, dass sie ihm die Nuss abgenommen hatte.

»Nein, nichts. Entschuldigen Sie.« Sie gab ihm die Nuss zurück und verließ in Gedanken versunken das Zimmer.

Als sie wieder in der Küche war, bereitete sie gemeinsam mit Frances den Rest des Mittagessens vor. Aber diesmal war Darina nicht mit dem Herzen bei der Sache. Diesmal wünschte sie sich, man hätte ein einfacheres Gericht zum Lunch gewählt. Diesmal empfand sie kein Vergnügen an der Qualität der Zutaten und den extravaganten Mahlzeiten, die daraus zubereitet würden. Sie schämte sich der Üppigkeit dessen, was sie auftischte und der Tatsache, dass nur ein Bruchteil dessen, was sie vorbereiteten, gegessen werden würde. Was für einen Appetit musste man doch in früheren Jahrhunderten gehabt haben! Oder hatten sie eine Armee von Dienstboten gehabt, die die Reste verputzten? Erst im viktorianischen Zeitalter war aufgeschnittenes kaltes Fleisch zu einer Kunst erhoben worden.

Während sie arbeitete, dachte sie intensiv an Deborah Makepeace. Sie wollte ihr den Willen zu kämpfen übermitteln. Sie sollte den Vorhof des Todes verlassen und wieder zu den Lebenden zurückkehren. Während ihre kalten Hände Gemüse wendeten, sah sie vor sich wieder das verklärte Gesicht von heute Morgen und hörte wieder das mühsame Atmen. Und sie hörte im Geiste, wie die wohlklingende Stimme ihr ein Leben voller harter, körperlicher Arbeit und konzentrierter Forschung beschrieb.

Sergeant Pigram kam in die Küche. Seine sonstige Heiterkeit war verschwunden, und er trug eine angestrengt ernste Miene zur Schau.

»Der Inspektor möchte Sie sehen, Miss Lisle«, sagte er und hielt ihr die Tür auf.

Darina sank das Herz. Ohne ein Wort zu sagen, ließ sie alles liegen und folgte ihm.

Grant saß hinter dem Schreibtisch und machte sich Notizen. Er blickte auf, als Darina eintrat und wies auf den Stuhl vor dem Tisch. Die Atmosphäre im Zimmer war von eisiger Formalität erfüllt. Darina setzte sich hin und wünschte sich, wieder zusammen mit dem Sergeant am Küchentisch zu sitzen.

»Ich muss Ihnen leider mitteilen, Miss Lisle, dass Miss Makepeace vor ein paar Minuten verstorben ist.«

Darina schloss die Augen. Tiefe, brennende Wut stieg in ihr auf. Eine Wut, die weit stärker war als alles, was sie nach Digbys Tod empfunden hatte. Die stille Frau vom Lande hatte niemandem etwas zuleide getan, und Nicholas' kostbare Gesellschaft hatte zuerst den Diebstahl ihres Lebenswerkes in Szene gesetzt und ihr dann auch noch das Leben genommen.

Sie sah Grant an. »Das tut mir leid«, sagte sie ruhig.

»Ich würde von Ihnen gerne noch einmal die Geschichte hören, die Sie heute Morgen erzählt haben.«

»Die über die Milch?«

»Die über die Milch, ja.«

Während Darina die Details noch einmal schilderte, beschlich sie eine böse Vorahnung.

»Miss Makepeace sagte also, das Getränk schmecke komisch?«, fragte der Inspektor leise, nachdem sie geendet hatte.

»Es lag am Honig. Es handelte sich um Tannenhonig, der ausgesprochen harzig schmeckt. Deshalb habe ich auch die Plätzchen noch mitgenommen – falls sie den Geschmack nicht mochte.«

»Falls sie den Geschmack nicht mochte«, wiederholte Grant.

»Sie glauben, es befand sich noch etwas anderes in der Milch?«, fragte Darina herausfordernd.

Er antwortete ihr nicht direkt. »Was passierte danach mit dem Becher und dem Topf, Miss Lisle?«

»Den Topf habe ich gespült. Der Becher wanderte in den Geschirrspüler, den ich angestellt habe, bevor ich zu Bett ging.«

»Aber die Maschine war nur halbvoll«, schob William ein.

»Ich wollte sie heute Morgen leer haben, gestern haben Sie das nicht hinterfragt!« Darina war entsetzt, als sie hörte, wie sie sich verteidigte. »Ich merke schon, worauf Sie hinauswollen, ich bin ja nicht dumm. Aber ist Ihnen auch schon aufgefallen, dass dieser Becher Milch mutterseelenallein auf dem Tisch in der Halle stand, während Sie mich hier über den Plagiatsvorwurf gegen Digby verhörten? Jeder hätte Gelegenheit gehabt, etwas hineinzuschütten.«

»Wir reden jetzt über Sie und darüber, welche Gelegenheit Sie hatten«, sagte Grant glattzüngig.

»Und was für ein Motiv hätte ich haben sollen?«

»Ich kann mir da ein paar denken. Sie haben Sergeant Pigram erzählt, dass Miss Makepeace sich über irgendetwas Sorgen machte und dass sie vorhatte, es uns heute zu erzählen. Es ist durchaus möglich, dass sie einen Hinweis auf den Mörder hatte, der Sie belastete – vielleicht hat sie das gar nicht gemerkt? Dann hätten Sie allergrößtes Interesse daran gehabt, dafür zu sorgen, dass sie nicht befragt werden konnte.

Dann ist da noch die Sache mit dem Buch über Kuchen und Torten. Es ist Bestandteil des Besitzes, den Mr. Cary Ihnen hinterlassen hat. Wenn Miss Makepeace vorhatte, ihren Anspruch durchzusetzen, wäre Ihr Erbe erheblich geschmälert worden – sowohl durch die Kosten des Rechtsstreits als auch durch den Tantiemenverlust.«

»Wenn ich gerade Miss Makepeace ermordet hätte, würde ich der Polizei wohl kaum erzählen, dass sie Ihnen etwas unbedingt erzählen wollte. Und ich habe ihr geraten, für ihr Urheberrecht zu kämpfen. Ich habe sogar behauptet, dass es möglich sei, es zu beweisen«, protestierte Darina.

»Sie haben eben selbst zugegeben, dass Sie nicht dumm sind. Beide Schritte hätten wohlüberlegt sein können, um jeden Verdacht von sich abzulenken.«

»Das ist völlig grotesk. Wie soll ich denn an die Schlaftabletten gekommen sein oder was ich sonst auch immer in die Milch getan haben soll?«

»Sie haben keine dabeigehabt?« Grants Stimme war seidenweich, und Darina hielt die Negation, die ihr schon auf der Zunge lag, zurück. Aus seiner Tasche zog er eine kleine Plastiktüte und legte sie vor ihr auf den Tisch. »Erkennen Sie das?«

In der Tüte befand sich eine kleine braune Flasche. Auf dem Etikett stand Darinas Name. Innen konnte man gerade noch eine einsame Tablette erkennen. Sie blickte sie niedergeschlagen an.

»Ja«, gab sie zu, »die gehört mir. Ich hatte vergessen, dass sie in meinem Kulturbeutel war. Man hat sie mir vor über einem Jahr verschrieben, sie können das Datum auf dem Etikett ja sehen. Das war kurz nach dem Tod der Frau meines Vetters. Ich war fast die ganze letzte Woche ihres Lebens bei ihr, und der Arzt bestand darauf, dass ich eine Nacht oder zwei lang diese Tabletten nahm, um ein wenig zu schlafen. Gleich nach der Beerdigung bin ich zu meiner Mutter gefahren, und ich muss sie in dem Kulturbeutel vergessen haben. Ich glaube, ich habe nicht mehr als eine, höchstens zwei genommen.«

»Es ist aber nur noch eine Tablette darin«, sagte Grant.

Darina versuchte nachzudenken. »Er hat mir nicht viele gegeben – er sagte, sie seien sehr stark. Ich weiß noch, dass sie mich ganz high machten, ich war am nächsten Tag noch halb bewusstlos. Ich weiß nicht mehr genau, wie viele es waren. Ich glaube, meine Mutter hat mich gefragt, ob sie ein paar haben könnte.« Das klang entsetzlich lahm, und Darina schwieg lieber, als weiter darauf herumzureiten.

Grant ließ die kleine Flasche in ihrer schützenden Umhüllung auf den Tisch fallen. Er griff hinter sich, zauberte eine weitere, noch größere Tüte hervor und legte sie vor Darina.

»Ich nehme an, die kennen sie nicht?«

Darina blickte verblüfft auf die Tüte. »Meine Gummihandschuhe! Ich habe mich schon gefragt, wo sie abgeblieben sind. Ich konnte sie nämlich gestern früh nicht finden. Wo haben sie gesteckt?«

»Im Topf der Pflanze in der Halle, zwischen dem Übertopf und der Aspidistra.« Er drehte die Tüte so, dass man einen Fingerling genau sehen konnte. »Es sieht so aus, als wäre hier Blut. Ich bezweifle nicht, dass man es als Carys identifiziert. Der Mörder muss sie getragen haben, als er das Messer und die Türklinke abwischte.«

Darina vergaß für einen Augenblick ihre eigene missliche Lage, denn eine andere Lücke des Puzzles schloss sich. Sie schaute Grant an.

»Jeder hätte die Handschuhe in der Küche stehlen können, genau wie jeder die Milch in der Halle vergiften konnte. Wenn ich den Mord begangen hätte, hätte ich die Handschuhe in die Küche zurückgebracht und sie in Spülwasser eingeweicht. Und wenn ich den Wunsch gehabt hätte, Miss Makepeace umzubringen« – Galle stieg ihr in die Kehle, aber sie schluckte sie resolut hinunter und fuhr fort: »hätte ich dann Ihrer Meinung nach nicht eher eine Methode gewählt, die nicht so offensichtlich auf mich hindeutet? Und schließlich war ich es, die nach einem Arzt verlangte, nachdem ich sie gefunden hatte, oder?«

»Ach ja, beide Opfer wurden von Ihnen gefunden, nicht wahr, Miss Lisle? Wissen Sie eigentlich, wie oft es vorkommt, dass der Täter die Leiche entdeckt? Das ist die verdächtigste Handlung, die Ihnen einfallen konnte.«

»Tut mir leid, das nächste Mal, wenn ich eine Leiche finde, werde ich dafür sorgen, dass niemand davon erfährt.« Darina machte seine Dummheit so wütend, dass sie kaum noch wusste, was sie sagte. Sie holte tief Luft und dachte nach, ehe sie wieder etwas sagte. Diesmal wählte sie ihre Worte sehr sorgfältig. »Sie sind auf dem Holzweg, und Sie haben keine Beweise.«

»Außer denen hier.« Grant hob die Tüte hoch, die das Pillenfläschchen enthielt. »Wenn die Analyse von Miss Makepeaces Mageninhalt ergibt, dass diese Tabletten sie umgebracht haben, dann werden Sie mir leider noch viel mehr Fragen beantworten müssen, Miss Lisle. Bill, sorgen Sie dafür, dass die Tabletten und die Handschuhe ins Labor geschickt werden.« Er reichte dem Sergeant die beiden Plastiktüten, der sie entgegennahm ohne Darina anzusehen. Sie hielt das für den bedrohlichsten Aspekt des ganzen Verhörs.

Sie erwartete ihre Verhaftung.

»Sie dürfen jetzt gehen und weiter den Lunch vorbereiten, Miss Lisle, aber ich rate Ihnen, nicht den Versuch zu unternehmen, das Gelände zu verlassen.«

Überrascht erwiderte sie: »Haben Sie keine Angst, dass ich das Essen vergiften und Sie alle umbringen könnte?«

»Ach, kommen Sie, Miss Lisle, uns alle?«

Sie drehte sich wütend um und verließ das Zimmer.

Draußen prallte sie fast gegen William Pigram, der gerade von seinem Gang zur Haustür zurückkehrte. »Langsam«, meinte er und packte sie an den Schultern. Sie entwand sich ihm. »Zumindest noch für eine kleine Weile sollten Sie Ihre Hände von mir nehmen, denn der Inspektor hat sich entschlossen, mich noch nicht zu verhaften«, schleuderte sie ihm ins Gesicht. »Aber ich bin mir sicher, Sie haben die Tabletten mit dem schnellsten Kurier losgeschickt und dafür gesorgt, dass es mit meiner Verhaftung nicht mehr lange dauert.«

Sie stand heftig atmend da. Zorn drang aus jeder Pore ihres Körpers.

»Das ist eine seiner Methoden«, erklärte William ruhig. »Er reizt die Verdächtigen und macht sie wütend. Er behauptet, dass der oder die Schuldige dann Fehler machen.«

»Ach, wirklich?«, fauchte Darina. »Dann schlage ich Ihnen vor, dass Sie uns beim Lunch Gesellschaft leisten, da wird Ihnen etwas geboten werden!«

William erstarrte. »Worauf wollen Sie hinaus?«

»Kommen Sie zum Lunch«, wiederholte Darina.

»Wenn Sie einen Beweis haben, müssen Sie uns das sagen.«

Beweis – das war ja der Ärger, sie hatte keinen Beweis, nur eine bestechend einfache Theorie, die auf einer Aussage basierte, die man leicht leugnen konnte.

»Kommen Sie zum Lunch«, wiederholte sie wieder.

»Benehmen Sie sich doch nicht so kindisch!« Er merkte sofort, dass er einen fatalen Fehler gemacht hatte. »Ich meine, glauben Sie bloß nicht, dass wir nicht auch jede andere Möglichkeit in Betracht ziehen. Im Augenblick werden alle anderen Schlafzimmer nach Schlaftabletten durchsucht.«

»Bill!«, ertönte eine scharfe Stimme. Grant stand mit finsterem Gesicht in der Tür zum Verhörzimmer.

Darina verschwand durch die Tür zum Refektorium.

Kapitel 20

In der Küche war alles für das Mittagessen bereit. Darina ging in die Bar, um die Symposiumsteilnehmer zu rufen. Im Vorbeigehen konnte sie durch die Tür des Verhörzimmers hören, wie Grant jemandem die Leviten las. Sie lächelte finster in sich hinein – der große, schlanke Sergeant konnte ein wenig Schelte gebrauchen. Und was Grant anging – der würde eine Überraschung erleben. Doch dann kamen ihr wieder Zweifel. Wenn ihr Plan nun fehlschlug? Wenn der Mörder ihre Absicht merkte und nicht in die Falle tappte? Würde sie damit jede Chance ruinieren, die die Polizei gehabt hatte, ein Geständnis zu bekommen? Einen Augenblick dachte sie daran, umzukehren, an die Tür des Verhörzimmers zu klopfen und ihnen von ihren Vermutungen zu berichten.

Dann dachte sie an Grants eiskaltes Verhalten und wie er seine Beweise gegen sie hatte aufmarschieren lassen. Würde ihre Geschichte für ihn nicht bloß wie der schwache Versuch aussehen, den Verdacht von sich abzulenken? Nein, sie musste ihren Plan durchführen. Wenn sie Erfolg hatte, würde der Mörder sich vor aller Augen verraten.

Sie betrat die Bar. Zuerst bemerkte niemand sie. Es schien eine kleine Konferenz im Gange zu sein. Linda schrieb eifrig etwas auf ihr Klemmbrett und sagte: »Okay, Nicholas spricht also über die Gesellschaft, Rita beschreibt Digby als Kochbuchautor, und Charles übernimmt den Fernsehkoch. Gray, was können Sie beisteuern?«

Gray stand verärgert auf, ging zur Bar und goss sich einen Whisky ein. Nach den Gläsern zu urteilen, die überall herumstanden, hatten alle schon ziemlich viel getrunken. »Mich lassen Sie bitte aus der Geschichte heraus, vorausgesetzt, Sie haben nicht den Wunsch, dass ich den Ruf Ihres geschätzten Digby zum Teufel jage. Wie Sie es über sich bringen können, freundlich über den Mann zu sprechen, der Ihr Restaurant miesgemacht hat, geht über meinen Verstand«, meinte er verächtlich zu Charles Childe, der mit sorgfältig gespielter Lässigkeit in einem Sessel saß.

Charles sah den aufgebrachten Mann milde an. »Sie wissen doch, dass man über Tote nichts Schlechtes sagen soll, und mit etwas Glück wird diese Kritik nie das Licht des Tages erblicken.«

Gray schnaufte wütend und erblickte dann Darina. »Ah, die einzig vernünftige Person an diesem fürchterlichen Wochenende. Kann ich Ihnen einen Drink holen, Darina?«

Sie schüttelte den Kopf und sah ihn bedauernd an. An jenem ersten Abend hatte sie sich zu diesem Schlaks sehr hingezogen gefühlt. Jetzt sah sie nur einen traurigen und verbitterten Mann, dem die Stärke und das Verständnis gefehlt hatten, seinen persönlichen und beruflichen Traum zu verwirklichen, und er hatte es zugelassen, dass sein Scheitern seine ganze Persönlichkeit verändert hatte. Er würde nie seinen Bestseller schreiben. Früher einmal wäre es ihr Ziel gewesen, sein Leben mit Liebe zu erfüllen und sein Selbstbewusstsein langsam aufzubauen. Aber jetzt nicht mehr.

»Ich treffe gerade die letzten Arrangements für die Sendung über Digby«, sagte Linda, »Sie müssen einfach einen Beitrag dazu leisten!« Sie schwieg erwartungsvoll.

Darina machte einen Schritt auf sie zu und blieb dann wie angewurzelt stehen. Diese ganze Sache war kompletter Blödsinn. Was verstanden sie alle schon von Digbys Leben, was wussten sie schon davon, wie Digby wirklich gewesen war? Ob es sie wohl überhaupt berührte, dass eine unschuldige Frau seinetwegen in einem einsamen Krankenhausbett gestorben war? Ja, war ihnen denn nicht bewusst, dass der Mörder einer von ihnen war?

»Wenn Sie unbedingt möchten«, erwiderte sie. »Ich würde gern etwas über Digby als Koch erzählen. Ein Koch, der das Essen – seinen Geschmack und seine Behandlung – besser verstand, als irgendein anderer, den ich kenne. Wenn er gewollt hätte, wäre aus ihm ein großer Chefkoch geworden. Manche seiner frühen Rezepte waren wundervoll: Sie waren einfach und respektierten den individuellen Geschmack des Hauptbestandteils der Speise und ergänzten diesen

Geschmack auf unerwartete Weise. Wenn er Ihnen Karotten servierte, dann wurde Ihnen bewusst, dass sie noch niemals zuvor Karotten wirklich gewürdigt hatten.« Sie merkte, dass ihre Zuhörer wirklich nicht interessiert waren und hörte auf zu sprechen.

»Digby als Karotten-Chefkoch! Nun, so wird er nicht gerade in meiner Erinnerung leben, aber vielleicht können wir das irgendwo einbauen.« Linda schrieb etwas auf.

»Das Mittagessen ist fertig«, verkündete Darina abrupt und verließ sofort den Raum. Was verstanden die denn schon vom Essen? Was sie wollten, war die aufregenden Sachen – Digby als großer Kochbuchautor, als Fernsehstar, als Schöpfer und Zerstörer von Restaurants. Sie wettete, dass es in Charles' Restaurant Radieschenblüten gab.

Rita holte sie ein, als sie die Halle betrat. »Darina, meine Liebe, ich habe himmlische Neuigkeiten.« Ihre Augen leuchteten, und ihre Wangen waren gerötet. Sie schien zehn Jahre jünger zu sein. »Mir ist es endlich gelungen, Russell Thomas telefonisch zu erreichen. Russell Thomas«, wiederholte sie, als Darina sie verständnislos ansah, »der beste Feature-Agent der Fleet Street, ach, was sage ich da, auf der ganzen Welt! Nun ja, dieser liebe Mensch hat mir zugesichert, dass ich Digbys Kolumne übernehmen kann! Natürlich nur zeitlich begrenzt«, fügte sie hastig hinzu, »bis sie, wie er sagte, die Lage einschätzen« können. Aber bis dahin haben sie sicher entschieden, dass ich den Job behalten kann. Das ist die Wende, auf die ich in den letzten fünf Jahren so gehofft habe! Eine Chance, zu zeigen, dass ich genauso gut bin wie die anderen. Ist er nicht einfach ein Schatz? Und wer hätte je gedacht, dass Digby mir diese Gelegenheit verschaffen würde?«

Darina hatte noch nie gehört, dass Rita so starken irischen Akzent sprach. Die Erregung sprudelte aus ihr heraus wie die Kohlensäure aus einer frisch geöffneten Flasche Tonic. Ihr Leben hatte neuen Sinn bekommen. Sie hatte wieder ein Ziel. Digby hatte noch aus dem Grab heraus die Macht, das Leben anderer Menschen zu beeinflussen.

Hätte ihn diese Entwicklung amüsiert? Hätte er es ironisch aufgefasst? Ober es als letzten Racheakt angesehen? Hatte er sich je überlegt, welchen Eindruck er im Leben anderer Menschen hinterlassen hatte? Und hätte er am Ende bedauert, nicht das Mitleid gezeigt zu haben, das ihm das Leben gerettet hätte?

Darina murmelte ein paar unverständliche Worte der Freude und ging weiter in die Küche, wo Frances alles fest im Griff hatte.

Der Lunch begann ziemlich ungünstig. Inspektor Grant und Sergeant Pigram waren gerade erschienen, als die Symposiumsteilnehmer sich hinsetzen wollten. Sie gingen zu den Gedecken, die Darina für sie aufgelegt hatte, und Grant blieb in der Manier eines Pfarrers stehen, der das Tischgebet sprechen will. Es gab ein verlegenes Stühlerücken, als die, die schon halb saßen, wieder aufstanden. Niemand wusste, was als nächstes geschehen würde.

»Bitte, setzen Sie sich«, sagte er freundlich. Noch mehr Stühlerücken, als sich jetzt jeder hinsetzte. William Pigram legte ein Notizbuch und einen Bleistift neben seinen Teller.

»Zu meinem Bedauern muss ich Ihnen bekanntgeben«, begann Grant, als alle auf ihren Plätzen saßen, »dass Miss Makepeace soeben im Krankenhaus verstorben ist. Wir behandeln ihren Tod als Mord.« Danach nahm auch er Platz.

Es herrschte schockiertes Schweigen. Dann räusperte Nicholas sich. »Wieso als Mord, Inspektor? Soweit ich weiß, hat sie doch eine Überdosis Schlaftabletten geschluckt.«

Grants Augen wurden schmal. »Ach ja, Sir? Woher wissen Sie das?«

Nicholas räusperte sich wieder. Diesmal eindeutig aus Nervosität. Sein Adamsapfel hüpfte krampfartig auf und nieder. Er wandte den Blick vom Inspektor und blickte sich um. »Ich weiß es nicht, ich nahm an, das heißt, jemand erzählte – Darina, waren Sie das nicht, haben Sie nicht Miss Makepeace gefunden?«

Darina, die gerade dabei war, eine große Platte mit geschnittenem Fleisch auf den Tisch zu stellen, hielt zögernd inne. Was hatte sie gesagt, als sie die Nachricht über Miss Makepeaces Zustand verbreitet hatte? Doch sicher nichts von Schlaftabletten? Sie überlegte einen Moment, während sie die Platte mit den sorgfältig arrangierten Fleischsorten, garniert mit Gemüsen, Eiern und geschmolzener Butter, auf den Tisch stellte.

»Ich weiß es nicht mehr«, antwortete sie schließlich und trat beiseite, damit Frances servieren konnte.

Vor Linda stand bereits ein Gemüseauflauf. Sie stach vorsichtig mit der Gabel hinein, als die anderen sich vorbeugten und sich von dem Kochfleisch nahmen. Ihre Wangen waren von einer leichten Röte überzogen. »Ich hörte zufällig etwas in der Art, nachdem Darina nach einem Arzt für Miss Makepeace verlangte«, murmelte sie.

Nicholas warf ihr einen so dankbaren Blick zu, dass es schon fast komisch wirkte. Er lehnte sich mit der Mine eines Menschen zurück, dem fürchterliches Unrecht widerfahren ist. »Natürlich, das war's! Aber Sie haben uns immer noch nicht gesagt, warum Sie der Meinung sind, dass Miss Makepeace ermordet wurde, Inspektor.«

Aber der Inspektor sah Linda scharf an. »War das nicht eher eine Schlussfolgerung, die Sie selbst zogen, Miss Stainmore? Etwas, das Sie uns gewissermaßen suggerieren wollten?«

Sie erwiderte seinen Blick. »Was wollen Sie damit sagen, Inspektor?«

»Ich würde nur gern wissen, was Sie Freitagnacht geschluckt haben, um so tief zu schlafen, dass Sie nicht hörten, wie Mr. Wyndhams Hund Mr. Childe angriff.«

Linda erhob sich graziös. »Das ist wohl kaum der geeignete Ort, um das Verhör von heute Morgen weiterzuführen, Inspektor. Außerdem missfällt mir Ihr Ton. Ich habe Ihnen bereits gesagt, dass ich nur pflanzliche Mittel nehme. Ich glaube, ich werde jetzt gehen.«

»Setzen Sie sich hin!« Grant sprach kaum lauter als sonst, aber Linda fiel sofort zurück auf ihren Stuhl. Nicholas tätschelte ihre Hand.

Grant blickte sich am Tisch um. »Niemand«, verkündete er in freundlichem, leisem Ton, »verlässt den Raum außer Miss Lisle, die in die Küche gehen darf. Ihre Zimmer werden im Moment durchsucht. Jemand an diesem Tisch hat Miss Makepeace ermordet. Dieser Jemand hat mit ziemlicher Sicherheit auch Mr. Cary auf dem Gewissen, und ich werde den Mörder finden, bevor es Abend wird.«

Verblüfftes Schweigen.

»Bis jetzt sind Sie bei der Suche nach dem Mörder ja nicht sehr weit gekommen.« Charles langte nach einem Artischockenboden und einem weiteren Stück Hühnchen, dabei warf er dem Inspektor einen schlauen Blick zu. Sein Gesicht war die Unschuld selbst.

Wenn Grant beabsichtigt hatte, seine Verdächtigen aufzuschrecken, dann hatte er Erfolg gehabt. Einen Augenblick herrschte unbehagliches Schweigen. Man stocherte in Fleischscheiben herum, Blumenkohlröschen und weiße Rüben wurden auf den Tellern umhergeschoben. Doch dann legte Gray plötzlich seine Gabel hin und sagte: »Ich kann durchaus nachvollziehen, warum jemand Digby Cary umbringen wollte – ein weltweiter Frühjahrsputz hätte die Welt nicht sauberer machen können –, aber warum Miss Makepeace?« Mit seinen ungekämmten Haaren sah er mehr denn je wie der sprichwörtliche weltfremde Akademiker aus.

»Verstehen Sie das wirklich nicht, Sir?«, Grants Stimme klang freundlich, aber sehr pointiert.

Gray legte die Arme um seinen Teller herum und sah den Inspektor an. Langsam schien es ihm zu dämmern, aber Rita war schneller. »Sicher meint der gute Mann, dass sie etwas gewusst haben muss.«

Grant wandte sich ihr zu. »Ich bin Ihnen sehr dankbar, Miss Moore.«

»Aber was könnte sie gewusst haben?«, fragte Nicholas ehrlich verwundert. »Ich dachte, sie hätte geschlafen, als Digby umgebracht wurde – wann immer das auch war«, fügte er hastig hinzu.

»Miss Lisle hat uns von einer Unterhaltung mit Miss Makepeace berichtet, in der sie ihr sagte, dass etwas sie an dem Vorfall mit dem Hund beunruhigen würde. Sie sollte heute Morgen von uns zu diesem Vorfall verhört werden. Miss Lisle gibt an, dass sie nicht genau sagte, was sie nun beunruhigte.« Alle Blicke richteten sich auf Darina. Sie versuchte, ihre Wachtel ruhig weiterzuessen.

»Sie waren alle dort«, fuhr der Inspektor fort, »alle außer Miss Stainmore, die behauptet, sie hätte unter Einwirkung eines pflanzlichen Mittels fest geschlafen.« Aus seinen Worten sprach leiser Zweifel. »Miss Makepeace war eine ungewöhnliche Frau von großer Intelligenz. Ich zweifle nicht daran, dass irgendetwas an dieser Szene ihr komisch vorkam, so komisch, dass sie schließlich die Bedeutsamkeit erkannte. Unglücklicherweise wurde sie ermordet, bevor sie uns mitteilen konnte, was es war.«

Die einzige Person am Tisch, die sich mit Appetit dem Kochfleisch widmete, war William Pigram. Er hatte von jeder Fleischsorte ein großes Stück verspeist und lud sich gerade voller Genuss eine weitere Scheibe Lamm auf den Teller. Darina fragte sich, ob er wirklich so unbekümmert war, wie er aussah? Als ob er gespürt hätte, dass sie ihn musterte, blickten sie die silbrigen Augen verstohlen an, und sie merkte, dass er so wachsam war wie ein Jagdhund, der darauf wartet, dass ein Fasan getroffen zu Boden fällt.

»Also steht wieder einmal Digby hinter dem ganzen Debakel«, murrte Nicholas verdrießlich wie immer.

»Ach ja, Professor, Sie und der Ermordete waren ja Rivalen in der Gesellschaft, nicht wahr?«

Nicholas protestierte, aber Grant war gnadenlos. »Eine ähnliche Rivalität hatte sich vor Jahren doch auch zwischen Ihnen und einem anderen Akademiker entwickelt, nicht wahr? Der starb dann an einer Überdosis Schlaftabletten, nicht wahr?«

Das Gesicht des Professors entfärbte sich wie der Körper eines koscher geschlachteten Hühnchens. Er starrte Grant an, als hätte Tutanchamun sich seiner Verbände entledigt und sei vor seinen Augen auferstanden. Dann sah er Gray an. »Sie, Sie haben es ihnen gesagt. Sie wehleidiger Versager von einem Historiker. Sie sind ja nur neidisch auf meinen Erfolg!«

Gray wurde rot, aber ehe er eine Antwort herausbringen konnte, stieß Linda einen erstickten Laut aus. Sie machte Anstalten, Nicholas zu schlagen, ließ aber dann ihre Hand sinken. Er sah sie zornig an, aber sie wich seinem Blick aus. Ihr perfekter, porzellanfarbener Teint unter dem schwarzen Haar wirkte wie die Maske eines japanischen Noh-Schauspielers.

Das Mittagessen nahm nicht den Verlauf, den Darina geplant hatte. Sie blickte Grant an. Er sah sich in aller Ruhe um und wartete darauf, dass die Spannungen, die am Tisch herrschten, das, was es an möglichen Enthüllungen geben mochte, auch ans Tageslicht brachten. Er schien zu glauben, dass der Mörder seine Identität ohne sein weiteres Zutun preisgeben würde.

Es ist Zeit, dachte sie, der Sache einen kleinen Schubs zu geben.

»Nicholas«, brach sie das Schweigen, das sich alarmierend in die Länge gezogen hatte. Grant machte eine verärgerte Handbewegung. Ihr Eingreifen hatte die Spannung verringert, und der Professor sah sie an wie ein Ertrinkender, der ein Seenotrettungsboot erblickt. »Hatten Sie mich nicht darum gebeten, Ihnen meine Rezepte zu geben, damit Sie sie für die Symposiumsteilnehmer abtippen lassen könnten?«

Charles Childe sprang sofort darauf an. »Rezepte?«

Nicholas fuhr sich mit der Hand übers Gesicht und rieb sich die Augen. »Rezepte«, wiederholte er und schaute Darina an. »Rezepte?« Er schien zu begreifen. »Natürlich, die Rezepte!« Etwas von seiner früheren Begeisterung kehrte zurück. »Das ist richtig! Ich hielt es für eine glänzende Idee, sie unter den Symposiumsteilnehmern zirkulieren zu lassen – hoffentlich zusammen mit einem neuen Termin für ein weiteres Wochenende wie dieses.«

Charles sah erfreut aus.

»Heute werden Sie nichts dafür bezahlen müssen«, flüsterte Darina ihm zu, während sie anfing, die leeren Teller abzuräumen.

»Vielleicht muss ich ja noch in der Zubereitung unterwiesen werden«, meinte er, neigte den Kopf zur Seite und warf ihr unter seinen langen Wimpern einen verstohlenen Blick zu. Von ihnen allen schien ihn die Nachricht von Miss Makepeaces Ableben und die Mordanklage des Inspektors am wenigsten beeindruckt zu haben. »Ich muss wissen, wie viele Töpfe Sie brauchten, um dieses wundervolle Arrangement zuzubereiten und in welcher Reihenfolge Sie die Zutaten hineingegeben haben.« Er spießte eine Karotte auf.

»Das würde ich gern tun«, sagte sie. »Ich könnte Ihnen Schritt für Schritt die Zubereitung erklären.« Sie brachte einen Stapel schmutzigen Geschirrs hinter den Wandschirm und kam wieder. »An welchen Gerichten wären Sie denn interessiert?« Rita sah sie verzweifelt an, als Charles tief Luft holte. Glücklich stürzte er sich in einen langen Monolog über die neue Ära, in die er das Bon Appetit mit Hilfe der neuen Gerichte führen würde.

Darina nahm den Rest des Eintopfes und entschwand in die Küche, während er sich weiter seinem Redefluss hingab. Sie griff nach einer großen Torte und wies Frances an, Teller mitzubringen.

Charles war immer noch zugange, als sie in den Speisesaal zurückkehrten. Alle Anwesenden hatten einen glasigen Blick. Gray schuf gerade ein Muster aus Besteck und Pfeffermühle. Nicholas fixierte Linda, die mit niedergeschlagenen Augen dasaß. Die beiden Polizisten lauschten dem Restaurantinhaber mit entsetzter Faszination. Gestern Abend waren sie beim Dinner, als es ja eine ähnliche Vorführung gegeben hatte, nicht dabei gewesen.

Rita warf ihr einen vorwurfsvollen Blick zu, als die beiden jungen Frauen eintraten.

»War das nicht eine der Speisen, die Sie interessierten?«, fragte Darina, als sie die Torte vor Charles auf den Tisch stellte.

Er studierte das Gebäck mit zufriedenem Schmunzeln. »Ja. Ich wollte, unbedingt erfahren, wie Sie den Teig geschnitten haben. Die Art und Weise, wie Sie den Teig geknetet haben, war so wirkungsvoll.«

»Also war es tatsächlich diese Torte, von der Sie gestern Abend sprachen«, sagte Darina und beobachtete ihn. Aus den Augenwinkeln konnte sie sehen, dass William Pigram sich vorbeugte, um das Gebäck besser in Augenschein nehmen zu können.

Nicholas riss sich von Lindas Anblick los und blickte verwirrt auf den Tisch. »Ich verstehe nicht«, sagte er. »Wann haben Sie das schon einmal gemacht, Darina?«

»Ach ja«, sagte sie leise und wandte ihren Blick nicht von

Charles, »wann haben Sie Robert Mays Torte, deren Teig, wie Sie sicher wissen möchten, in der Form von Himmelsschlüsseln ausgeschnitten ist, schon einmal gesehen?«

Kapitel 21

Charles hätte nicht erstarrter dasitzen können, wenn plötzlich eine Giftschlange ihren Kopf aus der Torte gereckt hätte. Sein Blick ging unruhig hin und her, und er leckte sich nervös die Lippen. Die beiden Polizisten saßen ganz ruhig da, aber Rita beugte sich vor. »Es ist ein toller Effekt, aber Sie erwarten doch nicht von uns, dass wir das nach dem Fleischeintopf noch essen können, Darina? Wenn ich mich recht erinnere, besteht die Füllung nicht gerade aus leichter Creme.«

William Pigram, der neben ihr saß, legte eine Hand auf ihren Arm. Sie sah ihn überrascht an, aber er warf ihr nur einen warnenden Blick zu und wandte dann seine Aufmerksamkeit wieder dem Mann zu, der ihm wie erstarrt gegenübersaß.

Charles schüttelte leicht den Kopf. »Es fällt mir schwer, mich daran zu erinnern, zu welchem Zeitpunkt Sie das alles gekocht haben.« Er versuchte zu lächeln. »War das nicht eine der Torten, die wir bei unserem Festmahl hatten?«

»Nein«, erwiderte Darina leise und sah ihn unverwandt an, »ich wollte sie eigentlich gestern zum Lunch reichen, aber der Hund hat sie irgendwann in der Nacht von Freitag auf Samstag verspeist. Sie können sie nur gesehen haben, als Sie in der Küche waren, nachdem ich um viertel vor zwölf zu Bett gegangen war. Das war lange nachdem Sie Rita und Digby belauscht haben.«

Auch Grant betrachtete Charles Childe jetzt äußerst konzentriert.

Charles saß mit weißem Gesicht da, seine Augen flackerten unruhig. Plötzlich begann er am ganzen Leib zu zittern. »Er hat mich dazu gebracht«, wimmerte er und starrte dabei Darina wie gebannt an. Sie blieb weiter aufrecht und mit unbewegtem Gesicht vor dem Tisch stehen.

»Was er alles gesagt hat. Und dabei war ich nur hingegangen, um ihn zu fragen, ob er bereits die Kritik über das Bon Appetit geschrieben hätte. Es war so wichtig, verstehen Sie.« Er sah sie flehend an. »Wir brauchten dringend eine gute Kritik. Wir hatten so zu kämpfen, um uns zu etablieren – niemandem ist klar, wie groß die Konkurrenz ist, und obwohl Wandworth ›in‹ ist, ist es doch ein gutes Stück vom West End entfernt. Eine ganze Zeit haben wir mehr ausgegeben als eingenommen. Digby Cary hätte das alles ändern können«, jammerte er. »Eine gute Kritik des Papstes der Restaurantkritiker hätte uns mit einem Schlag bekannt gemacht.

Als er an jenem Abend ins Bon Appetit kam, glaubte ich, dass sich alles zum Guten wenden würde. Er nannte mich seinen ›lieben Charles‹.« Darina zuckte zusammen, als der kleine Mann ihr gegenüber plötzlich mit Digbys Stimme sprach. Sie bemerkte, dass William weiter unten am Tisch eifrig mitschrieb.

»Ich habe auf ihn eingeredet und dafür gesorgt, dass er unsere besten Sachen bekam. Dieses Hühnchen mit einer Füllung aus Walnüssen, Aprikosen, Sellerie und grünem Pfeffer an Preiselbeersoße war einfach göttlich, das hat jeder gesagt. Und mein Trifle, das ihn an einen schlecht dekorierten Weihnachtsbaum erinnert hatte, wie er schrieb, ist wirklich nicht von dieser Welt und sieht so hübsch aus mit den Gold- und Silberdragees, den glasierten Kirschen und den kandierten Angelikawurzeln. Also wirklich, es überrascht mich, dass er das Essen überhaupt bemerkte bei all der Aufmerksamkeit, die er seiner Begleiterin widmete. Sie sah eher aus wie ein Weihnachtsbaum!«

Er warf einen Blick in die Runde. Der vor Todesangst bebende Mann war verschwunden, und der Schauspieler agierte jetzt vor dem fasziniertesten Publikum seiner Karriere.

»Ich glaubte, dass wir eine gute Kritik bekommen würden, wenn ich an diesem Wochenende besonders nett zu ihm wäre. Ich hätte es besser wissen müssen. Bei der Fernsehserie fing alles so gut an – so ein attraktiver Mann, dachte ich, als wir uns kennenlernten, und er schien mich wirklich zu mögen. Einmal glaubte ich sogar ... aber als ich einen winzigen Annäherungsversuch unternahm, wurde er kalt wie ein Eisberg. Man hätte glauben können, ich hätte ihm den Vorschlag gemacht, die Kronjuwelen zu stehlen. Danach konnte ich ihm nichts mehr recht machen. Er nahm jede Gelegenheit wahr, mich kleinzukriegen, und ich weiß, dass er es war, der die dritte Staffel der Reihe verhinderte.

Und er muss auch den Regisseur gegen mich aufgebracht haben, denn er wollte meine wundervolle Idee für eine ganz andere Fernsehserie mit mir als Hauptperson gar nicht erst in Erwägung ziehen. Und ganz gleich, was so eine Klugscheißerin von Produzentin auch sagt«, er glitzerte Linda boshaft an, »Digby Cary hat mir meine Zeitungskolumne weggenommen. Mein Feinschmeckertagebuch war gut, das haben alle meine Freunde gesagt.« Er schwieg und grübelte über Digbys Sündenkatalog nach.

»Also wollten Sie ihn sich vorknöpfen, nachdem Rita gegangen war«, sagte Darina leise und setzte sich auf den Platz ihm gegenüber. »Was haben Sie gemacht – vor der Tür gelauscht und sich dann im Boilerraum versteckt, damit Rita Sie nicht sah, als sie ging?«

Sein Gesicht hellte sich auf, weil er solch ein intelligentes Publikum hatte. »Ja, genau. Als ich hörte, wie er sich nach ihrer Tirade beruhigte – Sie haben ihm vielleicht eine Vorstellung geliefert, Rita! Dabei haben Sie Dinge von sich gegeben, die ich ihm nur zu gern selbst gesagt hätte – da glaubte ich, alles würde gut werden. Und als ich hineinging, schien es auch wirklich so zu sein. Er lächelte mich an und meinte, ich würde zu den wenigen gehören, denen gegenüber er keine Schuldgefühle hätte. Ich dachte, er hätte eine gute Kritik über uns geschrieben, aber dann gab er mir den Artikel und meinte, ich würde ihn doch sicher gern lesen, ehe er ihn abschickte.« Charles Augen öffneten sich weit – er erinnerte sich lebhaft an den Schock, den er dabei erlitten hatte. »Ich konnte es nicht glauben! Diese schrecklichen Dinge, die er über uns schrieb! Und er stand einfach nur da und lachte mich aus.« Charles schloss einen Augenblick die Augen.

»Dieser Artikel hätte unser Ende bedeutet.« Er sah Darina an. »Ich wäre bankrott gewesen, hätte alles verloren. Ich wollte ihm wirklich nur Angst einjagen. Auf dem Tisch lagen all diese Messer. Ich packte eins, schleuderte ihm den Artikel ins Gesicht und drohte ihm, dass ich ihn erstechen würde, wenn er nicht eine gute Kritik daraus machen würde. Er hörte noch nicht einmal auf zu lachen. Er legte bloß den Artikel zurück auf den Schreibtisch und riet mir, das Messer besser hinzulegen, sonst würde ich mich noch schneiden! Wenn er nur nicht so gelacht hätte! Als ob ich eine Fliege wäre, die er einfach mit einer Handbewegung verjagen könnte!« Charles Blick wurde leer, er war jetzt wieder im Zimmer der Haushälterin.

»Wenn er nicht so gelacht hätte, hätte ich das Messer wieder hingelegt. Aber er stand nur lachend da, und alles, was er mir angetan hatte, kam in mir hoch wie bittere Galle.« Es würgte ihn beinahe. »Ich machte einen Schritt auf ihn zu und hielt das Messer dabei hoch, als wollte ich ihn erstechen. Ich wollte es auch – oh, wie gern! –, aber ich hätte es doch nie getan, wenn ich nicht auf irgendetwas ausgeglitten wäre. Als ich stolperte, muss ich meine Hand hochrissen haben, denn dann weiß ich nur noch, dass Digby ein verblüfftes, kleines Grunzen von sich gab und über mir zusammenbrach. Ich hatte noch nicht einmal gemerkt, dass das Messer ihn getroffen hatte – es ist ganz leicht durch seine Rippen geglitten! Ich ließ den Griff los und trat zurück. Da sank er einfach zu Boden.« Seine Stimme wurde zu einem Flüstern und erstarb dann ganz.

Niemand rührte sich oder sagte ein Wort, und nach ein paar Sekunden sprach Charles weiter. Er sprach jetzt nur noch zu Darina. Allen anderen schenkte er keine Beachtung. Sie hätten genauso gut gar nicht mehr anwesend sein können.

»Ich konnte sehen, dass er tot war. Mir war nicht klar gewesen, wie entsetzlich der Tod sein kann. Zuerst dachte ich noch daran, es jemandem zu erzählen. Dann merkte ich, dass ja niemand wusste, dass ich der Täter war. Ich könnte den Artikel mitnehmen, und mein Restaurant wäre in Sicherheit. Es war kaum Blut zu sehen, nur auf meiner Manschette war ein wenig, aber ich wusste, dass ich meine Fingerabdrücke entfernen musste. Also ging ich in die Küche. Sie war dunkel, also mussten Sie wohl schlafen gegangen sein. Ich fand ein paar Gummihandschuhe und einen Putzlappen. Dann sah ich die Torte.

Ich war ganz ruhig, es war, als stünde ich auf der Bühne, und es erschien mir ganz natürlich, das Gebäck und die Art, wie Sie es verziert hatten, zu bewundern. Ich dachte, dass ich versuchen müsste, so etwas einmal in meinem Restaurant zu machen.« Er gab ein trauriges kleines Lachen von sich. »Mir war nicht klar, dass kein anderer die Torte je sehen würde.

Ich entfernte überall meine Fingerabdrücke. Wie ich es geschafft habe, auch das Messer abzuwischen, werde ich wohl nie richtig wissen, denn er war unglaublich schwer. Ich musste fast unter die Leiche kriechen, aber ich schaffte es. Danach nahm ich den Artikel an mich. Mir kam nie der Gedanke, dass es einen Durchschlag geben könnte. Dann löschte ich das Licht und ging. Aber als ich in die Halle kam, merkte ich, dass ich immer noch die Gummihandschuhe trug. Ich konnte sie nicht mit nach oben nehmen, denn Mr. Hochnäsig Wyndham hätte sie wahrscheinlich in einem Schlafzimmer nicht für angemessen gehalten«, die helle Stimme imitierte den kultivierten Akzent, »deshalb stopfte ich sie in den Übertopf. In den Ausbuchtungen verschwanden sie perfekt.

Dann wurde mir plötzlich ganz eigenartig zumute. Ich vermute, es war der Schock. Ich meine, schließlich bringt man nicht alle Tage einen Menschen um, nicht wahr? Ich kam einfach nicht die Treppe hoch, ich musste mich auf die erste Stufe setzen. Ich glaube, ich stöhnte. Als ich mich dann wieder aufrappelte, hörte ich von oben einen Ruf des Erstaunens. Ich blickte hoch und glaubte eine Gestalt verschwinden zu sehen, war mir aber nicht sicher – und genau da ging diese gemeine Bestie auf mich los!« Er sah Gray hasserfüllt an.

»Ich habe Hunde nie gemocht!« Er streichelte mit der unverletzten Hand über seine verletzte. Er hatte an Fahrt verloren und schien seine Aussage nicht beenden zu wollen.

»Wann haben Sie sich entschlossen, Miss Makepeace aus dem Weg zu räumen?«, fragte Grant.

Charles zögerte, seine Miene wurde gerissen. »Das können Sie mir nicht anhängen.«

Es klopfte, und dann trat ein Polizist ein. In seiner Hand hielt er eine Plastiktüte, die der, die Darinas Pillenflasche enthielt, aufs Haar glich.

Der Inspektor stand auf und ging zu dem Polizisten hinüber. Sie flüsterten miteinander. Grant kam zurück und sah Charles an. Die Plastiktüte hielt er in der Hand. »Das hier wurde gerade im Abfluss der Toilette in Ihrem Badezimmer gefunden. Ich glaube, es ist an der Zeit, Ihre offizielle Aussage aufzunehmen.«

Kapitel 22

»Charles Childe befindet sich jetzt im Gewahrsam der Polizei, und dieses außergewöhnliche Wochenende hat endlich sein Ende gefunden.

Nervenaufreibende sechsunddreißig Stunden lang standen diejenigen von uns, die wie ich auch im Hauptgebäude der Abtei übernachteten, unter Mordverdacht, und eine von uns musste sterben, weil sie zu viel wusste. Ein Wochenende, das eigentlich dem Studium alter Kochrezepte gewidmet war, war angefüllt mit Spannungen und sogar« – die Stimme sank zu einem dramatischen Flüstern – »Angst, als wir uns fragten, wer von uns wohl der Mörder war und wann er das nächste Mal zuschlagen würde.« Es entstand eine kurze Pause, und dann erklang die Stimme ganz nüchtern: »Das war Linda Stainmore im Abtei-Konferenzzentrum für Bristol-TV.«

Das Bild von der Front der Abtei, vor der Linda adrett in Jeans stand, verschwand, und der Nachrichtensprecher erschien. Er sagte: »Linda Stainmores Sendung zum Gedenken an Digby Cary wird morgen

Abend um zehn Uhr dreißig auf diesem Kanal ausgestrahlt.«

Darina machte den Fernseher aus und sah Frances an.

Sie saßen in der Bar vor dem kleinen Fernseher. Der Aufwasch war erledigt, und die anderen waren bereits abgefahren.

Nachdem die beiden Polizeibeamten Charles Childe ins Verhörzimmer geführt hatten, blieben die Symposiumsteilnehmer in schockiertem Schweigen zurück. Sogar Linda brauchte eine gewisse Zeit, um ihre Fassung wiederzuerlangen und sich auf die Suche nach ihrer Film-Crew zu machen. Dann hatte hektische Aktivität eingesetzt, als sie Kurzinterviews über Digby mit den Personen führte, die sie bis jetzt noch nicht interviewt hatte.

Nur Darina weigerte sich, an etwas teilzunehmen, das sie für eine hohle Scharade hielt. Frances und sie räumten das schmutzige Geschirr ab und sahen sich die unberührten Desserts an. Die Farben der kunstvoll zubereiteten Gelees hatten an Brillanz verloren. Ein Sussex Pond Pudding ruhte in einer Schüssel, und goldener, fetter Saft rann aus der knusprigen Kruste. Das Essen hatte jetzt seine Anziehungskraft verloren. Darina stellte die Desserts sorgsam beiseite – vielleicht würde die Polizei später noch dankbar dafür sein.

Während Linda ihre Zusammenfassung vor der Eingangstür aufnahm und aufgeregte Symposiumsteilnehmer ihr dabei zusahen, war Grant mit einem ernüchterten und verängstigt dreinschauenden Charles Childe aufgetaucht, der den Arm nicht mehr in einer

Schlinge trug, und hatte ihn ohne jedes Aufsehen in einen Streifenwagen gesetzt. Darina, die gerade eine Kanne Tee für die Fernsehtechniker hinausgebracht hatte, hatte zugesehen, wie der Wagen abfuhr. Gemischte Gefühle bewegten sie, als sie zurücktrat, um nicht in den Wirbel zu geraten, den das Fernsehteam machte, während es seine dramatische Abfahrt aufnahm.

Sie empfand Erleichterung. Nicht nur deshalb, weil sie jetzt nicht mehr unter Mordverdacht stand, sondern auch, weil der Mord an Digby jetzt aufgeklärt war. Der Schatten ihres Vetters hing nicht länger drohend über ihr, sondern hatte endlich seine Ruhe gefunden.

Aber außer der Erleichterung verspürte sie auch ein gewisses Unbehagen. Als William Pigram zurückkam, nachdem er seinen Chef und den Mörder auf den Weg geschickt hatte, streckte sie die Hand aus und hielt ihn fest. Ehe sie irgendetwas sagen konnte, war Linda bereits samt Mikrofon und Kameramann da.

»Tut mir leid«, sagte der Detective Sergeant, »ich werde nur mit Ihnen sprechen, wenn Sie die Kamera wegschicken.« Er blieb geduldig stehen, während Linda überlegte, ob sie ihn nicht vielleicht doch noch überreden konnte. Schließlich bedeutete sie dem Kameramann, wegzugehen. Danach stand sie erwartungsvoll da.

William wich etwas zurück, als die anderen neugierig näherkamen und rieb sich die Augen. Darina bemerkte erschrocken, dass er genauso müde aussah, wie sie sich fühlte. Irgendwie hatte sie die Polizisten immer als Maschinen betrachtet, die darauf programmiert waren, zu ermitteln, abzuschätzen und zu handeln, ohne dass sie den Schlaf brauchten, den andere Menschen nötig hatten, um zu funktionieren.

Er berichtete ihnen knapp, dass Charles den Mord an Miss Makepeace gestanden hatte und dass er jetzt wegen Doppelmordes angeklagt werden würde. »Ich muss jetzt kurz auf die Wache, komme aber später noch einmal wieder«, schloss er mit einem Blick auf Darina.

»Falls ich dann schon aufgeräumt haben sollte und weg bin, wünsche ich Ihnen für die Zukunft viel Glück«, sagte sie kühl. Die Tatsache, dass er jetzt nicht mit ihr reden wollte, machte sie unerwartet zornig. Er blickte ihr kurz in die Augen, nickte und ging, um noch eine Akte zu holen, ehe er abfuhr.

Darina entfloh in die Küche. Wie ein Wirbelwind spülte sie, trocknete ab und räumte das Geschirr weg. »Warum diese Eile?«, fragte Frances, als sie mit dem Teetablett zurückkam. Sie sah zu, wie Darina Pappkartons mit unbenutzten Lebensmitteln füllte. »Haben Sie vielleicht eine Verabredung? «

»Möchten Sie nicht so schnell wie möglich weg hier?«, knurrte Darina, während sie Gemüsereste in Plastiktüten stopfte.

Frances sah sie verstohlen an und begann dann, ihr zu helfen.

Immer wieder wurden sie dabei von Leuten unterbrochen, die sich verabschieden wollten.

Das Kamerateam verabschiedete sich zuerst und bedankte sich für die Mahlzeiten. Linda war offenbar schon gefahren. Danach stürmte Rita mitflammenden roten Haaren und leuchtendem Gesicht herein. Sie war voller Pläne für die Kolumnen, die Digbys Zeitungsverleger ihr übertragen hatte. »Wir müssen uns unbedingt in London einmal treffen, Darina, Darling. Naja, zuerst kommt sowieso Digbys Beerdigung. Sie geben mir doch Bescheid, wann und wo sie ist? Hier ist meine Adresse.« Sie drückte Darina eine Visitenkarte in die Hand und ging hinaus.

Die Beerdigung! Niedergeschlagen wurde Darina klar, dass sie als letztes Familienmitglied Digbys Begräbnis arrangieren musste.

»Ich habe mich gefragt ...« Gray war mit Bracken an der Leine in die Küche gekommen. Er blickte sie schüchtern, aber entschlossen an. »Ich habe mich gefragt«, wiederholte er und ging zum Tisch, auf dem sich inzwischen die Kartons mit Lebensmitteln stapelten, »ob ich Ihnen nicht vielleicht ein paar Wege nach dem Tod Ihres Vetters abnehmen könnte. Ich meine Beerdigungsarrangements und so weiter.«

Darina hielt inne. Sie sah den schlaksigen Mann überrascht an. Mit ihm schien eine Verwandlung vorgegangen zu sein. Er hielt sich straffer, und der Bart war gekämmt.

»Das ist sehr lieb von Ihnen, aber ich glaube, ich schaffe das schon.« Warum hatte sie sein Angebot abgelehnt, wo sie doch die ganze Sache mit dem Beerdigungsunternehmer und dem Begräbnis so abscheulich fand? »Aber ich bin mir sicher, dass es wegen des Treuhandfonds und des Hauses eine Menge Papierkram geben wird. Viele Möbel im Haus müssen Sarah gehört haben, und die sollten auf Sie übergehen.«

Er sah sie verlegen an. »Ich weiß, dass sie das eine oder andere Erbstück der Familie Knapp besaß, aber alles andere dürfte Ihnen gehören.« Er spielte an der Hundeleine herum. Bracken stand ausnahmsweise ruhig neben ihm und beschnüffelte lediglich die Lebensmittel, die auf dem Tisch standen.

»Tut mir leid, dass Sie so wenig Informationen für Ihr Buch bekommen haben«, sagte Darina schließlich und fragte sich, warum er immer noch hier herumstand.

»Ach, das.« Er blickte auf. Aus seinen Augen strahlte eine ganz neue Zielstrebigkeit. »Ich habe mich entschlossen, die Sache fallenzulassen. Das war nie mein Stil. Nein, Sarahs Treuhandfond gibt mir die Gelegenheit, in die akademische Welt zurückzukehren und mich dem zu widmen, was ich eigentlich von Anfang an hätte tun sollen – mich auf die Erforschung von kleinen Spezialgebieten zu konzentrieren, an denen die Allgemeinheit jedoch kein großes Interesse hat.« Er lächelte wehmütig. »Die Popularität überlasse ich anderen.« Er griff nach einer kleinen Reibe, hob den Deckel hoch und sah die halbe Muskatnuss, die darin lag, gleichgültig an. »Ich habe mich gefragt, ob Sie nicht irgendwann einmal nach Dorrington House kommen wollen. Wir haben da ein paar Haushaltsbücher, die Sie vielleicht gerne sehen würden ...«

Die braunen Augen sahen Darina an. Sie erinnerten an Brackens Blick, bettelten um Zuneigung, Aufmerksamkeit und ein Zeichen, dass er im Leben eines anderen eine gewisse Bedeutung hatte.

Nein, dachte Darina, ich bin nicht die richtige Frau für dich, du darfst deine Zeit nicht bei mir vergeuden. Dann zwang sie sich zu einem Lächeln. »Das wäre schön«, erwiderte sie und wusste im gleichen Moment, dass sie feige war, »sobald ich einmal Zeit habe.«

Er strahlte. »Ich melde mich bei Ihnen. Und lassen Sie mich wissen, wenn Sie Ihre Meinung ändern und meine Hilfe in den nächsten Tagen vielleicht doch in Anspruch nehmen wollen.« Bracken kam zu ihr, leckte ihre Hand, und sie streichelte ihn noch ein letztes Mal, ehe er die Küche mit seinem Herrn verließ.

Noch jemand, der von Digbys Tod profitiert hat, und das nicht nur materiell, schoss es Darina durch den Kopf, während sie wieder zu ihrer Aufräumaktion zurückkehrte.

Ein paar Minuten später betrat Nicholas die Küche.

»Darina, meine Liebe, wie soll ich Ihnen nur für das alles danken, was Sie an diesem Wochenende geleistet haben? Ich habe es noch nicht geschafft, neue Termine für das Symposium zu vereinbaren, aber ich rufe Sie bald an, damit Sie auch an diesem Termin frei sind. Dann wird Ihre Küche so gewürdigt werden, wie sie es verdient.«

Das letzte, was Darina in diesem Moment wollte, war über die Wiederholung ihrer kulinarischen Aktivitäten der letzten zwei Tage nachzudenken. Sie murmelte etwas Unverbindliches, aber Nicholas hörte ihr sowieso nicht zu.

»Ein komischer Kerl dieser Childe – bringt Digby um, tut so, als sei nichts gewesen und begeht dann noch einen Mord. Die arme Miss Makepeace«, endete er nichtssagend, ehe er Darina um die Rezepte bat, die sie dieses Wochenende benutzt hatte. »Ich lasse sie kopieren und schicke sie rund. An Sie natürlich auch«, lachte er glücklich. »Ich kann doch nicht die Köchin vergessen! Jetzt muss ich aber los und meine Tasche holen. Ich treffe mich nämlich mit Linda am Fernsehsender, nachdem sie ihren Beitrag für die Lokalnachrichten heute Abend geschnitten hat. Wir gehen aus, um das erfolgreiche Ende dieses fürchterlichen Wochenendes zu feiern.« Er stürmte mit einem flüchtigen Nicken in Frances' Richtung aus der Küche.

Noch jemand, der viel entspannter geworden war. Würde auf Digbys Grabstein stehen, dass er vielen Menschen durch seinen Tod Ruhe und Frieden beschert hatte?

Nachdem Nicholas fort war, war alles ruhig, und Frances und sie konnten alles Zubehör und alle Zutaten aus der Küche räumen und in Darinas Kombi laden.

Sie sah sich die Fleischmengen in ihren Kühlboxen an und seufzte. Sie wusste nicht, was sie für dieses Wochenende in Rechnung stellen sollte. Noch mehr Probleme. Sie verdrängte sie und blickte auf die Uhr. »Möchten Sie die Ausstrahlung von Lindas Beitrag sehen?«, fragte sie Frances. »Es ist gleich soweit.«

»Und ich dachte, Sie wären so scharf darauf, hier wegzukommen!«, erwiderte ihre Assistentin augenzwinkernd, während sie Darina in die Bar folgte.

Darina goss Frances und sich selbst ein Glas Wein ein, schaltete den Fernseher ein und sank seufzend in einen Sessel, als sie sich gemütlich die Sendung anschauten.

»Immer noch hier?« Gerade als Darina und Frances nach ihren leeren Gläsern griffen und der Bildschirm dunkel wurde, erschien William Pigram auf der Türschwelle der Bar.

»Ich nehme das schon«, sagte Frances und nahm Darina die Weingläser ab. »Ich spüle sie unten kurz ab, und dann bin ich weg. Ich muss zurück in die Stadt. Ich rufe Sie morgen früh an.« Sie grinste den Polizisten freundlich an und eilte hinaus. Er sank in einen Sessel.

»Endlich. Ich dachte, wir würden die Formalitäten nie hinter uns bringen.« Er streckte seine langen Beine aus und sah sie entspannt und gutgelaunt an. »Es ist Ihnen gelungen, für uns den Mörder zu schnappen, genau wie Sie es gesagt haben.« Er schenkte ihr ein trauriges Lächeln. »Ich habe den armen Grant noch nie so fassungslos gesehen.«

»Das hat er sich aber nicht anmerken lassen!«

»Jeder, der ihn so gut kennt wie ich, hat es gemerkt.«

»Aber es war doch nur noch eine Frage der Zeit, dann hätten Sie die Pillenflasche gefunden und Charles sowieso des Mordes überführt.« Darina setzte sich auf einen Barhocker, sie war bei weitem nicht so entspannt wie er.

»Vielleicht, aber wir hätten wahrscheinlich Mühe gehabt, ihn zu einem Geständnis zu bewegen, und ohne Geständnis wäre es ziemlich schwer geworden, seine Schuld durch Indizien zu beweisen. Wyndham hätte die Pillen nehmen und die Milch vergiften können. Oder jemand hätte in sein Schlafzimmer gehen können – ziemlich unwahrscheinlich, ich weiß, aber Childe hätte seine Unschuld wirkungsvoll beteuern können. Auf der Flasche waren nämlich keine Fingerabdrücke. Sie dürfen Ihren Triumph ruhig auskosten, das haben Sie sich verdient!«

Es herrschte einvernehmliches Schweigen. Dann sagte William: »Ich könnte ein Glas Wein vertragen. Wie ist es mit Ihnen?«

Darina willigte ein, dass er ihnen beiden je ein Glas trockenen Weißweins eingoss und sah dann zu, wie er sich wieder in den bequemen Sessel setzte. Sie blieb auf ihrem Barhocker sitzen, weil sie irgendwie das Gefühl hatte, dass ihr das einen leichten Vorteil verschaffte – obwohl sie nicht sagen konnte, warum sie einen brauchte.

»Hat Ihnen Charles erzählt, wie er die Milch vergiftet hat?«

»Er hat die Tabletten, die er Freitagnacht im Krankenhaus bekommen hat, mit dem Löffel, den Sie so fürsorglich zum Teekochen bereitgelegt hatten, zerdrückt und sie in den Becher geschüttet, während der auf dem Tisch in der Halle stand. Anscheinend hat er geglaubt, er müsste Sie in der Küche ablenken. Er sah es als ein Gottesgeschenk an, als er den Becher dort stehen sah, sodass jeder herankonnte!«

»Seine Gedanken waren wohl etwas wirr, ich hätte mich doch sicher daran erinnert, wie er meine Aufmerksamkeit ablenkt, oder?«

»Ach, er glaubte einfach nicht, dass Miss Makepeaces Tod jemals als Mord angesehen werden würde. Er glaubte, wenn sie daran wirklich starb, würde eine Überdosis Schlaftabletten als Todesursache angesehen werden. Er war sich aber nicht ganz sicher, ob sie auch daran sterben würde. Aber falls sie überlebte, hoffte er, dass sie sich in ihrem Zustand nicht mehr genau daran erinnern würde, was sie gesehen hatte. Und selbst wenn er unter Verdacht geriete, lagen seiner Meinung nach keinerlei Beweise gegen ihn vor. Er hatte die Untertasse und den Löffel gespült und die Flasche, wie er meinte, in der Toilette hinuntergespült. Der Gedanke, dass wir die Abflüsse untersuchen oder nachprüfen würden, welche Medikamente man ihm im Krankenhaus gegeben hatte und was er damit gemacht hatte, kam ihm gar nicht.

Sie müssen wissen, dass unser Charles nicht gerade sehr helle ist. Bis jetzt ist er mit Bauernschläue durchs Leben gekommen. Und er sehnt sich verzweifelt nach Anerkennung und Applaus. Nachdem er es geschafft hatte, uns den zweiten Mord zu gestehen, hörte er gar nicht mehr auf, uns zu erzählen, wie schlau er gewesen war, und dabei gab er jede Einzelheit preis, genau wie beim Lunch. Dabei entging ihm ganz, dass es überhaupt nicht klug von ihm gewesen war, sich in die Falle locken zu lassen.« Er trank einen Schluck Wein und fragte dann: »Was wollten Sie mich eigentlich fragen, als ich zur Wache fahren musste?«

Darina hatte wieder dieses unbehagliche Gefühl. »Haben Sie herausgefunden, worauf Charles ausgerutscht ist, sodass er« – sie schluckte – »Digby überhaupt erst erstechen konnte?«

William sah sie neugierig an. »Nein, darüber haben wir uns bis jetzt eigentlich noch keine Gedanken gemacht.«

»Ich glaube, es war eine Muskatnuss.«

»Eine Muskatnuss?«

Darina erzählte ihm, wie ihr die Gewürzkiste heruntergefallen war und dass die Spurensicherung die einsame kleine Nuss gefunden hatte.

William lachte. »Also so konnte dieser kleine Mann einem so großen Menschen ins Herz stechen! Ursprünglich glaubten wir, dass nur jemand, der annähernd so groß war wie er Digby Cary hätte umbringen können. Andernfalls hätte man ihn im Sitzen erstechen müssen.«

»Und deshalb waren Sie so hinter mir her?«

»Das war einer der Gründe.« William musterte sie genau. »Irgendetwas macht Ihnen Sorgen, nicht wahr?« Er machte eine Pause und sagte dann: »Sie können sich doch unmöglich für Carys Tod verantwortlich fühlen?«

»Ich habe diese Gewürzkiste fallenlassen und diese Muskatnuss nicht eingesammelt. Und da ist auch noch Miss Makepeace.«

»Sie meinen, Sie fühlen sich verantwortlich, weil Sie ihr Milch, die mit Schlaftabletten versetzt war, gebracht haben?«

»Ginge es Ihnen nicht genauso? Aber es ist nicht nur das. Wenn ich während unseres Gesprächs in der Bar gestern Abend ein bisschen tiefer gebohrt hätte, hätte ich herausgefunden, was sie in der Nacht von Freitag auf Samstag gesehen hat, und Charles hätte gewusst, dass es keinen Zweck hat, sie umzubringen.«

»Dann betrachten Sie sich als Beinahe-Mörderin?« fragte William in äußerst nüchternem Ton. »Schauen wir uns doch einmal die Fakten an. Zuerst die Muskatnuss. Ja, Charles Childe wäre nicht ausgerutscht, wenn Sie sie aufgehoben hätten. Aber er hätte Ihren Vetter vielleicht so oder so umgebracht. Denken Sie auch einmal daran, dass Cary Ihnen ja beim Aufsammeln der Gewürze hätte helfen können und die Nuss selbst hätte aufheben können. Außerdem – wenn er nicht diese Kritik geschrieben oder nicht gelacht hätte, wäre Charles nicht dazu verleitet worden, nach dem Messer zu greifen. Darin liegt eine gewisse ironische Gerechtigkeit, wissen Sie.«

»Weil er von Messer und Gabel quasi lebte?«

»Ich dachte mehr an seinen übermäßigen Appetit – aber widmen wir uns jetzt Miss Makepeace. Wenn wir auf unsere berufliche Laufbahn zurückschauen, können wir immer Beispiele anführen, wo wir Fehler machten, die katastrophale Folgen hatten. Manchmal war Sorglosigkeit die Ursache, manchmal Dummheit, und manchmal, wie bei Ihnen, geschah es in bester Absicht. Sie haben versucht, Miss Makepeace zu beruhigen und es ihr leichtzumachen, bei uns auszusagen.« Er sah sie forschend an. »Wenn sie sofort zu uns gekommen wäre und uns die ganze wirre Geschichte erzählt hätte, würde sie heute noch leben. Aber wie Sie, hat sie uns nicht zugetraut, mit unwahrscheinlichen Details umgehen zu können!«

Darina fuhr auf. »Und was hätte es gebracht, wenn ich Ihnen meine Theorie erzählt hätte? Charles hätte einfach leugnen können, dass er die Torte gesehen hätte. Es gab keinen Beweis, und es war offensichtlich, dass Sie beide mich in beiden Fällen für die Mörderin hielten. Es hätte geklungen, als wollte ich den Verdacht auf einen anderen lenken!«

»Vielleicht ist Grant ein wenig zu hart mit Ihnen umgesprungen«, gab er trocken zu.

»Ein wenig zu hart? Er hat mich beschuldigt, eine Mörderin zu sein!«

»Ich habe hier noch etwas, worüber Sie stattdessen nachdenken sollten«, sagte William hastig. »Denken Sie doch einmal daran, dass ich es war, der Childe davon abhielt, weiter Ihr Gespräch mit Miss Makepeace gestern Abend in der Bar zu belauschen, und zwar mehr oder weniger in dem Augenblick, als er erfuhr, dass Miss Makepeace etwas gesehen hatte. Sie wäre vielleicht noch am Leben, wenn mir sein Verhalten zu diesem Zeitpunkt verdächtig vorgekommen wäre.«

Darina sah ihn an, und er hielt ihrem Blick ruhig stand.

»Danke«, sagte sie. Nach einem Augenblick fügte sie hinzu: »Ich vermute, wir werden nie genau erfahren, was sie eigentlich gesehen hat.«

»Nach dem, was Childe ausgesagt hat, nehme ich an, dass sie gesehen hat, wie er sich von der untersten Stufe wieder erhob, kurz bevor die Vordertür aufging und der Hund hereinkam. Damals mag das für sie nicht von Bedeutung gewesen sein, aber als sie später im Licht der Morduntersuchung darüber nachdachte, muss ihr aufgefallen sein, dass er nicht, wie er behauptet hatte, nach unten gegangen war, sondern hinaufging.«

»Und zu Anfang war diese Beobachtung sowieso von ihrem Schuldgefühl überschattet, das sie plagte, weil sie nicht hinuntergegangen war, als der Hund ihn angriff«, dachte Darina laut. »Vielleicht hätte ich sie gesehen, wenn ich sofort aufgestanden wäre, als ich den Lärm hörte.«

»Fangen Sie nicht schon wieder damit an«, unterbrach William sie schnell. »Wie sehr wird Ihnen Ihr Vetter fehlen?«

»Es ist seltsam, weil so viel geschehen ist, seit er umgebracht wurde. Ich glaube, ich habe mich an seinen Tod gewöhnt. Mir ist, als wäre das alles vor langer Zeit geschehen. Vielleicht ist es anders, wenn ich in sein Haus komme und von hier weg bin.«

»Ach ja, das Haus. Jetzt sind Sie also Hausbesitzerin. Werden Sie darin wohnen?«

Darina sah vor sich das elegante Haus in Chelsea mit seiner schönen Einrichtung, das untrennbar mit ihrer Erinnerung an Sarah verbunden war. »Ich glaube, das kann ich mir nicht leisten. Mein Einkommen ist dafür nicht ausreichend, und ich glaube auch nicht, dass Digby mir viel Geld hinterlassen hat – er hat das Geld immer ausgegeben, als gäbe es kein Morgen.«

»Da sind noch seine Tantiemen«, meinte William. »Ich glaube, der Tod eines Autors schlägt sich immer in steigenden Verkaufszahlen nieder.«

Darina fiel plötzlich etwas ein. »Ich werde bei seinen Verlegern auf eine neue Ausgabe des Buchs über Kuchen und Torten dringen, auf dem Miss Makepeaces Name neben dem seinen steht. Ich bin mir sicher, dass es nicht völlig ihr Werk war, aber sie verdient sicher eine Erwähnung als Co-Autorin.«

William blickte das große Mädchen auf dem Barhocker an, dessen blonde Haare glatt den Rücken hinabhingen. »Sie könnten das Haus verkaufen, um ein Hotel zu finanzieren«, schlug er vor.

»Daran habe ich noch gar nicht gedacht.« Darinas Augen blitzten. »Glauben Sie, dass das klappen könnte?«

»Ich glaube, dass alles klappt, was Sie anpacken.«

Darina ließ Landhotels in ruhiger Lage mit gemütlichen Möbeln vor ihrem inneren Auge Revue passieren. »Es wäre schön, nicht mehr jeden Tag in einer anderen Küche kochen zu müssen«, sagte sie sehnsüchtig.

»Halten Sie das Gewicht, das Sie dem Kochen beimessen, nicht für gefährlich?«

»Gefährlich?«

»Schließlich war das Essen dafür verantwortlich, dass die Leidenschaften an diesem Wochenende zum Ausbruch kamen und zu zwei Morden führten, nicht wahr?«

»Das hat überhaupt nichts mit dem Essen zu tun«, widersprach Darina entrüstet. »Charles hätte auch Möbelhändler und Digby eine große Nummer im Antiquitätenhandel sein können, und das Ergebnis wäre das gleiche gewesen.«

William sah sie höflich, aber zweifelnd an, sagte aber nichts.

»Vielleicht führt die Liebe zum Essen zu einem übermäßigen Appetit«, gab Darina widerwillig zu.

William lächelte. »Wissen Sie eigentlich, dass Sie eine hervorragende Detektivin wären?«

Darina sah ihn verblüfft an. »Wirklich?«

»Sie müssen jetzt nur noch das Gefühl für Teamwork bekommen. Wir hätten die Sache mit der Torte gemeinsam aufziehen können. Natürlich ist es äußerst gut gelaufen, aber wenn Charles nicht blindlings in die Falle getappt und geständig gewesen wäre, hätten wir Ihnen vielleicht helfen können. Das nächste Mal halten Sie uns bitte auf dem Laufenden.«

Darina war starr vor Staunen. »Ich verspreche Ihnen, dass das mein erster und einziger Ausflug in die Detektivarbeit war. Ich möchte nie, nie wieder etwas mit Verbrechen, Mord oder der Polizei zu tun haben.«

»Wie schade. Ich wollte Sie nämlich einladen, mit mir auszugehen. Ich dachte mir, ich könnte in die Stadt kommen und Sie würden ein gutes Lokal vorschlagen.«

Darina lachte. »In Ordnung, wenn Sie mir versprechen, weder über Detektivarbeit zu sprechen noch spitze Kommentare über das Essen zu machen.«

»Ich schwöre es«, erwiderte William ernsthaft. Er stand auf. »Ich muss unsere Akten einsammeln. Ich rufe Sie dann in ein paar Tagen an. Ich habe ja Ihre Telefonnummer.«

Darina erinnerte sich an die persönlichen Angaben, die sie zu Beginn der Untersuchung hatte machen müssen. Die Polizei hatte einen unleugbaren Vorteil, wenn es darum ging, Informationen zu sammeln. Sie folgte ihm, als er die Bar verließ, sah nach, ob sie nichts in der Küche vergessen hatte und ging zu ihrem Wagen.

Sie stieg ein, blieb einen Augenblick lang sitzen und ließ sich von dem Frieden des Gartens einhüllen wie von einem seidenen Schal. Das traumatische Wochenende fiel von ihr ab, und in den Mittelpunkt ihrer Gedanken rückte das neue Bewusstsein, das sie von sich selbst hatte. Digby hatte ihr mehr hinterlassen als nur ein Haus. Sie besaß jetzt ein neues Selbstvertrauen, einen stärkeren Lebenshunger. Plötzlich fühlte sie sich frei. Noch nie zuvor in ihrem Leben

hatten sich ihr so viele Möglichkeiten geboten. Darina ließ den Motor an, legte den Gang ein und fuhr langsam die Einfahrt hinunter.

